# El hombre que amaba el Sol

# Homero Aridjis

## El hombre que amaba el Sol

EL HOMBRE QUE AMABA EL SOL
D. R. © Homero Aridjis, 2005

ALFAGUARA

De esta edición:
   D. R. © Santillana Ediciones Generales, S.A. de C.V., 2005
   Av. Universidad 767, Col. del Valle
   México, 03100, D.F. Teléfono 5420 7530
   www.alfaguara.com.mx

- Distribuidora y Editora Aguilar, Altea,Taurus, Alfaguara, S. A.
  Calle 80 No. 10-23. Santafé de Bogotá, Colombia
  Tel: 6 35 12 00
- Santillana S. A.
  Torrelaguna, 60-28043. Madrid, España.
- Santillana S. A., Avda. San Felipe 731. Lima, Perú.
- Editorial Santillana S. A.
  Av. Rómulo Gallegos, Edif. Zulia 1er. piso
  Boleita Nte. Caracas 1071. Venezuela.
- Editorial Santillana Inc.
  P. O. Box 5462 Hato Rey, Puerto Rico, 00919.
- Santillana Publishing Company Inc.
  2043 N. W. 86 th Avenue Miami, Fl., 33172, USA.
- Ediciones Santillana S. A. (ROU)
  Javier de Viana 2350, Montevideo 11200, Uruguay.
- Aguilar, Altea, Taurus, Alfaguara, S. A.
  Beazley 3860, 1437. Buenos Aires, Argentina.
- Aguilar Chilena de Ediciones Ltda.
  Dr. Aníbal Ariztía 1444.
  Providencia, Santiago de Chile. Tel. 600 731 10 03
- Santillana de Costa Rica, S. A.
  Apdo. Postal 878-150, San José 1671-2050, Costa Rica.

Primera edición en México: octubre de 2005

ISBN: 970-770-324-5

D. R. © Cubierta: Everardo Monteagudo

Impreso en México

*Para Betty, Cloe y Eva Sofía*

*Y al tiempo que nació y salió el Sol,*
*todos los dioses murieron.*
Fr. Bernardino de Sahagún,
"Del principio que tuvieron los dioses",
*Historia General de las Cosas*
*de la Nueva España*

*El Sol, un ojo. Si no un ojo pensante,*
*un ojo de fuego.*
*Nadie se ha atrevido a llamarlo un ojo vivo,*
*una conciencia.*
Tomás Tonatiuh, *El cuaderno del Sol*

*La luz es la actividad de lo transparente.*
Aristóteles

*Pueda haber para mí un lugar en la barca solar.*
"Himno al dios sol Ra",
*El libro egipcio de los muertos*

## 1. Crepúsculo

Un disco ardiente le dolía en el pecho. Aún había sol en las bardas. Teresa corría por el camino con una botella de agua en la mano. El cerro parecía una pirámide de luz. Los rayos solares bajaban por sus escalones proyectando en el suelo la sombra de una serpiente dorada. La tarde palpitaba como un pecho de mujer a la que una mano celeste ha abierto la blusa. Las monarcas danzaban en el ahora el vals de la luz y de la muerte. Sobre la pirámide de luz volaba la mariposa reina. El bosque allá abajo se mecía en sus ojos como el castillo de popa de un navío que se hunde. Tomás dudó si miraba la pirámide acercarse a él o si presenciaba el desprendimiento de su ser del tiempo y del espacio. No dudó mucho. Como si fuese otra persona, se vio a sí mismo sentado en una piedra, rodeado de gente desconocida.

Era jueves, Día de Muertos, y las almas de los difuntos que retornaban al mundo en forma de mariposas se habían posado en charcos de polvo. Había pocos árboles en el santuario y los caminos del bosque se habían vuelto públicos. El hombre que amaba el Sol se llamaba Tomás Martínez Martínez. Pero como había tantos Martínez en el pueblo, en Santa María, Molinos de Caballero, Tenerías y Las Pilas, era casi anónimo. En algún pueblo siempre aparecía un Martínez dueño de una tienda de ropa, una fonda o una ferretería. Por esa causa él había decidido cambiarse los apellidos y llamarse solamente Tomás Tonatiuh.

> Sol redondo y colorado
> como una rueda de cobre,
> del diario me estás mirando,
> del diario me miras pobre.

Sus alumnos de sexto año de primaria habían evocado esa mañana una canción socialista del año 1935. Él había encontrado la letra en un libro de texto y la había dado de tarea a su clase, no por el contenido político, sino porque mencionaba al Sol y todo lo que trataba del Sol era digno de mencionarse.

—Según el *Diccionario de la lengua náhuatl o mexicana*, el Sol era adorado como poder soberano, aquel por el cual se vive, *ipalnemoani*. Tenía un templo magnífico en Teotihuacan. Se le atribuía la creación del mundo. En las cuatro edades de la cosmogonía mexicana había un Sol de agua, un Sol de tierra, un Sol de viento y un Sol de fuego. Ahora vivimos en la era del Quinto Sol, Ollintonatiuh, Sol de Movimiento, Sol que camina hacia su muerte, Sol que acabará por terremotos —Tomás mostraba a los colegiales una reproducción de la Piedra de Sol y una foto de una revista de astronomía—. Porque el mito y la ciencia no están reñidos. Los hallamos a diario en nuestra imaginación.

—¿Por qué se puso Tonatiuh, maestro? —Jessica lo miró astutamente a través de sus lentes gruesos.

—Porque hay dos nombres en la vida de un hombre: El que le ponen a uno cuando nace y el que se pone uno a sí mismo cuando sabe quién es. Con este segundo nombre espero morir y ser conocido en mi posteridad. En náhuatl Tonatiuh es el nombre del Sol, "El que va haciendo el día". En mi caso, Tonatiuh es "El que va haciendo la vida".

—No me ha dicho todavía por qué se cambió de nombre, maestro.

—Hay momentos en que el nombre que nos pusieron ya no nos nombra, no abarca lo que somos ni lo que soñamos ser. De plano, no nos sirve. Pero si nos llamamos a nosotros mismos lo que creemos ser, entonces nuestro nombre está vivo, nuestro nombre es nosotros, se inscribe en nuestro cuerpo y andará con nosotros hasta el fin.

—Si volvieran los aztecas, ¿me sacrificarían? —preguntó Toño.

—Me temo que sí, por tonto.

—Maestro, si nos paráramos en la punta de la montaña más alta del mundo, ¿podríamos ver toda la luz del Sol? —Teresa, con su uniforme blanco, cruzó sus piernas de adolescente.

—No, porque para ver toda la luz del Sol nuestros ojos tendrían que ser enormes.

—¿El Sol es un ojo de fuego?

—No sé si tiene la capacidad de mirar, pero tiene la forma de un ojo. Está compuesto de 92.1% de hidrógeno; 7.8% de helium, 0.1% de elementos pesados en estado gaseoso. La zona luminosa del Sol es llamada fotosfera.

—¿El Sol tiene corazón?

—El corazón que tú le das, Teresa.

—¿El Sol es un millón de veces más grande que la Luna?

—Tiene un diámetro de 1,392,000 kilómetros. Su masa es 33 mil veces la de la Tierra.

—Si miro al Sol de frente, ¿me quedaré ciega?

—Los ojos son solares, pero no debes tratar de mirar al Sol sin filtros. Tu vista puede sufrir daños permanentes.

—¿A qué distancia está la Tierra del Sol?

—A 149,597,870 km.

—¿Para qué sirve el Sol?

—No respondo a más preguntas, el timbre ha sonado —el maestro Tomás Tonatiuh recogió su material didáctico. Pero no fue a casa, esa tarde subió al cerro para echar un vistazo a las mariposas. Anduvo horas con los zapatos pesados de polvo, hasta que accedió a La Puerta. Mas ese año la colonia se había formado en otra parte y tuvo que bajar por una barranca. Un fuerte destello le pegaba en las gafas, como si la armadura refulgiera.

*Querre-querre*, vomitó un grajo agarrado a una rama. Se había comido a una mariposa y por el pico negro arrojaba un líquido amarillo.

Tomás paseó la vista por esas tierras suyas, tan deforestadas que las mariposas tenían que posarse en el polvo. Dos taladores bajaban la cuesta, haciéndose más pequeños, más pequeños hasta convertirse en puntos insignificantes. Toño, su alumno, jalaba una yegua alazana. Era tan bajo de estatura que apenas alcanzaba la cabeza del animal. En temporada de monarcas llevaba a los turistas al santuario. Entonces solía faltar a la escuela.

Todo el cielo amarillo. El cerro parecía ocultar un incendio. La tierra baja, pintada de sí misma, se tornaba sombría. Bajo la luz dorada un zopilote hurgaba en las entrañas de un burro muerto. Como un obispo lúgubre clavaba el pico en las costillas del cuadrúpedo tratando de llegar al corazón.

—Sol solo. Sol sonoro. Sol figurado —murmuró Tomás, mientras una luz huérfana, que flotaba prístina en el aire, doraba los muslos de los cactos.

—Las mariposas tienen sed —Tomás vació su botella de agua en el polvo. El líquido desapareció con un breve ahogo, dejando apenas una huella húmeda en la superficie. Otras mariposas ya se habían emperchado en los troncos y las ramas de los árboles para pasar la noche.

Tomás, semejante a un alfil en un tablero de ajedrez oscuro, se paró sobre un peñasco. Desde allí observó los ríos amarillos de la luz encender las nubes negras. Delirio de colores. Silenciamiento de azules. Bandada de loros atravesando la noche incipiente.

—Hasta mañana —dijo a las mariposas—. A partir de ahora todo será distinto.

*Querre-querre*, se quejó el grajo enfermo.

## 2. Marcelina

—Mamá Marcelina, tuve una pesadilla, soñé que estaba temblando.

—La tierra no está temblando, el que está temblando eres tú.

Adolescente aún, Tomás se removió en el camastro de esa habitación llena de raspaduras a la que entraba el amanecer por la ventana sin cortinas como una invasión solar.

—Soñé que un disco ardiente me desgarraba el pecho y que una jarra de agua se rompía en tus manos.

—Tomás, levántate, tienes clases.

—¿Otra vez iré a la escuela sin desayunar, mamá?

—Lo siento, hijo, sólo tengo los pasteles de miel que hice y no vendí en el mercado.

—Los comí ayer y anteayer, me aburren.

—Para la comida te haré tacos de pollo. Y sopa de zanahoria.

—Ya me harté del menú lo mismo con lo mismo.

—¿Sabes? Como Plácido no consigue trabajo partirá a los Estados Unidos —los ojos negros de esa mujer joven se entristecieron fugazmente al dar la noticia.

—¿Cuándo? —preguntó Tomás abrazándose a su cuerpo.

—Pronto.

—¿Cuán pronto? —a Tomás el viaje de su padre no le preocupaba mucho. Al contrario, con él fuera tendría a su madre para él solo, compartida con su hermano menor.

—Él te lo dirá —ella se inclinó sobre su hijo. Su perfume barato lo envolvió como una nube y él quiso arrojarse a su regazo en busca de ese aroma.

—No importa que se vaya, si tú te quedas. Serán buenos tiempos para los dos.

—Y para Martín.

—¿Te llevo a la escuela? —desde el umbral de la puerta, Plácido lo miró con fijeza, como si lo mirara por primera vez.

—¿Tú? —Tomás, pegado a su madre, miró al piso.

—Yo, por qué no.

—Bueno —Tomás salió a las calles irritadas. Andando detrás de su padre volteaba a ver a su madre, que lo miraba desde la puerta. Qué bien le sentaba el color rojo. Maquillada, qué guapa se veía. Ese esmalte azul en las uñas cómo adornaba sus manos. No cabía duda, Marcelina era su adoración y su mejor amiga. Los paseos por el cerro con ella eran como paseos de enamorados y no había para él secreto alguno que no quisiera contárselo enseguida.

Plácido lo dejó en la puerta de la escuela y al acabar las clases, para sorpresa de Tomás, vino a recogerlo, ayudándolo con la mochila.

—Acompáñame a la peluquería de paisaje.

—Iba a encontrarme con mi madre en el mercado.

—Hoy se quedó en casa.

Caminando se fueron a la plaza. Chon no lo hizo esperar, sentó a Plácido en el sillón, lo cubrió de champú el pelo y le acarició el cuello como si fuera a degollarlo. El peluquero era viejo y sus manos temblaban al cortarle el cabello. Tomás, a unos metros, prefería ver el movimiento de la calle que el trajinar de las tijeras.

—Chon, me voy p'al Norte.

—¿A Aztlán?

—¿Al reino legendario de los aztecas? No.

—Quisiera hallarlo antes de morirme.

—¿Quién?

—Yo —Chon se paró entre dos biombos con pinturas de los volcanes Iztaccíhuatl y Popocatépetl. Del lado de la Montaña Humeante se atendía a las mujeres, del lado de la Mujer

Blanca a los hombres. Delgadas columnas de luz pasaban por los agujeros.

—¿Te vas de ilegal?

—No digas eso. Mis documentos son los pies, con ellos cruzaré la frontera.

—Listo.

—¿Tan pronto?

—Servicio expreso.

—¿Cuánto te debo?

—Veinte.

—Chon, te quería pedir un favor. Se trata de un préstamo.

—Estoy muy amolado.

—Gracias de todos modos —al sacar los billetes del bolsillo a Tomás le pareció que a su padre se le atoraba la mano adentro y que los pesos apañuscados se resistían a salir.

—Cuando estés allá, me escribes sobre Aztlán.

—Lo haré sin falta —al abandonar la peluquería, Plácido cogió del brazo a Tomás con sus manos rasposas.

—Ahora acompáñame a comprar unos pantalones, porque estos que traigo están tan apretados que no puedo agacharme ni separar las piernas por miedo a que se me descosan. ¿Te apetece una naranja?

—No.

La tienda de ropa estaba en el centro. Su padre sabía exactamente qué buscaba y no perdió tiempo para comprarse los pantalones. De paso adquirió una camisa a cuadros de lana.

—Ahora vamos a comer algo. Porque no has comido, ¿verdad?

—No.

—Dile a doña Susana que nos dé buena mesa —pidió Plácido a la muchacha parada a la entrada.

—Puede decirle usted mismo, allá está ella —la muchacha señaló a una mujer de pelo blanco y dientes de peineta saliendo de la cocina.

—Cuando voy a un restaurante, si voy a pagar por lo que como, quiero que me atiendan bien.

—No se preocupe, dígame lo que quiere y se lo sirvo.

—¿Tiene menú del día?

—Se lo digo: Sopa de fideos, pollo en hongos silvestres, ensalada de lechuga y jitomate, frijoles de olla.

—Tráigalo para dos —ordenó Plácido, sin preguntarle a su hijo si tenía tanto apetito.

—¿No sería mejor que invitaras a mamá? —preguntó Tomás, aunque estaba contento porque nunca antes su padre lo había sacado a pasear o a comer.

—Regresaré por ti —le prometió Plácido, mientras la mesera traía la cuenta—. Me iré de viaje mañana.

—¿Podemos irnos, papá?

—Ahora te llevo con tu madre, veo que la extrañas.

Al llegar a casa, Plácido llamó a Marcelina a la sala y, delante de los hijos, le hizo varias recomendaciones:

—Mujer, no salgas de noche, si hay una urgencia manda a Tomás. Mujer, duerme con la vela prendida en tu recámara, porque la noche está llena de espíritus malignos; si te sientes sola o mal pensada llama a los niños para que te acompañen en la cama. Mujer, no asomes la nariz al mundo porque te la pueden cortar y qué cuentas me vas a entregar cuando regrese. Mujer, nadie debe saber que te quedas sola, excepto mi sobrina Hortensia. En la alacena te dejo provisiones para una semana, y un dinero que ahorré. Gástalo bien. A los chamacos cómprales pantalones de mezclilla y zapatos de León, para que les duren. Y cuadernos para la escuela. Te encargo a los críos, cuídalos. Si quieres escribirme manda las cartas al consulado mexicano de Los Angeles, allá darán razón de mí. Si no te contesto, no te preocupes, no me habré muerto, soy hueso duro de roer.

A Tomás, aconsejó: "Hijo, aunque estés jodido no vendas la tierra de nuestros antepasados. Tampoco abandones a tu madre para irte a la ciudad de vago. Ve por tu hermano y trátalo con cariño."

Al recibir su beso en la mejilla, Tomás examinó la cara del padre que iba a perder. Desde la puerta, Plácido aseguró a la familia:

—Me voy por pura necesidad, por la pinche miseria, pero ahorita regreso.

El ahorita sonó en la cabeza de Tomás como un hasta nunca, a pesar de que con el diminutivo Plácido quería minimizar el impacto de sus palabras.

Para el viaje, Plácido se llevó dos pasteles de miel, una lata de sardinas y una botella de agua, y la cabeza llena del sueño americano. Esposa e hijos lo vieron atravesar a pie la frontera verde del bosque. De vez en cuando él se sacudía el polvo de los pantalones. Su sombra, como retenida por una red invisible, pareció quedarse unos segundos detrás de él, separada del cuerpo. Luego se integró a sus pies. Entonces, madre e hijos empezaron el retorno a la casa vacía.

—¿Viste su sombra? —preguntó Tomás a su madre—. Se le desprendió un tantito así de los pies. Dicen que en el otro mundo los muertos reconocen a los vivos por su sombra, ¿es cierto?

Marcelina no contestó. No le importaba lo que podía hallar en el otro mundo, sino lo que perdía en éste.

—¿Me oíste?

—¿Quieres que te grite mi respuesta? ¿No ves que todo está haciendo agua?

—¿Dónde?

—Aquí dentro.

Tomás no entendió sus palabras, pero su alusión al agua tuvo sentido, porque al poco tiempo, mientras trapeaba el piso de la cocina, ella se fue de bruces sobre una cubeta de líquido sucio. Ya no recobró el conocimiento. Murió de una embolia en un camastro de hospital.

Después de la muerte de su madre, a la que Tomás recordaría con las manos mojadas, saliendo de la cocina o lavando ropa, tuvo su herencia: un collar de perlas falsas, dos vestidos, un delantal, un acta de defunción y cincuenta pesos de ahorros.

## 3. La tía Cebollas

—¿De dónde sale el polvo de la casa? ¿Para qué sirve la borra en los bolsillos? —se estaba diciendo Martín con el ojo pegado a la cerradura de la puerta de la recámara materna, cuando el cura del pueblo le puso la mano sobre el hombro.

—¿Está el jefe de la casa?

No obstante que el aliento del eclesiástico le tocaba casi la cabeza, el niño trató de ignorar su presencia. A Tomás le inquietaba que desde hacía meses Martín se pasara las horas atisbando en el interior de la pieza como si adentro estuviese Marcelina y no sólo quedara de su presencia un colchón desnudo y una chancla en el piso. A su edad, siete años, todavía se orinaba en la cama y se ponía lívido al oír el nombre de su madre.

—¿Está o no está?

—Soy yo —Tomás saltó del columpio en el corral y le extendió su mano abultada y enrojecida.

—¿Te han salido sabañones? —el cura rechazó su saludo.

—Por los fríos de enero.

—Ai les traigo esto. El difunto don Antonio dejó ropa para donar a huérfanos. Mucha de ella nueva —el cura sacó de una bolsa de hilo unas botas, unos pantalones rojos, una camisa blanca y un sombrero negro—. Son para ustedes.

—Somos bajitos y flacos.

—Ya eres adolescente, necesitas vestirte mejor si quieres conseguir trabajo o que alguien te recoja.

—El finado era gordo.

—Limosnero y con garrote —el cura se afiló la barba, una punta negra en una cara rubicunda—. Martín puede trabajar conmigo de monaguillo.

—Quiero que estudie.

—¿Han comido hoy?

—No.

—Pues coman estudios —el cura se marchó enojado.

Al poco rato que se fue, Tomás se introdujo en la recámara materna para buscar los certificados escolares para con esos papeles del pasado mostrarse a sí mismo que tenía futuro. Pero como suele ocurrir en algunos casos, en vez de hallar lo que buscaba encontró en una caja de zapatos algo distinto: un recibo otorgado a su padre por un Florentino Peralta por la compra de un burro color tabaco pardo, el acta de matrimonio de Marcelina y Plácido, las actas de nacimiento de Martín y él. Y un hatillo de cartas de su madre a su padre. Las misivas estaban escritas por dos personas distintas. Unas por la mano de Marcelina, con faltas de ortografía, y otras por Carmen Zaldívar, madre de una quinceañera atractiva y coqueta llamada Zenobia. Estas últimas habían sido trazadas con letra fina. El estilo variaba. El de Marcelina era sincero y parco; el de Carmen Zaldívar, hablando por ella, elocuente y apasionado. Los sobres estaban dirigidos a Plácido Martínez, en Los Angeles, California.

—Su ingenuidad me conmueve, creía que con sólo poner el nombre de mi padre en un sobre era suficiente para que la carta alcanzase su destino. Como si todo el mundo conociera en esa ciudad a Plácido Martínez, su marido —Tomás le contó a su hermano. Y, después de una larga pausa, como si ya hubiera abandonado el asunto, añadió con desgano—: Lo patético es que ella murió sin saber que Plácido nunca llegó a California. Por la ruta que siguió el pollero, con otros ilegales centroamericanos, se encaminó a Nueva York. Allá le dieron trabajo unos coreanos en su tienda abierta las veinticuatro horas del día. Su tarea: cuidar mercancías en la calle para que no la hurtaran los peatones. Lo bueno es que ella jamás supo que él se juntó con una mesera puertorriqueña, quien le dio cuarto y comida, y dinero para su transporte en la ciudad.

—¿Cómo lo sabes?

—Me lo dijo un paisano que vino del otro lado.

—Escribió papá —medio año después vino a decirle Martín, la nariz tapada por un resfrío.

—¿Él? ¿Cuándo?

—La semana pasada.

—¿Mandó dinero?

—Una tarjeta de Navidad.

—Pero si las fiestas ya pasaron.

—Será por las que vienen.

—No sé qué vamos a comer hoy.

—Oí que hay plazas disponibles en una farmacia.

—A partir de la semana próxima, después de la escuela, trabajaré en las tardes entregando medicinas a domicilio.

El trabajo fue breve, porque a los quince días le robaron la bicicleta y lo despidieron. Cuando apenas estaba de regreso en la casa, Martín vino a decirle:

—Mamá ha resucitado, está sentada en esa piedra.

—Caramba, hermano, bien sabes que mamá está muerta.

—Te lo juro, Tomás, la miré orinar tapándose con una mano el hoyo negro entre las piernas. La trenza le sale por la nuca como cola blanca. Ahora mismo entró a la cocina para hacernos enchiladas rojas.

—Si me vuelves a hablar de las apariciones de mamá, te romperé el hocico.

—Espanta de noche.

—Lo que te espanta el sueño es el café negro que bebes todo el día.

—No te molestaré más con su fantasma —le prometió Martín. Pero al cabo de una semana, cuando Tomás se hallaba en el comedor leyendo un libro que le había prestado su maestra, le dijo:

—Acabo de ver a mamá en el corral. Anda en el aire, porque no tiene pies para pararse.

—Estás alucinándote, cabrón.

—Te lo juro, abrió la boca para que viera que le falta el paladar.

—Se me acaba la paciencia.

—Ah, se me olvidaba contarte, a partir de mañana trabajaré con el cura. Seré su monaguillo.

—No te metas con él.

—¿Por qué?

—Nomás.

—Me importa madre tu opinión.

—Pendejo —Tomás levantó la mano para descargarle un golpe, pero viéndolo con esos zapatos viejos y esa cara de ratón asustado que tenía, le dio una patada a la silla y se fue al cine.

Cuando se acercaba el quinto aniversario de la muerte de su madre, una mujer de mejillas coloradas, busto grande y caderas anchas, de unos treinta y cinco años, irrumpió una mañana en su recámara.

—¿Quién es Tomás?

—Yo —respondió él, aún acostado.

—Soy tu tía Amalia, la hermana menor de tu madre.

—Mucho gusto.

—Ella es Ana. Mi hija —Tomás vio detrás de ella la silueta de una adolescente no fea que lo miraba con fijeza—. Venimos a pasar unos días contigo.

—¿Han visto a Martín mi hermano?

—En la puerta. ¿Por dónde empezamos el aseo?

—Por cualquier parte.

La tía salió dando pasos largos como una guerrera de la limpieza. Ana la siguió volviendo la cara hacia Tomás, en la cama.

—Esta vajilla de loza verde es una desgracia. Los vasos tienen dentro moscas muertas, los recipientes con comida apestan, nadie ha quitado las natas de leche a las cucharas y ningún alma ha trapeado los pisos desde hace años. Tú encárgate de eso, yo me ocuparé de las recámaras.

Media hora después, Tomás se dirigió a la cocina y halló a Ana parada delante de un altero de platos sucios.

—Mamá anda en el corral recogiendo cebollas.

—Pronto los vasos relucientes se llenarán de un líquido color sangre: agua de jamaica. Y los huevos se servirán revueltos, acompañados por chorizo, frijoles refritos y cebollas —entró diciendo la tía Amalia—. Por lo que a mí respecta, soy muy aficionada a comer los bulbos crudos.

—No me imagino, tía, cómo pudieron viajar con todo ese equipaje —dijo Martín, devorando en la mesa los huevos revueltos.

—El chofer del autobús de la Flecha Roja fue muy amable. Nos ayudó con los cartones y las bolsas. Sólo tuve que cuidarle las manos para que no tocara demasiado a Ana.

—A propósito, ¿cómo está el tío Enrique?

—Se quedó en Morelia arreglando un asunto de tierras. Por eso nosotras venimos solas. Perdón, no soporto las telarañas, si no te importa limpiaré los roperos y los rincones de las paredes. Poco a poco te irás acostumbrando a mi eficiencia —y a sus abrazos, ya que a la tía le dio por pedirle a Tomás besos en la mejilla, haciéndolo que se estirara sobre su cuerpo, pegado a sus pechos.

Por lo demás, cuando Amalia se iba de compras al mercado con tres o cuatro bolsas de hilo metidas una dentro de otra, Ana se quedaba con él a jugar a las escondidillas. Solos en la casa, pues Martín partía desde temprano al campo deportivo a practicar futbol, ya que formaba parte del equipo local, su prima, con manos traviesas y ojos ardientes, comenzaba a buscarlo de cuarto en cuarto. Al hallarlo en el ropero oculto detrás de las viejas ropas de Marcelina, ella lo tocaba y él se ponía a temblar.

—Dime de una vez qué cosa quieres —una vez él la confrontó con tal brusquedad que provocó su fuga apresurada. Sólo por un rato, porque cuando fue al excusado la vio alzarse el vestido, bajarse las pantaletas y sentarse en el mueble de baño.

—Me pasas el papel, por favor.

—¿No puedes hacerlo tú misma?

—Está muy lejos —ella descubrió su trasero colorado.

—Aquí está.

—¿Así te gusta? —ella se puso a gatas.

Él se bajó los pantalones. Con torpeza trató de penetrarla, pero siempre fallaba, ya que con los empujones la echaba hacia delante o hacia los lados. Las piernas se le doblaban por la tensión. Tenía miedo, además, de que fuera a aparecer Amalia. Por eso, la consumación se quedó para otra oportunidad.

Al salir, Tomás dejó la puerta entreabierta. Sentándose de nuevo en la taza, Ana la cerró. En la cocina, él oyó a la tía preguntar:

—¿Está alguien allí?

Cuando Tomás vino a ayudarle con las bolsas, al pasárselas ella oprimió sus senos contra sus nudillos.

—En el mercado no venden buenas cebollas.

Ana y Tomás no se dieron por vencidos, cada vez que Amalia se iba de compras seguían intentando amarse. Pero cuando lograron hacer el amor, el acto fue tan fallido que desde ese momento Ana no volvió a dirigirle la palabra.

—Lo siento —dijo él, por venirse prematuramente.

—Más lo siento yo —replicó ella, ofendida definitivamente.

Como compensación a la pérdida de la prima, empezaron las visitas de la tía.

—Hazte a un lado, tengo frío —todas las mañanas, Amalia aparecía en camisón y se metía a su cama.

De inmediato, ella pegaba sus muslos desnudos a su miembro desnudo. Para vergüenza de Tomás, éste crecía y se ponía duro sobre sus nalgas anchas como platos, y a veces también sobre su vientre, el cual habiendo sufrido un par de operaciones, él imaginaba con una boca gris con algunos vellos filosos como dientes. Para tranquilidad de su conciencia, Amalia no se semejaba en cuerpo ni en cara a su madre. Acostada a su lado, no había lugar para comparaciones. Más desenvuelta, musculosa y corpulenta que Marcelina, en nada se parecía a su hermana.

—Hora de desayunar —de repente, la tía saltaba de la cama y se dirigía a la cocina, donde luego él la encontraba cortando cebollas con un cuchillo.

Al mes y quince días, cuando ya empezaba a encontrarle gusto a esas visitas matutinas, y se quedaba acostado en la cama hasta que la mujer entrara, la tía irrumpió en el cuarto para anunciarle:

—Nos vamos hoy, Enrique ha regresado.

—Ahora me visto.

Ella lo contuvo:

—No es necesario que vengas a la terminal, el chofer de la Flecha Roja está afuera para ayudarnos con el equipaje. Anita te dice adiós.

—¿Cuándo vuelven?

—Ni idea.

De todas maneras Tomás se levantó y se vistió. Desde la puerta las vio desaparecer en la calle con sus cuerpos largos y sus bolsas de hilo cargadas de cebollas, como si nunca hubiesen sido.

## 4. El Jaguar

SE BUSCAN VALIENTES PARA ENFRENTARSE
A EL JAGUAR,
EL RUGIDO DE LAS MONTAÑAS.
Mil Pesos de Premio al Ganador.
O en su defecto: Entierro Gratis.

Al leer el volante pegado en la vitrina de una tienda, el corazón le dio vuelcos, Tomás casi quiso memorizar el anuncio pegado también en los postes de luz, las paredes y los árboles de la calle principal. Como había perdido su empleo como repartidor de medicinas a domicilio cuando le robaron la bicicleta, y como no había aceptado irse a vivir con su tía Amalia y convertirse en un pariente de segunda, la posibilidad de enfrentarse a El Jaguar le resultaba viable. El problema era que ese luchador atroz tenía fama de hacer en el cuadrilátero un uso excesivo de la fuerza, descontando con golpes bajos lo mismo a sus rivales que a los réferis que trataban de controlarlo. Desde la primera caída, sus contrincantes arriesgaban terminar inconscientes en la lona.

—¿Estás seguro de lo que haces, Tomás? ¿Te vas a enfrentar a El Jaguar? ¿A ese campeón rudo, con catorce años de experiencia, que le ganó al Histeria y al Abismo Negro? ¿A esa bestia que le quitó la cabellera a La Mosca y le arrancó la máscara al Avispón Verde? El señor ha ganado dos campeonatos, el Nacional Atómico y el Nacional de Parejas —Mauricio Mendoza, el tendero y promotor del evento, era hijo de un niño de Morelia que había llegado de España en un barco de refugiados. Rodeado de cascos vacíos de cerveza y de rollos de tela, apartó sus ojos del periódico de ayer para mirar a ese muchacho de saco apretado y camisa blanca que pasaba las tardes asoleándose en una banca del jardín.

—Acepto el reto.

—Te va a descuartizar.

—Haré lo que pueda para impedirlo.

—La máscara le da los poderes del animal que representa.

—No me asusta.

—¿Sabes luchar? ¿Sabes cuánto pesa El Jaguar? Ochenta y dos kilos. Mide uno ochenta y siete de estatura. Sus maestros fueron Blue Panther y Espectro Primero, a los que derrotó luego en el cuadrilátero.

—Aprendí lucha libre con El Santo, "El Enmascarado de Plata".

—¿En qué gimnasio?

—El Santo no murió en 1984, escapó del Hospital Mocel y se vino a vivir a La Puerta. Allí, muy anciano, me instruyó en la lucha libre.

—Estás bromeando. No habías nacido cuando él luchó contra Black Shadow, el emisario del mal, y Gardenia Davis, el luchador gay. Esos sí fueron combates a muerte. Lo más probable es que viste la película *Santo contra las mujeres vampiro*.

—Mi papá coleccionaba sus historietas.

—A mí me tocó verlo pelear contra El Murciélago. Este luchador rudo llegaba a la arena con costales de murciélagos para aterrorizar al público. Mientras luchaba, los quirópteros pasaban chillando sobre tu cabeza o se quedaban colgados de los cables de la luz mirando hacia abajo con el hocico abierto. El Santo le cortó la cabellera y los murciélagos revolotearon como locos.

—Estaré listo para el día de la lucha.

—Allá tú. No quiero que se cometa un infanticidio. Nada más acuérdate que las manos de El Jaguar son buenas para estrangular y sus rodillas diestras en romper huevos. Si te los rompen no te va a querer la novia.

—Me entrenaré duro, haré ejercicios, practicaré llaves, estudiaré los movimientos de mi sombra.

—Sería bueno que fueras a la peluquería. Te verías mejor en las fotos.

—Así greñudo pareceré más temible.

—¿Necesitas algo más?

—Un anticipo.

—Las arcas están vacías —el tendero se metió en la trastienda. En el cuarto penumbroso su joven esposa lo estaba esperando para comer. A Tomás, ella le pareció una sombra parada entre las cajas de aceite y las bolsas de azúcar.

Cuando llegó el gran día, desde temprano las sillas de la arena improvisada fueron ocupadas por campesinos ensombrerados, jóvenes barrosos y señoritas con trenzas y listones de colores que querían ver la gran lucha a muerte entre El Jaguar y El Palurdo. En el público había niños y niñas, los más entusiasmados en ver sangre sobre la lona y cuerpos arrojados contra las cuerdas. Los fruteros y los tenderos habían apostado contra los carniceros y los funcionarios municipales. Todos esperaban ver cómo El Jaguar ganaría a El Palurdo. La pelea sería máscara contra cabellera. El carnicero Rodolfo el Muñeco fungiría de árbitro. El local iluminado por focos de cien voltios estaba lleno. En la primera fila se sentaron sus amigos Zenobia y Andrés, que andaban de novios, y las dos hermanas solteras de Mauricio Mendoza. La mayor tenía los ojos tan juntos que parecía un cíclope. A la menor le decían La Calavera Azteca, por los dientes saltones.

Entre rechiflas, por tener unos minutos de retraso, subieron al cuadrilátero El Jaguar (el campeón que ocultaba su identidad bajo una máscara de mamífero carnicero) y El Palurdo (el joven local de bigote incipiente y pelo enmarañado). Al constatar en vivo la ferocidad de su adversario, Tomás dudó de su buen juicio. No obstante no era de gran tamaño, como había temido. Su cuerpo tenía más forma de carpa que de felino: su cabeza era más pequeña que su cuerpo; con la espalda y la panza amarillentas pintadas con manchas negras, sus piernas eran verdosas y escamosas, y bajo la máscara parecía bocudo y dentón. De cerca, Tomás captó la materia grasa bajo su piel, los brazos amarillentos, y casi musgosos, como si los hubiera asoleado sobre una piedra mucho tiempo. La banda de músicos invidentes, con lentes oscuros y la cara ladeada, con violín, acordeón y guitarra, empezó a cantar:

Ella, la que hubiera amado tanto,
la que hechizó con música mi alma,
me pide, con ternura, que la olvide,
que la olvide sin odios y sin llanto.

Ricardo el Muñeco, al recordar las reglas, enfatizó que ninguno de los dos debía utilizar en la lucha libre otros medios que las llaves y los golpes técnicos. Pero no había acabado su locución cuando El Jaguar ya se había abalanzado contra Tomás, entretenido en presumir ante el público sus bíceps. El Rugido de las Montañas lo agarró del cuello y de los muslos y lo alzó, lo alzó, lo alzó, dando un paso hacia delante, con la intención de arrojarlo sobre las hermanas solteras de Mauricio Mendoza. O todavía peor, de aventarlo sobre las cuerdas contra los espectadores de atrás.

—Bájame, buey, me estás lastimando las costillas —gimió Tomás, sopesado en el aire.

—Cuando me dé la gana, hijo de perra —El Jaguar pegó sus dientes a su oreja para mordérsela. O para arrancársela. Una táctica que había aprendido de Gardenia Davis, su maestro en rudezas.

—Ganas no te faltan, pero la máscara no te deja abrir el hocico.

—Te mataré —rugió El Jaguar.

El miedo enfureció a Tomás al sentir los colmillos de plata morderlo a través de la abertura de la máscara. De manera que cuando sus pies tocaron la colchoneta, lo esquivó con movimientos rápidos, lo desafió bailando. El Jaguar avanzó dispuesto a saltarle encima. Tomás le atrapó la redonda cabeza, lo sujetó por las manos y le metió una llave, apresándole el muslo. Le aplicó una llave doble de pierna, todo como si el espíritu de El Santo hubiera encarnado en su persona. A partir de ese momento, El Jaguar ya no fue dueño de sus fuerzas ni pudo detener la lluvia de patadas y machetazos que le propinó Tomás, quien escapaba de sus manos como un perro aceitoso, evadía sus zancadillas, sus mordidas, sus golpes bajos, protegiendo a la vez su corazón, su nuca y sus testículos. Al cabo de unos minutos lo tendió en la lona. Sonó un martillo contra una sartén, el gong de la campana.

—¡Uno, dos, tres! —contó el árbitro.

—¡Máscara, máscara! —gritaron las hermanas Mendoza.

Tomás le arrancó la máscara junto a un puñado de cabellos. Para su sorpresa, con el pedazo de tela se trajo sus colmillos: unos pedazos de estaño extraídos de una cajetilla de cigarros para dar la impresión de plata.

—Sin máscara no soy nadie. No hay peor humillación para un luchador que le quiten la máscara.

—Ahora el público podrá contemplarte en tu verdadera fealdad.

—Acuérdate de El Jaguar, Palurdo —la boca sin dientes del luchador resultaba ridícula, aunque la masa de músculos de su cuerpo parecía letal y amenazante.

—Acuérdate de Tonatiuh, Jaguar —sin darle la espalda, Tomás se bajó del cuadrilátero. Mientras las luces amarillentas del ring se iban apagando y el público abandonaba la sala, una polilla negra revoloteó alrededor de los focos.

—Pensé que su identidad nunca sería revelada —Mendoza lo abrazó excitado—. De ahora en adelante serás nuestro campeón. Te pondré una máscara de águila, te programaré en ferias y mercados. Cuando un hombre se pone una máscara se convierte en leyenda. Tú serás Tonatiuh.

—De ahora en adelante me despido de la lucha libre.

## 5. Margarita Medina

—Soy Margarita Medina —afuera de la nevería La Flor de Michoacán, se le presentó una mujer de orejas pequeñas, pelo negro crespo, cejas pobladas abiertas, ojos negros, nariz rectilínea y labios delgados. Juvenil de aspecto, llevaba sandalias y ropa ligera de colores vivos. Tendría unos treinta años y estaba quedándose con su prima Hortensia.

—Soy Tomás Tonatiuh —balbuceó él.

—Bosque Brada, por tu voz quebrada —rió Hortensia.

—¿Vives en el pueblo? —la forastera dio un paso hacia delante. Su sombra, al cubrir la de él, se dobló sobre la banqueta.

—Sí —el hombre de estatura regular, cuerpo delgado, ojos inteligentes, rostro pálido y cabello hirsuto, con unos pantalones tan gastados que en algunas partes no tenían pana, no sabía dónde meterse por la timidez.

—Me gustan los hombres que son capaces de ruborizarse —Margarita enfatizó los senos, entresacó el trasero. Traía el pelo atado hacia atrás, las orejas descubiertas y las manos llenas de anillos.

—Margarita pasará su cumpleaños conmigo —dijo Hortensia.

—Lejos de la contaminación urbana, entre unos pocos árboles amigos y bajo un cielo sin mancha —añadió Margarita.

Si bien ella no poseía facciones ni formas físicas impresionantes, al tenerla delante él experimentó la sensación de que ese encuentro cambiaría su vida. Algo misterioso lo hacía sentirse cómodo con ella y querer estar a su lado.

—¿Tomamos un trago?

—¿Dónde?

—En mi casa, hombre —Hortensia vivía en la calle principal, a unos cien metros de la suya. La gente la apodaba *La virgen otoñal* porque su celoso padre desde la adolescencia la había destinado a ser su chaperón. Lo había acompañado en sus viajes, sus juntas, sus paseos y sus actividades sociales. También la volvió huraña, hasta el punto de comportarse hostil con los hombres que la cortejaban. Viuda de padre, luego se dedicó a criar puercos, en particular a Petronilo, un cerdo inteligente a quien ella confiaba sus secretos.

—No seas malo, llévanos al santuario de las mariposas —Margarita cogió a Tomás del brazo—. Será mi regalo de cumpleaños.

—No falles, primo, nos vemos mañana a las nueve.

Otro día, a la hora señalada, cuando ellas llegaron a la plaza él ya estaba esperándolas. De allí, enfilaron hacia el cerro. Él adelante, las dos atrás.

A partir de la Cañada del Pintor, Tomás, caminando con Margarita, sin mirarla, estaba consciente todo el tiempo de su cuerpo. No obstante que para su gusto ella era lenta y continuamente parecía que iba a caerse sobre las piedras, se sentía emocionado de ir juntos en la excursión.

Cuando Hortensia se quedó atrás en la cañada, los nuevos amigos se sentaron en una roca a esperarla. Desde allí, Margarita quería abarcar todo con la mirada: la presa en el llano, los encinos, las grandes nubes blancas, las flores silvestres, los jilgueros gorjeando invisibles en el bosque. A sus pies estaba el pueblo con sus tejados rojos, su iglesia, su campo deportivo, sus culebras de polvo que eran los caminos. A derecha e izquierda estaban los campos con sus ejércitos de cactos semejantes a dedos verdes. Más cerros, unos con forma de sandía partida, otros con forma de animales descuartizados.

—¿Ya me cortaron o qué? —Hortensia los alcanzó con un grito. Con ademanes mostraba su molestia.

—Eh, aquí te esperamos, eh —le dijo Tomás, parado sobre un peñasco.

—¿El santuario se está alejando o tú nos estás dando un paseo? ¿Para agredirme has tomado el camino largo o qué? —Hortensia, a su lado, echaba los hígados por la boca.

—El pueblo es tan pequeño que sólo dándole vueltas se hace más grande —bromeó Tomás.

—Yo creo que nuestro guía anda perdido.

—Estamos cerca del Estado de México.

—¿Descansamos o seguimos?

—¿No descansaste ya?

—Me duelen las piernas de tanto andar entre las piedras. ¿No conoces una subida menos empinada?

—¿Adónde fue Margarita?

—¿Quieres verla orinar? —Hortensia indicó a Margarita escondida detrás de un arbusto—. Asómate si quieres.

Tomás alcanzó a ver a la fuereña entresacando la cabeza entre dos plantas con flores moradas, mientras la orina color oro viejo caía sobre la hojarasca.

—Pretendes escrutar la serranía, pero en realidad estás tratando de observar sus nalgas explayadas sobre una bacinilla de musgos. La mitad de su trasero al aire parece media luna.

—Miro en aquel camino a la yegua alazana subir la cuesta.

—Ay, sí.

—Disculpa —Margarita vino hacia él acomodándose el vestido.

—No hay de qué.

—¿En qué pensaste al verla orinar? —Hortensia lo acometió—. ¿En nada?

—Prefiero guardarlo para mí.

—A mí puedes decírmelo —los ojos de Margarita lo buscaron, pero él miró hacia otra parte.

—Hay hongos —Hortensia señaló al pie de un árbol—. Ve a cortarlos.

—Quiero decirte algo a solas —Margarita lo cogió del brazo.

—¿De qué se trata?

—Me gustas.

—Tú también a mí.

—Te amo —ella lo abrazó. Él sintió sus pechos aplastados sobre su pecho, sus labios partidos sobre los suyos.

Arriba pasó un avión. Un tipo de jumbo Boeing 747 al que nunca se había subido. Por un instante, la flecha blanca de alas destellantes dio la apariencia de quedarse inmóvil en el aire. Sólo un momento, porque se desvaneció en ninguna parte.

—¿Es tuyo *esto*? —Hortensia le mostró un anillo a Margarita.

—La sortija es mía.

—¿Cómo lo demuestras?

—Lleva mi nombre escrito.

—Veamos, aquí dentro hay una letra que parece M —Hortensia estudió el interior del anillo—. La M puede ser de Miguel, de Macario, de Marcelina.

—Entramos al Llano de la Mula —anunció Tomás.

—No creí que llegaras a la cumbre, estás en mala forma —Hortensia fumaba como si bufara.

—Llegué.

—Tu entusiasmo me enferma.

—¿Qué te parece el santuario? —Tomás preguntó a Margarita.

—Le doy gracias a Dios por esta belleza y les pido perdón a las mariposas por el daño que les hemos hecho.

—¿Tú? —acometió la prima.

—Yo.

—Es un comentario cursi.

—Ya párale, prima —Tomás se llevó a Margarita a un claro donde volaban millones de mariposas.

—Monarcas, están danzando —corrió hacia ellas Margarita.

—No están danzando, entraron en actividad por el calor del sol —se burló Hortensia a unos pasos de distancia.

—La formación de las mariposas es como las *Variaciones Goldberg* de Juan Sebastián Bach. La dinámica de su vuelo se adapta bien al ritmo de la música barroca, las inflexiones del vuelo colectivo son parte de una expresión melódica —dijo Tomás a Margarita, alejándola de su prima—. Cada mariposa se mueve acorde a las demás y juntas constituyen un organismo en constante transformación. Aisladas o juntas, nunca cesan de explorar el aire, como si siempre lo tocaran por primera vez. Sus movimientos parecen improvisaciones, pero obedecen a una forma organizada. Aunque un individuo se aparte del tema original, la unidad temática prevalece, esa unidad del organismo vivo al que y del que confluyen todas. Cuando millones de ellas se desplazan bajo el cielo, el espectador puede escuchar diversas formas musicales, puede percibir la invención incesante de tocatas y fugas y diversos movimientos de danza. Superpuestas o yuxtapuestas, las mariposas forman, conforman y reforman constantemente cuadros, obedeciendo al tema dominante de la luz y la sombra, del calor y el frío, del árbol y el espacio. Siempre recurrentes, se alejan y regresan al instante con pequeñas variantes. Al meterse el Sol, antes de empercharse para pasar la noche, retornará la danza, pero no será una música simple, sino el más sutil de los minuetos. Con un "Quodlibet" concluirá la obra de su vuelo y muchos cantos de color serán proferidos simultáneamente por las mariposas de esta colonia.

—Mi primo es la única persona en el pueblo que oye esa clase de música —interrumpió Hortensia.

—Y ve lo que tú no ves.


Por la pendiente pronunciada, Margarita bajaba con extrema lentitud. Hortensia se había tropezado con un tronco, pero Tomás no le había ofrecido la mano para levantarse.

—Hago mal tercio, me cortaron feo, adiós —Hortensia se devolvió. Pero no sola, por la Cañada Honda se encontró con El Jaguar.

—¿Adónde vas? —le preguntó éste.

—De paseo.

—¿Me invitas?

—Hasta donde diga.

—Le rento su caballo para la señorita —le dijo Tomás a un campesino que estaba descansando a la sombra de un roble.

El hombre acordó un precio y Margarita montó. Era la yegua alazana que había subido al cerro horas antes. Bajo el peso de Margarita, al descender por la pendiente pedregosa, la yegua, sudorosa, resollando, parecía que iba a reventar.

—Estas piedras sueltas no son buenas para las patas del animal y no la voy a montar —dijo ella a Tomás.

—*Pior* será que se caiga la señorita —dijo el campesino, con las riendas en la mano.

## 6. El vestido

—Al anochecer el pueblo se empequeñece, entre los cerros es un nido o una pequeña nada —dijo Tomás a Margarita.

La pareja estaba sentada en el patio. Las vías de una bugambilia se enredaban en el tronco de un níspero como manchones morados. Los ojos de Margarita brillaban como la noche arriba, pero estaban atentos a los movimientos de Tomás. Él no dejaba de admirarlos. En la nevería alguien había puesto monedas en la rockola. Un bolero de amor. Las palabras, clarísimas, recorrían las calles.

—Te traje una foto del Sol con la cara chamuscada. Se parece al antiguo dios del Fuego con las órbitas quemadas, los dientes negros y la lengua enrojecida —Tomás le mostró a Margarita una revista con una página marcada.

—Yo te hice un dibujo —ella le mostró un papel—. No sé dibujar bien, pero allí está.

—Gracias, pero el Sol no es así —él se lo devolvió.

Siguió un largo silencio, en el que sólo se oyeron los insectos. Margarita dio un sorbo a su vaso con jugo de tomate, agua de jamaica y vodka, como si bebiera una mezcla de sangres. Él balbuceó:

—¿Dónde naciste?

—En la carretera, en el límite de dos estados. Mi padre llevaba a mi madre en un taxi rumbo al hospital, le vinieron las ansias del parto y parió debajo de un árbol. Allí ella me dio a luz, yo me nací.

—Yo vine al mundo en una casa de adobe. Pero nací dos veces: la primera de mi madre biológica, la segunda cuando descubrí el Sol.

—¿Cuál es el más excitante recuerdo de tu infancia?

—El de una tía que se encueraba delante de mí. Era una feria de piernas. Me llamaba precioso mientras me abrazaba. También recuerdo a mis padres haciendo el amor con los pies descubiertos debajo de una sábana.

—Mi padre, un hombre muy cuidadoso de su imagen, comenzó a comer y a engordar. Entregado a una orgía de banquetes solitarios, llegó a pesar más de cien kilos. Además, sentado delante de la televisión, pasaba el día tragando basura con los ojos. Creía que él solo veía esos programas, pero lo acompañaban millones de idiotas.

—¿De allí tu obsesión con perder peso?

—Su negligencia sacaba a mi madre de quicio. Ni siquiera apagaba la luz de las habitaciones ni cerraba las puertas, ni la del baño ni la del refrigerador. Si caía un aguacero dejaba las ventanas tal cual, no por mirar la lluvia, sino por flojera, por estar mirando un talk-show. Cuando yo volvía de la escuela, él me abría con las mangas de la camisa arremangadas y los botones metidos en los ojales equivocados.

—¿Qué sucedió al final?

—Una noche que mi madre volvió temprano de la empresa donde trabajaba, lo sorprendió en el espejo vestido de mujer, con los ojos pintados y el pelo suelto. A partir de ese momento, mi padre Víctor Manuel se llamó Mari Carmen.

—El mío se marchó a los Estados Unidos. Nunca volvió. Mira ese zopilote viejo, tan quieto, tan nada, parece que me sigue a todas partes, no sé por qué —Tomás señaló con la mano a un ave en un fresno.

—Qué crepúsculo, no había visto uno así en cien años. Mi deseo es que nunca nos separemos, que vivos compartamos cama y muertos caja.

Él la observó con gesto de adoración. Admiraba todo en ella: su frente, sus pómulos, sus mejillas, los hoyuelos de su barbilla, su nariz, sus orejas, su boca carnosa, sus manos jugando con los botones de la blusa.

Ella lo miró con agitación:

—Tomás, tenemos poco tiempo para estar juntos.

—¿Te quedas un par de semanas?

—No, sólo esta noche, Hortensia me ha pedido que me vaya.

—¿Cuándo?

—Mañana.

—Voy a hablar con ella.

—No vayas, está enojada con nosotros. Además, bajó al pueblo. Tuvo una cita con El Jaguar.

—Mi mejor enemigo.

—Oigo ruido de pasos.

—Sssshhhh, creo que está allí —Tomás vio de soslayo a una figura que los estaba espiando sentada en la oscuridad entre unos macetones. Al verlo enfrente, ella se sobresaltó, pues no esperaba ser sorprendida.

Hortensia se paró luego delante de ellos con una caja de cartón en la mano. Se había arreglado para la cita, con su blusa floreada, cinturón negro de plástico y falda negra que usaba para las fiestas.

—¿Quieren atún? En el restaurante me dieron lo que sobró en mi plato.

—Ya comimos —le decía Margarita cuando el flash de su cámara los deslumbró.

—¿Por qué nos retratas?

—Tomás, para mí colección de retratos. O qué, ¿no puedo?

—Ven a tomar un trago con nosotros —le sonrió Margarita.

—Gracias, me duele el estómago.

—Yo también estoy enferma, me duele la cabeza.

—Qué disfruten su noche, duerman bien —se despidió la prima, aunque se detuvo en el patio para mirarse en el espejo de pared.

—¿Te fijaste en su expresión de enojo? —preguntó Tomás a Margarita cuando Hortensia entró en la casa—. Habrá tenido un mal encuentro con su pretendiente. O habrá pasado un mal día consigo misma.

—Me cae bien tu prima, pero no me gustaría vivir con ella. De hecho, si viniera a vivir al pueblo, guardaría mis distancias.

—Nos estaba oyendo.

—Tomás, me voy al cuarto a hacer las maletas. No me gusta empacar al último momento. ¿Quieres un café? Haré uno para mí.

—No, gracias.

En el corredor, Hortensia le salió al paso a Margarita.

—Antes de que te pongas cómoda en la cocina, quiero decirte una cosa: deberías estar más agradecida conmigo: te conseguí novio. El primo que había guardado para mi vejez me lo quitaste.

—¿Era tuyo?

—El Jaguar es una bestia. Acostumbrado a despellejar conejos vivos, cuando te besa quiere despellejarte. Habla de Tomás con obsesión, desde que lo venció en las luchas no se lo quita de la cabeza, te pregunta sobre él, qué hace, adónde va, cuáles son sus planes. Esta tarde decidimos separarnos por un tiempo.

—¿Por qué no se lo dices a él?

—¿Así de fácil? ¿Qué crees?

Margarita retornó cabizbaja. Tomás corrió hacia su prima.

—¿Qué te pasa?

—¿A mí? Nada. A ti, ¿qué?

—Margarita es mi novia, te lo digo para que lo sepas.

—Ah, sí.

—¿Te molesta nuestra relación?

—Para decírtelo claramente, Margarita es simpática, pero sosa. Compra ropa cara, pero no sabe vestirse. Se maquilla, pero no es guapa.

—La soledad te comió las ilusiones, si las ilusiones pueden comerse.

—A ti la necedad te secó el coco.

—Seguiremos juntos.

—Eso depende de las circunstancias y de mi disposición de seguir teniendo a esa mujer en mi casa, tendrá que irse mañana —Hortensia se cubrió la cabeza con un chal—. Eso se llama antipatía a primera vista.

—O la chupasangre que llevas dentro.

Hortensia se metió en su recámara dando un portazo. En el interior gruñó el puerco. Un foco de luz deslumbrante alumbró la cortina.

—Mi prima no descansará hasta que acabe de humillarnos.

Los ojos de Margarita fulguraron.

—Tiene la oreja pegada a la pared para escuchar lo que decimos. Aun con una almohada tapándole la cabeza, acecha nuestros movimientos. Ahora se ha levantado y jalado una silla. No para sentarse, sino para oír parada nuestra conversación.

Hortensia corrió el agua del baño. Prendió la televisión.

—Tomás, estoy exhausta, me voy a dormir.

—¿A qué hora sales?

—A las siete.

—Te acompaño a tu cuarto.

—Te amo —a la puerta, Margarita lo abrazó, lo besó.

En eso apareció Hortensia con un suéter de casimir en las manos.

—Te lo devuelvo, gracias por prestármelo —se lo entregó a Margarita.

—Te lo había regalado.

—Es bonito, pero no lo necesito, ya no hace frío.

—Buenas noches —Tomás se fue a su casa y se tendió en el camastro que era su trinchera para soñar. Enseguida se levantó para poner el despertador a las seis. Pero como el reloj era tan viejo y tenía miedo de que llegara el amanecer y no sonara, durmió mal. Apenas clareó se dirigió a buscarla.

—Margarita, es hora de levantarse —le gritó desde la calle, parado delante de su ventana.

—No necesitas tocar, ya estoy despierta —Margarita salió con dos maletas.

—Llegó el taxi.

—Hortensia, me voy, gracias por todo —Margarita se despidió desde el corredor.

Respondió el silencio.

—Tu prima se quedó acostada alegando que le duele el estómago.

—Lo que le duele es nuestra dicha.

Camino de la terminal de autobuses, por la ventana del coche de alquiler Tomás vio el Cerro Altamirano dorado por el sol. Parecía un pájaro recortado por tijeras de luz.

En la plaza, parados uno frente a otro, mirándose en silencio, la pareja demoró el momento de despedirse, mientras los otros pasajeros abordaban el autobús. Desde una banca, Toño no les quitaba la vista de encima. De un tiempo para acá se sabía de memoria los horarios de las salidas y las llegadas de los camiones de pasajeros. Adónde iban y de dónde venían, de qué color estaban pintados, su número de placas, cuál era nuevo y cuál estaba en reparación o descompuesto, el nombre del propietario y del conductor. Su anhelo era ser despachador.

—Las despedidas son una pequeña muerte —la abrazó Tomás, como si tuviera una espina atorada en la garganta.

—¿Van a viajar? Cerraré la puerta —el chofer los sacó de su ensueño.

Rápidamente Margarita le entregó a Tomás un envoltorio.

—Es mi vestido, te lo dejo en prenda. Voy a volver.

## 7. Un mundo de cartas y de soles

El lunes en la tarde, a casa de Tomás llegó el cartero. No era frecuente que viniera y cuando desde la puerta lo vio venir, como traía un pañuelo rojo envolviéndole la cabeza, creyó que estaba herido. El viejo Nicolás andaba cansado, Tomás no supo si por las copas de mezcal que se había tomado a la hora de la comida o por la valija repleta de bultos que arrastraba. Tomás recibió de sus manos un sobre blanco con su nombre escrito en tinta verde. Mientras el repartidor de correo se dirigía al domicilio de enfrente, él reconoció la letra de Margarita. En la cocina, se sentó a la mesa. Con fervor leyó la difícil escritura:

Querido Tomás,
De regreso a la biblioteca donde trabajo, intrigada por el Sol y las mariposas, consulté algunos libros. En el *Vocabulario de Romance en Latín,* publicado en 1516, Antonio de Lebrija, se dice: 1. *Sol, solis. Helios* graece. *Solarium. Solaris.* (A mí se me ocurre soledad: sol edad. Y *sola* y *solo* de Sol.) El maestro Covarrubias en su *Tesoro de la Lengua Castellana o Española,* 1611, señala: Sol. *Latine sol, planetarum, ommium medius et tempore dispensator.* Es entre los planetas el mayor, y así se llama en la Escritura *luminare maius.* Solana. Corredor de sol. *Solarium,* solano, viento que corre de donde el sol sale; *subsolanos.* De suelo se dixo solar, que es echar suelos.
Descubrí que los viejos diccionarios del idioma español contienen pocas referencias a mariposa y las que hallé la confunden con polilla. Porque sé que te interesa, me he tomado la molestia de copiarte lo siguiente: En sus *Moradas,* Teresa de Ávila compara su alma a una "pobre mariposilla, que no te dexan

volar lo que querías". Sebastián de Covarrubias dice que "Es un animalito que se encuentra entre los gusanitos alados, el más imbécil de todos los que se puede aver." Joan Corominas atribuye el origen del vocablo mariposa hacia el año 1400 a un compuesto de "María, pósate", procedente de una canción infantil. Francisco López de Gómara, en su *Historia Mexicana* revela que a Moctezuma "Ofrecíanle asimesmo todo género de aves, desde águilas hasta mariposas." Pero lo mejor es este verso de los antiguos mexicanos: ¡Mariposa Blanca, el Sol!

Cuídate.

Te ama,

Margarita

P. D. Paso el día encerrada en la biblioteca, ocupando con desgano mi lugar entre mis compañeros de trabajo, mas no dejo de pensar en ti, libre en tu vida, contemplando el esplendor naranja que, mientras cubre el horizonte, pone lenguas transparentes en el piso de tu cuarto. No sabes cuánto te envidio, yo, separada de tu cuerpo por una distancia no sólo geográfica sino mental, llena de pendientes que no son de mi interés, pero debo atender. Me acucian ansias de verte.

Esa misma tarde, él contestó:

Querida Margarita,

Te agradezco las referencias, pero ya que estás en contacto con tantos libros, mándame toda la información que encuentres sobre el Sol: poesía, ficción, ciencia, lo que sea. Aquí no hay librerías ni bibliotecas, uno vive en el desamparo mental. Debes de comprender que si fuera un pagano adoraría al Sol, el ojo ardiente de todos los misterios.

Te ama de sol a sol,

Tomás

P. D. Envíame fotos para colgar en las paredes.

En la carta siguiente, Margarita le envío, entre fotos del Sol extraídas de una revista de astronomía, dos retratos suyos, uno reciente y otro de niña con flecos sobre la frente. Y le anexó fotocopias de un curioso intercambio que tuvo lugar entre ella y su madre.

Querida mamá,
Te notifico que durante mi viaje a los santuarios encontré a un hombre maravilloso. Después te cuento.
Margarita

Su madre respondió:

Querida hija,
Confío en que no hayas andado de bosque en bosque buscando marido. Luego hablamos.
Tu madre,
Francisca

Margarita parodió una vieja canción popular:

Ay mamita, ay qué suave y qué resuave es el querer, tú no sabes ni lo puedes comprender.
Margarita

Su madre le siguió el juego:

Ay mi hijita,
qué se me hace muchachita, con tus hechos me estás dando en qué pensar.
Francisca

La noche del domingo, Tomás guardó las cartas en el cajón del buró. Pero con la imagen de ella en la cabeza, antes de dormir las sacó de nuevo para estudiar su letra y mirar su foto de niña con flecos sobre la frente. En la cocina, escribió:

Querida Margarita,

Antes que vinieras vivía tranquilo aquí. Cada tarde cogía el sendero que me llevaba hacia el poniente para presenciar el espectáculo de la puesta de Sol. Desde que te fuiste, mis ojos asombrados se salen del camino.

Paso el día acostado, fantaseo con tu regreso, duermo mal, en la calle veo mujeres que te recuerdan, pero que no son como tú. A diferencia de que cuando a uno le ponen un enorme peso encima y al serle retirado siente alivio, al retirarte tú siento ese enorme peso. Creo que mi amor no cabe en la pirámide del Sol que he construido en mi imaginación para guardarte. Espero fervientemente tu regreso.

Te envío mis dos soles,

Tomás

El viernes, carta en mano, Tomás se dirigió a la oficina de correos y entregó el sobre al administrador en persona, sin irse del lugar hasta no verlo usar el matasellos, meterlo en la valija, cerrarla y lacrarla.

Otro día regresó con más correspondencia. Antes de mandarla, cuidadosamente releyó lo escrito:

Querida Margarita,

Heme aquí sufriendo de una vehemencia epistolar ajena a mí. Ayer no probé bocado, como si el apetito se me hubiese ido. O como si mi razón de vivir fuera sólo la de pensar en ti. A cada rato cojo la pluma y garabateo unas palabras. Pero como mi mente se parece a un brazo que agita una honda sin piedra, vencido dejo caer la pluma. Salgo a dar un paseo para retornar vacío. Entonces, me acuesto en la solana, pienso en ti y dejo que el sol de la tarde me de en la cara. Mi solaz.

Tu Tonatiuh

En una ventanilla se encontró con Hortensia. La prima venía a recoger un paquete envuelto en papel de regalo. El bulto pesaba kilos. Curiosa, impulsiva, se apresuró a abrirlo. Tomás escuchó un alarido. No podía creerlo, El Jaguar le había enviado como obsequio de cumpleaños un gato negro muerto.

A la salida, los primos se hicieron señas con la mano. Luego, con cara de disimulo, se alejaron por lados opuestos de la calle.

## 8. La pasajera

Entre los cerros surgió un cuerpo metálico color rojo. Como un cuchillo el camión de pasajeros venía cortando el aire en mitades de humo y ruido.

—¿Ya casi llegamos? —preguntó la pasajera de grandes ojos castaños, mientras el vehículo salvaba las vías del tren y se internaba en el llano.

—Estamos a diez minutos de nuestro destino, seño —el joven chofer consultó a la derecha de la carretera los magueyes con las piernas azulinas abiertas hacia al cielo.

—Es increíble, llevamos tres horas de viaje y no le veo el fin a esto.

—¿Es la primera vez que visita esta región? —la miró él por el espejo retrovisor.

—La segunda —ella se sintió observada por los otros pasajeros, quienes viniendo desde la frontera norte transportaban grandes cartones con aparatos de sonido, televisores y mercancía para vender. En comparación al de ellos su equipaje era modesto.

—Tiene un acento raro.

—Soy bibliotecaria.

—¿También trabaja en un supermercado? —el chofer echó un vistazo a los cartones con grandes letras que denunciaban su procedencia y contenido.

—No.

—Lo digo por las maletas gordas como panzas de vaca.

—Ya le dije que soy bibliotecaria.

—¿No sería mejor que fuera cajera de banco? Contaría billetes.

—Qué importa contar dinero ajeno.

—Un billete de a mil de vez en cuando podría quedár-sele pegado en las manos.

—No es mi estilo.

—¿Cuánto gana, si no es indiscreción?

—Quince mil.

—Quince mil —repitió el chofer, sin que ella supiera si esa cantidad le parecía bastante o insuficiente.

—Tengo un ligero dolor de cabeza, por favor no me dis-traiga —Margarita entrecerró los ojos. Pero él volvió a impor-tunarla.

—¿Con tanta sacudida pudo leer su revista?

—Apenas, las letras me bailaban en los ojos.

—¿Le gustaron las canciones del radio?

—Una que otra.

—¿Siempre lleva lentes de sol?

—Cuando la luz es demasiado fuerte.

—¿Vio el panteón? Lo estamos pasando. En esta parte del mundo se entra a los pueblos por la muerte —el chofer co-menzó a pelar un mango con una mano. Maniobraba con la otra.

—Se está saliendo de la carretera.

—Llevo la ruta de los muertos.

—No vayamos a volcarnos —Margarita se cogió del asiento.

—¿Vio esos pájaros color aguacate en ese árbol?

—Veo el aguacate.

El vehículo saltó por un bache. Siguió por una calle em-pinada. La calle se volvió callejón. Como un caballo bronco, el autobús se enfrenó en la plaza. El mango del chofer cayó entre los zapatos de Margarita.

—Señoras y señores, hemos aterrizado en el ombligo del mundo.

Los pasajeros empezaron a bajar sus grandes bultos.

—Espérenme, ahora bajo —gritó Margarita al ver que el chofer ya cerraba la puerta y ponía el vehículo en marcha.

—Con gusto me la llevaría de vuelta a la ciudad, seño…,

pagando otra vez el pasaje. Tome su tiempo y respire hondo, esta es la última parada, nada más me estoy estacionando —el chofer observó por el espejo a esa forastera que torpemente trataba de bajar sus maletas.

—¿Hay taxis?

—Uno. Pero no está, se fue a hacer un servicio.

—¿Conoce al maestro Tomás?

—¿A Tonatiuh? Está en la escuela. Si quiere hallarlo váyase por la calle Rayón. Por donde está esa farmacia.

—Ai le encargo mi equipaje —Margarita atravesó la plaza. En la pared del establecimiento estaba pintado un anuncio con un hombre sonándose la nariz:

Farmacia El Señor del Tiempo.
Todo contra la muerte y el resfriado.

Luego, colgando su bolso de un brazo, con paso inseguro por el empedrado, mientras los carros pasaban a su lado, se fue por la calle principal. Pasó por una cantina cerrada, por una gasolinera con un coche sin puertas y sin llantas; dejó atrás una tienda de muebles de baño, una tortillería, una zapatería. Un par de veces dudó, volteó hacia la plaza, pero siguió andando. Al cabo de unos diez minutos se paró delante de un caserón de paredes blancas y ventanas rotas y a una maestra que estaba a la puerta, con tantos años en la escuela que ya era parte del inventario, preguntó.

—¿Está Tomás?

—Venga conmigo —la mujer la condujo por un largo corredor que desembocaba en un patio que daba a un vasto salón. Tomás estaba en clase:

—Todas las culturas han tenido su dios Sol y desde el comienzo de los tiempos el hombre ha visto al astro rey como a un milagro. Así será hasta el fin de nuestra era.

—¿Qué pasaría si el Sol no se viera más? —preguntó una alumna, la hija de sus amigos Andrés y Zenobia, sentada hasta atrás en un pupitre verde.

—Teresa, imagina la oscuridad que reinaría en el mundo, imagina el frío que haría en todas partes, imagina las formas de la vida todas muertas.

—Lo busca una señorita —la vieja maestra tocó a la puerta abierta.

—Puf, qué suerte tengo de encontrarte —Margarita corrió a abrazarlo.

—¿Dónde está tu equipaje?

—En la terminal.

—Mis alumnos te ayudarán.

Tomás y dos colegiales la acompañaron a la plaza. Cuando se iban, una mujer les llamó la atención sobre un paquete que se les olvidaba. Tomás fue a recogerlo. En el autobús, el chofer se acomodó una pistola 45 debajo del cinturón y colocó a su lado varias bolsas de papas fritas, nachos y palomitas de maíz.

—Con esta compañera me protejo de asaltos y con esta chatarra alimento mi sed —dijo.

—Café — clamó Margarita al entrar a casa de Tomás.

—¿Cansada?

—Un poco.

—¿Agua?

—Café.

—¿Fue largo el viaje?

—Agotador.

—¿Te quedarás conmigo?

—¿Qué piensas? Café —Margarita abrió una maleta y de entre la ropa extrajo toda clase de medicamentos.

—¿Estás enferma?

—No, exhausta. En ese baúl hay víveres —ella fue poniendo sobre la mesa botellas de aceite y vinagre, cartones de leche en polvo, paquetes de gelatinas y flanes, frascos de mermeladas y aceitunas, bolsas de nueces, envases de café en grano, chocolate soluble, camarones secos, quesos añejos, chorizos. De una caja de madera sacó platos y vasos, cubiertos, ollas, sartenes, una cafetera de filtro, una licuadora, una tetera, un mantel y servilletas de tela.

—¿Te preparas para un sitio?

—Para vivir contigo. Te traje esa revista de astronomía, con fotos del Sol, a lo mejor no la tienes.

—Hora de decir adiós —Tomás despidió a los colegiales, muy atentos oyendo la conversación.

—Café.

Tomás fue a la cocina. Regresó con una taza.

—Iniciaremos nuestra vida de pareja con un banquete de quesos y carnes frías, ¿de acuerdo?

—Pondré la mesa.

La comida que siguió estuvo llena de silencios, hablaron sólo las cucharas, los platos, las quijadas.

Después de comer, Tomás se tendió en la solana sobre una colchoneta. El disco solar se ponía en el horizonte como una explosión de rojos. Su esplendor casi podía palparse en las paredes. El espectáculo interesó tanto a Tomás que pareció olvidarse de ella.

—¿Necesitas compañía? Aquí estoy —Margarita se quitó el vestido y se acostó a su lado.

Él, un poco inhibido por su desnudez, bajó los ojos. Se mordió con tanta fuerza el labio inferior para reprimir su excitación que le salió sangre. Ella lo abrazó impetuosamente.

—Para el amor nunca tengo prisa, pero sugiero que lo hagamos de inmediato.

## 9. La Gran Plaza del Mundo

Pequeño era Charandan el Grande, un pueblo que se revelaba por el olor, pues antes de que apareciera en la distancia ya había sido percibido por sus arterias malolientes. Margarita entró en la Gran Plaza del Mundo en un coche Chevrolet. Las puertas de la ciudad no necesitaban abrirse porque siempre estaban abiertas. El taxista los esperaría el tiempo necesario.

Venían al Cine Arcadia para ver *La malquerida*, un dramón de la época de oro del cine nacional. La pasaban en programa doble. Un charco reflejaba la fachada del edificio con sus arcos, ventanas verticales y balcones pintados, aunque su marquesina estaba apagada. La función empezaría en minutos. Unos cuantos espectadores aguardaban en el vestíbulo debajo de una escalinata pintada.

La sala del Cine Arcadia tenía los tapetes raídos, las vigas vencidas, los muros curvados y la decoración de cartón con elementos barrocos vencida. Los palcos, dispuestos en forma de herradura, estaban solamente pintados, pues no existían el anfiteatro ni la galería. Aunque a primera vista se contaban unas doscientas butacas habría unas treinta: el resto, con todo y cinéfilos sentados en ellas, eran representaciones en una manta al fondo. Lo curioso es que el imaginativo pintor local había plasmado a los espectadores mixtos con anteojos estereoscópicos como si estuvieran presenciando un film en tercera dimensión. El público era en su mayoría joven, en edad de emigrar a los Estados Unidos, excepto Tomás y Margarita y una pareja de ancianos. En suma, el decrépito y fantasioso galerón necesitaba un ligero impulso para venirse abajo.

—Soporto las butacas duras, pero no las pulgas, te comen las piernas — Margarita con sólo sentarse ya sentía las comezones y se rascaba.

—Ojalá que la pantalla no esté sucia y la proyección fuera de foco, no lo soporto.

—Que las parejas se acaricien, lo considero molesto, pero verle las piernas desnudas a esa señorita con el vestido alzado, es cosa que no me interesa. Si así se ponen antes de que comience la función, imagínate lo que pasará cuando esté oscuro.

—A mí lo que me da horror es saber que todos los que hicieron la película están muertos.

Comenzada la función vinieron los rayos. Una lluvia torrencial golpeó el tejado como a un tambor. Lo que confundió, pues en la película también se desató una tormenta. Entre rayo y rayo, Tomás observó a la pareja de al lado, cubierta por un gabán.

En el intermedio veinte focos de cien vatios alumbraron los paredones. Un muchacho con una canasta pasó vendiendo dulces. Varios espectadores visitaron el cuarto de baño que daba a la intemperie, pues no tenía paredes y para orinar había que hacerlo al aire libre: *Damas primero, caballeros después.* Se oyó un bolero fronterizo:

Kiss me, kiss me mucho,
como si fuera esta noche the last migra raid
kiss me, kiss me mucho
que tengo miedo perderte somewhere in L. A.

—Los líos de ese chico millonario en Wall Street, rubio y vestido de etiqueta, le importan un bledo a esos niños morenos descamisados —Tomás se dispuso a abandonar la sala al comienzo de la segunda película.

—A mí, la persecución en coche de dos idiotas por otros dos idiotas estrellando automóviles aquí y allá, me tiene sin cuidado.

—Sssshhhhh, ¿tienen la bondad de callarse? —el joven vecino se permitió una pausa en su duelo de besos para expresar su molestia.

—Margarita, salgamos, ya dejó de llover.

—Sssshhhhh —los alcanzó la voz del joven.

A la salida, parados delante del charco que reflejaba la fastuosa fachada del cine, dudaron si quedarse a cenar en el pueblo o volver a casa. Una manta tendida de un extremo a otro de la calle, indicaba:

LA MANERA MÁS FÁCIL DE LLEGAR
A LA QUINTA AVENIDA
ES A TRAVÉS DE LA GRAN PLAZA DEL MUNDO.

—¿Te parecieron buenas las actuaciones de Pedro Armendáriz y Dolores del Río? ¿No estuvo él demasiado gritón y ella un poco sentimental? —preguntó ella.

—¿Crees que el bigote de él era postizo?

—Auténtico. Era un actor que manifestaba su personalidad con los ojos.

—¿Notas los efectos de la avenida principal? Las luces pintadas se pierden en la distancia mediante espejos colocados artificiosamente para dar al peatón la impresión de infinito. Para la gente local es importante poder abrir los ojos para imaginar que está lejos de aquí.

—Ya gozaste la leche y ahora vas a comprar la vaca —de pronto, Margarita lo cogió de la mano.

—¿Qué?

—Que te casarás conmigo.

—¿Yo? —Tomás retiró la mano.

—El mes próximo.

—¿Tan rápido?

—Sí.

—Te advierto que no soy rico.

—Habla más fuerte, no te oigo.

—Que me casaré contigo si eso te hace feliz.

—De luna de miel podríamos ir a…

—A un planetario.

—O a Puerto Vallarta.

—Me da pena decirlo, a mis años no conozco el mar.

—Entonces nos iremos a ver un océano de estrellas —los grandes pechos de Margarita parecieron desbordársele por la emoción.

—¿Te has fijado? Esta avenida se llama Río de Janeiro. El alcalde de Charandan el Grande, un gran promotor de las megalópolis, le puso a las pequeñas calles del pueblo nombres de grandes avenidas: Paseo de la Castellana, Campos Elíseos, Vía Veneto, Picadilly Circus, Quinta Avenida, Nevsky Prospect. La ceremonia de inauguración de la megaciudad se llevó a cabo en la Gran Plaza del Mundo, donde dejó sólo el Monumento al Perro Callejero, ya que las otras estatuas las cambió de lugar. Como el alcalde mencionaba en su discurso los nombres que le venían a la cabeza, su secretario particular lo interrumpió: "Señor, temo decirle que está diciendo más nombres que calles hay." "Lo sé, Rafael, pero es imperativo que Charandan el Grande sea declarado monumento nacional", replicó él.

—Por el olor a cilantro marchito y a pescado podrido, debemos andar cerca de la Central de Abastos. Estos aromas me recuerdan los perfumes de Hortensia. Mira, una tienda Harrod's. Seguro que las galletas que venden allí saben a corazón de pollo.

—Por aquí salimos al Supermercado del Supergourmet. Encima tiene el alcalde su residencia, y su harén de secretarias. Todas pagadas por el erario público.

—¿Oyes? De esa casa, entre los ruidos de la televisión salen los gritos de dos mujeres peleándose.

—La fuente de energía eléctrica de la Gran Plaza se acaba de colapsar. Se fue la luz. Ahora los habitantes de Charandan el Grande tendrán que irse a dormir: zapateros, albañiles, costureras, lavadoras de ropa ajena, maestros y empleados del Servicio Postal Mexicano. En esta inventada capital del orbe los ciudadanos dormirán temprano.

—Excepto esa mujer vieja que acaba de asomarse entre dos árboles deshojados.

—Seguramente desde pequeña sufre de insomnio. Y los somníferos que toma ya no le hacen efecto, al contrario, la mantienen despierta.

—Una rata me mira desde la esquina, se enamoró de mí.

—No seas creída.

—Volvió la luz.

—En la pared de esa tienda de productos deportivos, sin productos deportivos, hay una pintura del equipo de futbol Real Madrid. Pelé, su capitán, patea un balón. Programado para ganar las copas del planeta, perdió la semana pasada con Charandan el Chico por siete goles a cero.

—Qué vergüenza.

—Mira el anuncio del periódico *The New York Charandan Times*. Propiedad del alcalde, su primer número no ha aparecido. Unos palos sostienen su fachada. No hay edificio. Pero vamos por aquí, aunque por los postes del alumbrado tan espaciados y por lo estrecho de la acera debemos caminar uno delante de otro.

—Llegamos al Gran Canal de San Marcos, un gran basurero.

—Las calles con nombres célebres, sin previo aviso desembocan en charcos de oscuridad o en alambradas de gallineros.

—Cuidado, no vayamos a caernos en el pozo de la Alhambra.

—Del otro lado de la Estación Victoria (nunca acabada, pero ya abandonada) está la locomotora Dos Estrellas, el tren particular que adquirió el alcalde para transportar a su familia, sus amigos y sus invitados.

—Desde que la compró corre sobre las mismas vías.

—Charandan el Grande tiene siete burdeles con un cuarto cada uno. Todos se encuentran en el perímetro A de Central Park.

—No importa cómo se llamen esas calles sin árboles, sólo veo paredes escarapeladas y edificios decrépitos. De otras cosas que percibo, mejor me callo.

—Sobre Charandan el Grande, el poeta local dijo:

La ciudad, en medio de todos sus dolores,
tuvo un sueño de audacia y maravilla,
llevar el bloque inmenso de la pared de arcilla
para alzarlo en un trono de esplendores.

De allí en adelante guardaron silencio, en momentos escuchando sólo el andar de sus zapatos. Hasta que llegaron de nuevo
al Cine Arcadia.

—El coche nos está esperando. Anduvimos en círculo.

—Hora de abandonar la capital del mundo.

—¿Golondrinas? —un chillido pasó rozando la cabeza
de Margarita.

—¡Murciélagos!

## 10. La boda

Para la boda, Tomás se prestó el traje negro que Martín había dejado en el ropero cuando se fue a los Estados Unidos. El saco tenía algunos agujeros y las mangas cortas. El pantalón no se le abotonaba en la cintura, pero le serviría para la ceremonia. Los zapatos, en cambio, no estaban mal. La camisa blanca le quedaba bien. Se estaba mirando en el espejo cuando oyó que tocaron la puerta. En principio creyó que podría ser el cartero, pero era muy temprano para que viniera y, además, era sábado.

—¿Quién es? —preguntó.

—Soy Zenobia. Me envía Margarita a decirte que seas puntual. Te traje algo —ella apareció con pantalones de mezclilla y un suéter rojo. Cargaba una maleta de viaje. Tomás reconoció que pertenecía a Margarita. Se había mudado a casa de los compadres para salir de allí hacia la boda. También su madre Francisca se había hospedado con ellos—. Esta maleta es para que empaques tus cosas, porque después de la ceremonia y el banquete no va a haber tiempo para hacerlo.

—¿Quieres un café? En la alacena están los filtros —le dijo Tomás, porque ella se había quedado parada delante de él observándolo.

—Andrés te manda esta corbata amarilla con platillos voladores estampados, para que te la pongas. Dice que te traerá suerte.

—¿Quieres prepararlo mientras me visto?

—Mejor dame un vodka con jugo de naranja. Ah, Margarita me dijo que no te ofendas, pero que considera que esa camisa color crema que traigo en la maleta te quedará mejor que la que llevas puesta.

—Ya me puse la otra, me queda bien.

—Cámbiatela, si no te molesta.

Tomás lo hizo a regañadientes.

—¿Ya hiciste la recámara? La vas a necesitar limpia para cuando regreses de la luna de miel —Zenobia echó un vistazo a su alrededor—. Deberías pasar la aspiradora, hay mucho polvo en los cuartos. Y esos floreros no son floreros, son botes vacíos.

—Si tengo tiempo, lo haré después.

—Podrías venirte conmigo a casa y almorzar con Andrés, ya empezaron a traer la comida del banquete.

—Gracias, no tengo hambre —Tomás, parado frente al espejo, luchaba por hacerse el nudo de la corbata. Se lo hiciera como se lo hiciera la tira de tela le quedaba larga o corta—. ¿Adónde consiguió Andrés esa corbata? Ya no se usan tan anchas.

—Era de su primo Víctor Hugo. Es Made in Italy. ¿Te ayudo? —Zenobia se colocó la corbata alrededor del cuello, se hizo el nudo y se la pasó por la cabeza—. Yo le enseñé a Andrés.

—Me sacas de un aprieto.

—Tomás, ¿por qué escogiste la iglesia de Santa María para casarte?

—Me gusta, está en las orillas del pueblo, en la iglesia de aquí sólo los tenderos se casan.

—¿Oficiará Patiño, ese cura acusado por los fieles de ser un vicioso del ajedrez?

—Ese cura es mi amigo.

—Una noche una señora vino a buscarlo para que administrara la extremaunción a su marido, y le dijo: "Espérame un poquito, María, porque el ajedrez es demasiado serio como para dejarlo así nomás." Cuando acabó la partida, su marido había muerto.

—Mala suerte.

—¿Te vienes conmigo?

—En un rato.

—Me voy, tengo que arreglarme.

—¿Huele bien? —Tomás se echó encima el contenido de un frasco de agua de colonia, regalo de Margarita.

—Creo que te echaste demasiado.

—Desde hace un mes Margarita no me deja en paz, además de encargarse de la boda, escoger su vestido, sus zapatos, el ramo y el peinado, su ocupación principal es prepararme para la boda.

—Nos vemos en la iglesia, por favor llega a tiempo —cuando Zenobia abrió la puerta, afuera estaba Teresa esperándola. La adolescente lo miró con ojos radiantes.

—¿Por qué no me dijiste que estaba contigo para que pasara?

En eso sonó el teléfono. Era Margarita. Cuando colgó, madre e hija ya habían partido.


La boda se celebraría en una iglesia blanca construida en un cruce de caminos para servir a los fieles del pueblo y a los campesinos de la región. Era noviembre pero seguía lloviendo y los campos olían a vegetación mojada. Casi se podía oír el movimiento del agua en el tallo de las plantas y los latidos de la luz en el aire. Tomás llegó a pie, respirando hondo a través de un maizal.

De casa de Zenobia salió Margarita montada en una yegua alazana. Toño, con la mano izquierda sujetaba al animal, mientras con la otra llevaba un racimo de globos. Jessica, vestida de azul, incensaba su paso. Había roto sus gafas y andaba como miope. Andrés y Zenobia llegaron en taxi con doña Francisca y Teresa.

El cura Patiño estaba en la sacristía poniéndole hielo a un vaso, pues antes de oficiar la misa acostumbraba hacer gárgaras con alcohol. El breve ladrido de Pancho anunció la llegada de Tomás. Pero el perro no pudo acompañarlos hasta el altar, porque un aviso lo prohibía:

## NO SE ADMITEN CANES

—Margarita, toda de blanco, desde las peinetas hasta las zapatillas, desde los aretes hasta los anillos, parece la Señorita Luna —Teresa confió a Zenobia—. Nunca en mi vida he visto una cara tan redonda.

—Me fascina su cutis, que ella cuida con mascarillas de yogur y crema de almendras —Zenobia trató de suavizar sus palabras, pues doña Francisca la había oído.

Los testigos se pararon cerca de los novios. María y Mario, dos amigos de Margarita, venidos para la boda, como los invitados locales se habían apoderado de las bancas, tuvieron que sentarse hasta atrás.

—Silencio, señores, que va a comenzar la partida religiosa —el cura Patiño levantó la mano como si entre los dedos sostuviera una reina de ajedrez.

—Dirás, ceremonia —corrigió Tomás.

—Cuando en la fábrica de los sueños Dios creó el ajedrez, los demonios se quedaron estupefactos, ¿cómo era posible que alguien pudiera inventar un juego que tiene finales, pero no fin?

Tomás se quedó asombrado porque Patiño fuera capaz de proferir esas cosas.

—¿Aceptas a Margarita por esposa?

—Sí.

—¿Ante Dios y los hombres?

—Sí.

—Y tú, hermana querida, ¿aceptas a este hombre como esposo?

—Sí, lo acepto.

—Entonces, jaque al rey.

Hubo un silencio.

—Tomás, cuando regreses de tu luna de miel, me darás la revancha, no se te olvide.

—Si no hace trampas, señor cura.

Patiño se rió:

—¿Cómo crees? Si al estudiar las partidas de Raúl Capablanca en el seminario aprendí a mover la torre como caballo. Ahora, volviendo a la boda, en nombre de la Sagrada Trinidad del Ajedrez: el Rey, el Caballo y el Alfil, los declaro marido y mujer.

—Viva Tonatiuh —en el momento de la consagración los presentes alzaron un girasol en el aire.

## 11. La fiesta

El banquete que ofreció Zenobia a los recién casados comenzó con un caldo de hongos y sopa de flor de calabaza. Siguió un menú de ensalada de nopales, chilaquiles de pobre, tacos de carne deshebrada, tacos de albañil, tacos sudados y frijoles borrachos. Como si no fuera bastante, la comadre preparó pata de cerdo en salsa verde, mole negro, mole colorado y mole con tres chiles: pasillas, negros y mulatos, condimentado con almendras, nueces, chocolate, dientes de ajo, pimientas gordas, ajonjolí y jengibre. También se lució con los huevos: revueltos, estrellados, rancheros, a la mexicana, con chorizo y duros. Desplegó una gran variedad de salsas: mexicana cruda, yucateca de habanero, veracruzana del rey feo. Salsa negra, salsa loca, salsa borracha, salsa petrolera sindicalizada, salsa chatarra, salsa de medianoche, salsa de chile de árbol, de chile chipotle, de chile ancho, de chile pasilla y chile piquín. La comida era un delirio de chiles, pues Zenobia pensaba que si el mexicano no lloraba no comía. Andrés trajo las bebidas: refrescos, cervezas y aguas frescas. Hortensia, tratando de reconciliarse con Tomás, puso los postres: ate de membrillo, flan de Morelia, cocadas de Puebla, cajeta de Celaya y chongos de Zamora. Tomás se encargó de la adquisición de frutas solares: plátanos, mangos, piñas, tunas amarillas, albaricoques.

—Zenobia mandó hacer una gallina en mole amarillo y una pancita de carnero rellena de chiles jalapeños, lengua de res estilo Veracruz, pero no estuvieron a tiempo —aclaró Andrés.

—No importa, a buen hambre no hay pan duro, con lo que tenemos ya nos saciaremos —Patiño se relamió los labios.

En eso, apareció en la calle un vehículo de mala muerte, sin placas y con las defensas caídas. Llegaban Los Venusinos. Al abrirse las puertas del carro por unos momentos salió nada, pero enseguida emergieron de su interior una guitarra eléctrica, una cabeza, una trompeta, unas manos, una batería: tres músicos invidentes.

—Es Caltzontzin el guitarrista, hijo del primer rockanrolero ciego que debutó en la Ciudad de México en los años setenta —Carolina Pavón, una amiga de Zenobia, señaló a un hombre en traje amarillo canario que se envolvía en una capa española forrada de azul claro.

—Soy Eréndira —se presentó a sí misma la cantante principal, una chica de senos picudos. Las patas de las gafas negras le cubrían las sienes.

—Yo soy Control —en el bar, con las dos manos extendidas para llenar las copas, un baterista con ese nombre bordado en una playera negra se paró delante de Tomás.

—Mucho gusto —Margarita les extendió una mano invisible.

—¿Lumbre? —Andrés se ofreció a prenderle el cigarrillo a Eréndira, pero ella no percibió la llama.

—Sírvanme otras que tengo sed —Control.

—No pierdas de vista a mi hermana —dijo Caltzontzin a Control—. La última vez unos comerciantes de Guerrero raptaron a mi novia Elena en una boda. Desde entonces se la tragó la tierra.

—Elena era una ingenua, Eréndira es una zorra.

—De todos modos, mucho ojo.

—Qué conjunto de ciegos exquisito, me dejan turulata su fama y su talento —Hortensia, acodada en una mesa, pretendió ser irónica. Abrió la boca y sacó la lengua para tomarse una píldora. Salía de una depresión y entraba a otra. Sus ojos verdosos derramaban desdicha.

—No que te habías ido del pueblo. Hiciste una fiesta para despedirte de todos. Algunos invitados hasta te trajimos regalos y todavía estás aquí —le dijo Carolina Pavón a Hortensia.

—Cambié de parecer, como puedes verlo, y no tengo pensado irme a ninguna parte… por el momento.

—Hortensia, ¿cuándo me convidas a comer carnitas de puerco? —Andrés se rió con una risa que se volvió tos, señalando a Petronilo que jugaba y corría con Teresa y los otros chicos alrededor de las mesas.

La pregunta incendió a la prima. Temblando de ira le clavó los ojos asesinos.

—Para tu información, aunque te estés muriendo de hambre nunca te daré ese gusto, comerme a Petronilo sería como comerme a un hermano. O peor aún, como comerme a mí misma. Preferiría comerte a ti.

—La putañera vida.

Hortensia soltó la carcajada, una carcajada que se fue alimentando de sí misma a medida que asombraba a los presentes.

—Saber cuándo el nombre de Petronio se convierte en Petronilo es un enigma digno de Zenón —Patiño, un poco borracho, por debajo de la mesa pegó su rodilla a la de Zenobia.

—Sucede que la rodilla de la señora que estás tocando es la de mi mujer —reclamó Andrés.

Con la cabeza ladeada y los ojos vueltos hacia el Sol, Los Venusinos cantaron:

Me importas tú y tú y tú
y nadie más que tú.
Ojos negros, piel canela,
que me llegan a desesperar.

—El maestro Javier les enseñó a leer partituras en Braille y a tocar de oídas —Carolina Pavón encendió un cigarrillo.

—Tocamos lo que nos piden, más cumbias que otra cosa. Cuando toco el teclado siento el aire que hacen las personas al bailar —Control dio un golpe a la batería pelando los dientes.

—Vivimos de tocar en bodas y cumpleaños. Si los invitados están silencios, les aventamos un narcocorrido o "Los caminos de la vida" y se animan —Eréndira se quitó las gafas. Tomás creyó que tenía los ojos pintados, pero llevaba otras gafas esmaltadas de rojo.

—Yo los contraté. Carolina, que había escrito sobre ellos en un periódico, me los recomendó. Les mandé el anticipo y me los traje —Andrés dio un trago de tequila.

Entonces el danzón "Nereidas" sonó y todos salieron a bailar. Las sillas se quedaron vacías. Margarita sacó a Tomás. Él la recibió en sus brazos curvándose para abrazarla mejor. Tomás la pisó. Era la primera vez que bailaba.

—¿Bailamos, padrino? —acabada la pieza, Teresa cogió de la mano a Tomás.

—¿Sabes bailar?

—Como usted, pisando aprendo —en la pista de baile, ella oprimió sus muslos contra sus muslos, sus pechos incipientes contra su pecho, su pelvis contra su pelvis, su mejilla caliente contra la suya. Llevaba vestido verde con listones atados a la cintura, tobilleras y zapatos blancos.

Al verlos bailar, Andrés se dirigió a la barra y bebió dos vasos de algún alcohol. Luego pasó por atrás de las parejas y vino a pararse delante de Tomás y su hija.

—Baila con tu mujer —dijo, separándolos.

—Qué te pasa, compadre, lo hago para complacerla.

—La estás complaciendo demasiado.

—No seas así, papá.

—Ahora mismo te sientas.

—No.

—Obedéceme.

—Me gusta bailar con mi padrino.

—Paces —el cura Patiño entornó los ojos. Siempre los entornaba cuando estaba de buen humor. Bailaba con Hortensia. La prima le ponía la mano sobre el hombro para alejarlo de su cuerpo, ya que se le quería pegar.

—Sin rencor —Andrés estrechó la mano de Tomás.

—¿Bailamos, señora? —un hombre alto y delgado, vestido de negro y con aires de forastero, se dirigió a Zenobia.

—No, gracias, me duele la cabeza —cohibida, la comadre no se atrevió a mirar de frente a un mulato de frente despejada, pelo rubio rizado y dientes blancos que se curvaba delante de ella con gesto de adoración.

—Vamos a bailar —Andrés extendió la mano a Zenobia.

—¿No oíste? Me duele la cabeza.

—A mí no me eches esos rollos, bailamos —Andrés la abrazó—. ¿Quién era ese?

—¿Quién?

—El hombre que te saludó.

—No lo conozco.

—¿No será el brasileño aquel que te tomó las fotos?

—Tal vez —Zenobia miró de reojo al hombre que se alejaba de ella saludándola con una inclinación de cabeza.

—Su cara me es familiar —Andrés no lo perdió de vista hasta que lo vio abordar una camioneta Cherokee y partir.

Los invidentes cantaron:

Con barro ciego nos formó
oh, el gran Maestro.
Con manos torpes nos jodió,
el gran Maestro.

—¿Quién era ése? —Andrés le preguntó a Zenobia cuando se sentaron.

—¿Quién?

—El que te saludó, ¿cómo se llama?

—Joaquim Maria Machado de Assis.

—¿Ves? Ya recuerdas.

Los dos se quedaron sentados en sillas opuestas observando a las parejas bailar. Patiño se sentó entre los dos.

—Les voy a contar una historia de celos. Había un hombre en Morelia que vivía con su miedo, sentía pánico de que su mujer anduviera con otro, pues cuando iban a los bailes ella les sonreía a todos. Hasta que una vez, él la vio llevar a un médico a un reservado. Loco de celos los siguió. Abrió bruscamente la puerta del reservado y se encontró con que ella le estaba diciendo que sufría de migrañas y si no podía darle alguna medicina para el terrible dolor de cabeza.

—No me importa la anécdota.

—No hay que ver cosas malas donde no las hay.

Andrés, ignorando a Patiño, cuestionó a Zenobia:

—¿Machado de Assis?

—Es un nombre popular en Brasil.

—¿Te has fijado? Teresa baila mal.

—Al contrario, creo que baila bien, está muy solicitada.

—Porque se pega mucho.

—Es su forma de bailar.

—Estoy pensando en casarla antes de que nos dé problemas.

—¿Tan joven?

—Tan cachonda.

Teresa, parada entre Carolina Pavón y Jessica, buscó los ojos de Tomás. Él contestó a sus miradas con una sonrisa. No era necesario ser perspicaz para darse cuenta de que se caían bien y aun cuando alguien le estaba hablando a él, no podía concentrarse en la conversación por estarla viendo.

—¿Llevarás sombrilla? —Hortensia le preguntó.

—¿Adónde?

—A tu luna de miel. Escúchame, primo, aquí estoy, de este lado, no allá.

—Tengo que viajar a Morelia —Zenobia le dijo a Andrés.

—¿Para consultar doctores?

—Para arreglar asuntos.

—¿Tú?

—Yo.

—Iremos juntos.

—Necesito ir sola.

—¿Por cuánto tiempo? —la voz celosa de Andrés salió de su garganta como pasta de dientes de un tubo que aprietan.

—¿Un mes?

—¿Tanto?

—Me voy el lunes.

—¿Quién me dará de comer?

—Teresa.

—¿Ella? Pero si no sabe cocinar.

—Y ya la quieres casar.

—¿Dónde está el sombrero que te regalé ayer?

—¿Cuál sombrero?

—No me digas que ya se lo diste a Machado de Assis.

## 12. El tren

Antes de que se pusiera el Sol, Zenobia y Andrés llevaron a los novios a la vieja estación en un coche negro alquilado, adornado con globos y arreglos florales. Tocando el claxon levantaron polvo. Patiño y los otros invitados se quedaron atrás bebiendo y bailando, hasta que los músicos ciegos guardaron sus instrumentos y se fueron. Luego Patiño y sus amigos trasladarían la parranda al mercado, donde empezaron a disputar y se dispersaron.

La ventanilla de los pasajes estaba cerrada. Como no había horario, el tren podía arribar en cualquier momento, haber pasado ya o venir retrasado. En un pizarrón negro unas letras escritas con gis indicaban:

*A tiempo.*

La sala de espera era pura intemperie. La explanada, campo abierto. El reloj, un ojo blanco. No había carretillas de mano para el equipaje. Una perra sin dueño dormitaba debajo de una banca de madera astillada, un zopilote negro planeaba sobre el llano. Ellos eran los únicos pasajeros.

—Cuidado, mucho amor da pesadillas —la risa de Andrés se convirtió en tos.

—¿Sabes qué es una *pesadilla*? —le preguntó Tomás.

—Cuando quieres despertar y no puedes, porque tienes un muerto encima. O a tu mujer. Mi pesadilla es ella, cuando la estoy besando y siento que me caigo en un pozo sin fondo… porque su cuerpo culebrea en otra parte.

—¿Culebrea mi cuerpo? —Zenobia lo miró ofendida.

—Al ritmo de la imaginación, como cuando miras a ese Machado de Assis.

—¿Todavía piensas en eso?

El tren se detuvo un minuto en la estación, tiempo suficiente para que unos pasajeros descendieran y Tomás y Margarita abordaran. Era la primera vez que Tomás viajaba en ferrocarril.

—Diviértanse —les gritó Andrés.

—Cuidaré al joven cascarrabias —replicó Margarita.

Cuando el tren partió, Zenobia apretó los párpados, como si sus amigos fueran a escapársele de un sueño. Camino al coche negro respiró hondo. Andrés se quedó parado observando al último vagón perderse en la distancia.

Los dos se sentaron hablando en voz baja, muy circunspectos por la presencia de los otros pasajeros. Tomás sentía el alivio de los viajeros cuando ya tienen la maleta en su lugar y el cuerpo en un asiento. Tranquilo se puso a ver el desfile de postes de luz eléctrica, árboles deshojados y casas pintadas con colores chillones. Construcciones misérrimas se propagaban como hongos en las faldas de los cerros, canes jadeantes corrían junto a los furgones como fantasmas amarillos y caballos oscuros pastaban a las orillas de la noche. El paisaje parecía habitado por criaturas fantásticas camufladas en peñascos, cerros morados y llanos dilatados. Una enorme luna amarilla emergía en el horizonte, rayos huérfanos de un sol desaparecido chirriaban sobre los rieles y puñados de flores silvestres parecían haber sido aventadas en el ahora vano. Ellos, habitantes del más acá, parecían formas pensantes de lo efímero.

Un pasajero envuelto en una capa negra pasada de moda se levantó de su asiento al fondo del vagón y con toda formalidad vino a decirle:

—¿Alguna vez ha considerado usted la reencarnación como una de las bellas artes. Si compra mi programa a perpetuidad le pasaremos el alma al siguiente cuerpo sin dolor y angustia. No se preocupe por sus ratones mentales, se los convertiremos en gatos protectores.

—Discúlpeme, pero estoy recién casado y no tengo humor para escuchar a agentes de ventas del tipo que sean.

Antes de retirarse, el hombre le tendió su tarjeta de visita.

*Douglas Metempsykhóo*
Experto en Transmigraciones, Comunicaciones Extrasensoriales y Levitismo.
Unión Internacional de Metempsicosis con sede en Ginebra, Suiza.
Visitas urgentes a hospitales, lugares de accidentes y a domicilio.

Al reverso de la tarjeta se representaba a un ratón convertido en gato iluminado. Cuando Tomás lo volvió a ver, ya estaba sentado con un cigarrillo en la boca sin importarle el aviso de NO FUMAR. Luego sacó de su portafolio unos naipes y se puso a hacer un solitario.

—Siento náuseas y dolor de cabeza —Margarita se cubrió los ojos con una mano—. ¿La causa? La ansiedad de la boda, el alcohol, la comida, el balanceo del tren, las letrinas del vagón. Todo junto.

—¿Estamos lejos de nuestro destino? —preguntó Douglas Metempsykhóo al inspector que perforaba los billetes.

—Un poco.

—¿Cuánto es poco?

—¿Tres horas?

Cuando Tomás recargó la frente sobre la ventana, la noche de vidrio reflejó su rostro. Una voz grabada profirió el nombre de una estación en la que el tren no se detuvo. Inexplicablemente, sus sílabas lo llenaron de nostalgia, como si el nombre de esa población desconocida le recordara algo perdido en él para siempre. "Así debe ser el cuerpo de un muerto, una estación abandonada en la que el tren pasa de largo", pensó, tratando enseguida de apartar de su mente ese pensamiento impropio para el día de su boda.

El hombre del solitario estaba dormido. Él también cerró los ojos, pero los abrió de inmediato: Margarita se recostaba sobre su pecho con las manos cruzadas. Su pelo olía a moras, a distancia. Todo parecía un sueño futuro del que sólo quedaban unas cuantas imágenes, de las que ya tenía memoria.

"Tren, tren lento de la vida, devuélveme el pasado que se me ha perdido en otra vida", canturreó el hombre de los naipes.

Peñascos, cerros, llanos pasaban delante de los ojos de Tomás. El paisaje saltaba de una parte a otra avanzando hacia su olvido. Estrepitosos los carros rodaban sobre los rieles internándose en el corazón de un presente palpable e impalpable, ubicuo y lejano, nuestro y ajeno a la vez. El hoy era un deshoy semejante al ayer y al mañana. En eso, Tomás oyó un aleteo en la oscuridad. Era una mariposa monarca atrapada en el vagón. El tren de la noche echaba chispas, sacaba brillos rabiosos a las cosas. Visto desde afuera, era un gusano negro con luces encendidas.

## 13. El ojo total del Sol

En el Templo Mayor la ceremonia comenzó al alba. Tambores, sonajas, flautas, caracoles y silbatos llenaron de música el espacio sagrado. Temeroso de perderse algún evento relativo al eclipse total de Sol que tendría lugar ese 11 de julio de 1991, Tomás se había despertado varias veces en la noche, porque la luz neón de un anuncio atravesaba las cortinas ralas, pero lo que lo hizo levantarse definitivamente fue la televisión, que sirviendo de despertador se prendió sola: "Buenos días, queridos amigos, gracias por escoger la Pensión Fernández para sus vacaciones en la Ciudad de los Palacios. Esperamos que hayan pasado una noche excelente y que pronto tengamos el placer de albergarlos de nuevo." "Habré dormido unas cuatro horas", pensó él.

—Son las nueve, levántate —le dijo a Margarita, acostada con un antifaz en la cara.

—Déjame dormir cinco minutos más, estoy pensando en algo —ella siguió en la cama.

—Tenemos cosas que hacer.

—Me daré un duchazo.

Ocioso, Tomás examinó la puerta pintada de verde, el lavabo blanco, los mosaicos flojos en el piso del baño. Una lámpara de mesa arrojaba una luz mezquina. En las paredes loros descoloridos volaban por un cielo escarapelado. Su cuarto era el diecinueve. En la Pensión Fernández, el único espacio agradable era el pasillo con sus alineadas macetas con geranios. Tomás leyó en el periódico de ayer la noticia del día:

*Extraterrestres están preñando a nuestras vírgenes*
*Niña de ocho años es raptada por un helioponte.*

Cuando Margarita estuvo lista salieron a la calle.

—En esta calle de Tacuba hubo un *coatepantli*, muro de serpientes, de la teocrática México Tenochtitlan. Si vamos por Seminario podemos desembocar en Tocitlan, lugar donde los antiguos mexicanos creían que palpitaba el corazón de la Tierra.

—Un peso para una mona —un niño de la calle les extendió la mano.

—Si empiezas a repartir dinero no acabarás nunca, ¿sabes cuántos niños en situación de calle hay en la Ciudad de México? Miles —advirtió Margarita.

—Pásele, pásele, cómprese un filtro. Vea el eclipse del siglo sin quedarse ciego —gritó un ambulante.

Un grafito decía:

*La ciudad es un cuadro. Píntala con los ojos.*

Por la calle de Cinco de Mayo venía una multitud de hombres y mujeres vestida de blanco con bandas rojas en la frente. Había partido del Ángel de la Independencia y por los cuatro carriles de Paseo de la Reforma entró por las calles que llevaban al Centro Histórico. Una niña con pechos incipientes y grandes ojos negros había precedido la procesión de vestales del Club Selena, quienes vinieron a depositar una ofrenda a la diosa lunar Coyolxauhqui. De la estación del Metro habían emergido con alcatraces blancos, sandalias blancas, el pelo atado con listones de colores y argollas en la nariz, las orejas y la boca. Tras ellas aparecieron los Helio-pontes, vestidos con camisa azul y pantalón amarillo. Oraban delante de los altares del aire. No estaban solos, por allí andaban los miembros de la Tradición de Tezcatlipoca, los adoradores de la Nueva Era Solar, y los seguidores de la Línea de Nazca, los custodios de la Nueva Mexicanidad, los socios del Centro de Cultura La Serpiente Emplumada, los Hare Krishnas y las Guardianas de la Castidad Radical. Todos danzaban en círculo.

Al entrar a la explanada de la plaza cívica, Tomás se sintió una criatura sacrificable, pues no sólo se internaba en un espacio dominado por el dios Sol, sino también por el señor de la Muerte. En la multitud los integrantes de las tribus urbanas llevaban gabardinas, blusas de olanes y pantalones negros. Algunos se ataban los cabellos con bandas rojas, otros se habían hecho peinados con pico y cresta. Un grupo, utilizando espejos circulares e incensarios de piedra con copal, construía pequeñas pirámides de cartón y vidrio para captar la energía solar. Grupos étnicos mexicas, zapotecas, mazahuas y huicholes se adornaban con huipiles, ropas multicolores y joyas de jade y cuarzo. Madres nuevas cargaban a sus hijos sobre la espalda en rebozos, mientras las solteras espantaban los malos espíritus con un moño rojo en la cabeza. Las preñadas se colocaban tijeras en el vientre, tratando de evitar malformaciones en los fetos y que los bebés nacieran lisiados, con los labios hendidos o la cara manchada. Algunos viejos se habían untado la cara con sangre extraída de las orejas y se golpeaban la boca y las piernas con las manos para que las tinieblas no cayeran sobre el mundo y los *tzitzimime*, monstruos del crepúsculo, no descendieran del firmamento para devorarlos.

Las oficinas, las tiendas y las cafeterías estaban vacías. Las luces de la calle y de los edificios se habían encendido. En azoteas y ventanas, secretarias y empleados, turistas y científicos dirigían los ojos hacia arriba con vidrios ahumados en la mano para observar el fenómeno solar del siglo. Velas y veladoras fueron encendidas; sonaron caracoles y flautas; en los cánticos se invocó al Sol Negro, al Ojo Amarillo, al Corazón de Fuego y a la Estrella de Luz Blanca. El Palacio Nacional, hundido en el suelo como un navío de piedra, se empequeñecía bajo el alba negra que se hacía sobre de él. Mientras la ciudad era invadida por una oscuridad a deshoras y el cuerpo de la Luna cubría al Sol agónico, como en una cópula de insectos cósmicos que culminaba con el sacrificio del macho, Tomás tuvo la sensación de hallarse no en la Tierra, sino en un planeta desconocido. Pues no sólo la Luna le mordía un pedazo al Sol, sino la luz cósmica se hacía terrestre, orgánica, material, gris violeta, como de madrugada falsa. Entonces, se escucharon los diptongos y los triptongos de los himnos antiguos:

*Tonatiuh, quauhtleoanitl, xippilli, teutl.*
*Tona, tlanestia, motonameiotia: totonqui, tetlati, tetlat-*
*lati, teitoni: teistlileuh, teistlilo, teiscapotzo, teistlecaleuh*
*Tonatiuh Qualo.*

"El sol se ha puesto colorado, comenzó el eclipse", un hombre elevó hacia el cielo las manos con las palmas abiertas. "*Mexicas tiahui, mexicas tiahui.*"

"Habla Delfino Hernández, curandero nahua: En nuestro mundo el eclipse es una lucha entre el águila, nagual del Sol, y el jaguar, la Muerte. Miren: El jaguar del cielo nocturno se está tragando al Quinto Sol."

"Es el eclipse del Divino Sol por la interposición de la Inmaculada Luna, María Señora Nuestra Venerada en su Sagrada Imagen de Guadalupe, para librar de contagiosas pestes, y asegurar la salud a la Especie Humana", se arrodilló una monja.

"Bravo, ve y piensa: la danza del Sol y de la Luna con la Tierra se está llevando a cabo", exclamó un maestro de escuela.

"Me tiemblan las chiches y mi vagina sangra", una joven del Club de las Selenas alzó un alcatraz. "¿Vieron? Se me puso la carne de gallina, como si el eclipse de Sol se hiciera dentro de mí."

"El que vea al Sol de frente se volverá loco. Yo me quedé ciega por imprudente", a su lado profirió otra devota del Club. Llevaba pupilentes de gato, cadenas, anillos y cruces con símbolos egipcios y celtas. "La noche se comerá al día. La Tierra perderá su azul y el Sol se tornará negro. Sálvenlo."

"Gibra Quirosha", oraron los orates de la Secta de los Olistas.

"Habla Delfino Hernández. En nuestra cultura el eclipse de Sol se dice Tonatiuh Qualo, que significa: el Sol es comido, devorado en pedazos por el jaguar."

"Este eclipse mostrará al Cristo cósmico y a la María de los mares lunares la era del cambio", aseveró la monja.

"Padre Sol que estás en los cielos, venga-a-nos tu luz, así-en-los-ojos-como-en-los-astros", rezó Tomás, con expresión de encontrarse en el Quinto Cielo de la Alegría.

"*Heka, Heka, Ammit*, el que se traga los muertos también podría llamarse el que se traga las sombras", un hombre con túnica blanca y pelo blanco balanceó un incensario.

"Habla Delfino Hernández, indígena nahua: Cuando el Sol es devorado por la Luna, debes amarrar con lazos a los objetos domésticos, pues pueden cobrar vida, convertirse en monstruos y atacarte."

"Acuérdate de lo que dijo el fraile: que los mexicas buscaban a los hombres de cabellos blancos y de cara blanca para sacrificarlos al Sol. Ese tecolote es un nagual de la Secta del Corazón Sagrado", apuntó un cura al hombre con tatuajes de corazón en los antebrazos.

"Tengo la dicha de ser una de las pocas mujeres que ha visto tres eclipses totales de Sol en su vida", una octogenaria extranjera, con una medalla de la Virgen de Guadalupe sobre el pecho, bebió agua de su botella. "Estuve presente en el eclipse del 10 de mayo de 1724 en Stonehenge, cuando un iris circular apareció alrededor del Sol. Los colores fueron perfectos. Lo único malo es que como observé al Sol con el ojo desnudo, desde entonces soy invidente."

"Yo soy un dios anciano, una deidad lunar y el señor del Katún uuc ahau=chicome xóchitl 7-Flor", el rostro de pájaro del sacerdote maya se perfiló en la oscuridad. Cerca de él un ratero exploraba el bolso de la extranjera.

"Esta es la conjunción de Tonatiuh, el Sol, con la Coyolxauhqui, la Luna, y la Coatlicue, la Tierra, y el que no lo crea que se vaya a la chingada", chilló un hijo de Aztlán con un cuchillo de obsidiana en la mano.

"No sé de dónde han salido tantos perros amarillos", Tomás dijo a Margarita. "Parece que aquí hay congreso de canes callejeros."

"Y de niños sin dueño", replicó ella.

"Chido", un niño de la calle inhalaba solventes. Con camisa y cara sucias, llevaba solamente un zapato tenis: le faltaba el otro pie.

El horizonte resplandeció. Bajo el crepúsculo Mercurio, Júpiter, Marte y Venus se veían nítidos. Las estrellas titilaban. Las torres de Ciudad Satélite surgían en la distancia como Atlantes negros. Los destellos agónicos del Sol enrojecían los volcanes, los dioses tutelares del Valle de México.

Se hizo el silencio. Los seres humanos aparecieron como huérfanos, arrebañados en una selva de asfalto. Una tonalidad metálica arropó los edificios coloniales. Gimieron perros. Los pichones se recogieron en los campanarios. Mariposas nocturnas salieron de sus escondites. Ratones viejos emprendieron el vuelo. Murciélagos de ojos rojos y extremidades amarillas fueron vistos con garras de hombre. La Luna devoraba a Tonatiuh. En la plaza cívica, convertida en centro ceremonial, Tomás y Margarita se miraron uno a otro como espectros vivos. Con la cara y las manos enrojecidas, no se creían. Entonces, como un sol de Conrad, el disco se hundió en un mar de oscuridad, cambiando del blanco fulgurante a un rojo obtuso, sin rayos y sin calor, herido de muerte por la lobreguez cósmica. Mas durante la conjunción del Sol, la Luna y la Tierra, Tomás creyó percibir sobre los edificios coloniales la arquitectura de la vieja Tenochtlitlan, "la ciudad en el ombligo de la Luna". Rodeado de colibríes, vislumbró al dios Huitzilopochtli, con su soplo de sangre en la frente, conduciendo las siete tribus de los nahuas en busca de la señal divina. Delante de él, el águila devoraba a la serpiente sobre un nopal lleno de corazones.

El Sol era una masa negra. La temperatura descendió. Una luz ambarina refulgió. Sombras de agua rizada fueron proyectadas en el lugar donde habían estado las acequias. La Luna era más grande que el Sol. De su creciente brotaron las Perlas de Baily. El Anillo de Diamante se formó. La Luna tapó la fotosfera solar y surgió un ojo negro. La corona alada envolvió al Sol: la Totalidad.

De las protuberancias solares saltó un jaguar en llamas. Sobre la corona se percibieron alas de fuego. Una pupila negra miró hacia abajo, hacia la Tierra, hacia ti. A partir de ese momento, en secuencia inversa, apareció el Anillo de Diamante, los abalorios de Baily, la corona perlada, el creciente dorado, la Luna y el globo negro: El Sol radiante de la Totalidad.

Voces anónimas clamaron:

"Viva el Sol."

"Viva la Luna."

"Viva la Tierra."

"Viva el hombre."

"El jaguar nocturno, buscando su corazón, despedazó al Sol."

"Espectros de perros y lechuzas chillaron, ¿los vieron?", un nagual ladeó la mejilla. "El Sol tenía la cara del dios viejo del fuego. Yo fui sus ojos carbonizados, su boca quemada, su paladar afónico."

"Un perro xolo pasó con un corazón humano en el hocico, el mío."

"La pequeña noche ha concluido", la muchacha con pupilentes dirigió la cara al cielo. "El calor viene de arriba. La soledad de adentro."

"El cielo oscuro nos otorgó siete minutos de eternidad efímera."

"El Sol: águila resplandeciente, príncipe turquesa, vive de nuevo."

"El Sexto Sol ha nacido: la era de la conciencia humana ha comenzado."

"Habla Delfino Hernández, indígena nahua: Para nosotros el oro, la plata y las piedras preciosas son sólo elementos de ornato dedicados a los principios cósmicos sagrados, el verdadero valor radica en el hombre mismo."

"Nos vemos aquí el 8 de abril de 2024, durante el próximo eclipse total", un fotógrafo recogió su equipo. "No se les olvide: el ojo humano es el único instrumento que puede captar la corona solar en todo su esplendor."

"Pastillas contra la depresión post-eclipse", reapareció el vendedor que les había ofrecido los filtros. "La totalidad puede dejar el ánimo golpeado."

Bajo la llovizna los grupos étnicos cantaron y bailaron. Un hombre con el torso desnudo y un penacho de plumas de guacamaya en la cabeza conminó a la multitud que se dispersaba a seguir la fiesta:

"Por esta pinche lluvia no corramos. El agua es fuente de vida. Hace rato recibimos el espíritu de nuestro Padre Sol, ahora recibamos el espíritu de nuestra Madre el Agua."

"¿No es raro que aún los ciegos hayan querido tener su experiencia del eclipse?", Margarita echó a andar rumbo a la Pensión Fernández.

"¿Qué viste?", le preguntó Tomás.

"Un ojo blanco y una pupila negra, un pico dorado y un buche rojo: la cabeza de un buitre."

"Gran visionaria eres."

"Tú, ¿qué viste?"

"El monstruo de Gila con el hocico abierto y la lengua de fuera. El tributo que le dio una tribu del Norte al emperador Moctezuma se reproduce en el vientre de México sin cesar."

"Yo me topé con un híbrido de Frankenstein y Huitzilopochtli bajando las escaleras del Metro."

"En el eclipse yo vi el ojo total del Sol." Tomás se corrigió: "No, lo que vi verdaderamente fue el ojo total de Dios. Por un momento, en vez de sentirme caer en el espacio me sentí caer en mí mismo."

## 14. Una Venus rural

Desde el primer día Margarita tomó posesión de la casa. Se dedicó a reparar muros rotos y tuberías averiadas. A lo desechado, halló utilidad: al cartón, el hierro, la lámina y la madera. Como en los árboles muertos hay espacios habitables, así ella utilizó lo inservible, las cosas inacabadas. Luego plantó en el jardín zanahorias, lechugas, tomates, albahaca, romero y perejil. Mandó arreglar los quemadores de la estufa; compró muebles nuevos para la recámara, el comedor y la sala. Trajo de la Ciudad de México una cama de latón, una mesa y un juego de sillas. El tapete para el perro lo adquirió en Morelia. No obstante, el espejo de tres cuartos en la recámara invariablemente reflejaba a un pescado insatisfecho: su marido.

Para ayudarla a preparar la comida, en la cocina Tomás sacaba los chícharos de las vainas, cortaba los tomates y pelaba zanahorias; se ocupaba del extractor de jugos y vaciaba los asientos del té y el café en las macetas. O iba de compras al mercado, hallando deleite en escoger legumbres y frutas, como cuando Marcelina estaba viva. Por la tarde salían a pasear al Cerro Altamirano, andaban por la orilla de la presa o atravesaban el llano, y a veces llegaban hasta la estación de ferrocarril. Llevaban consigo libros y revistas y a la sombra de un árbol se ponían a leer. Era la única pareja en el pueblo que salía a caminar.

Entre semana Tomás partía temprano para dar sus clases. De regreso de la escuela, a menudo encontraba a Margarita acostada en el piso sobre su espalda, las rodillas dobladas y los pies sobre una silla, emitiendo un ay aquí y un ay allá, sufriendo porque sus muslos no estaban en posición vertical mientras se daba la vuelta. Otras veces la sorprendía descansando el cuerpo sobre los glúteos. Se sujetaba las piernas con las manos tratando de contraer los músculos abdominales para alzar la cadera unos centímetros. O la hallaba boca arriba, con una almohada debajo de las rodillas para que la columna vertebral no se le arqueara.

—No te imaginas lo que es no poder agacharte con facilidad y no poder abotonarte el vestido por la cintura —explicaba ella.

—Todos esos ejercicios están bien, el problema es que después te desquitas con la comida.

—Ayúdame a levantarme. Aunque no lo notes, cada día estoy más delgada.

—¿Por qué te quitas la ropa?

—Me daré un baño de tina. Por nada en el mundo me pierdo las inmersiones en la espuma y las frotadas en la espalda que me doy con la esponja, hasta que la piel se ponga roja.

—¿Tengo rival? —Tomás indicó a Pancho en el tapete, con la cabeza levantada y los ojos atentos.

—Espero que no tengas celos de un perro.

—Nos vemos al rato.

—Llevo aquí semanas y no me has presentado a nadie —unos diez minutos después le gritó Margarita desde el baño.

—Te presentaré a todo el mundo cuando dejes de estar enamorada de tu jabón.

—En las reuniones tengo que introducirme yo misma: Margarita Medina de Martínez.

—Te entenderían mejor si dijeras Margarita Medina de Tonatiuh.

—Esta noche iremos a la despedida de soltera de Carolina Pavón. No estaría mal que te dieras un baño y te cambiaras de ropa. Llevas el olor del cuerpo como una chaqueta vieja. También deberías ponerte una poca de agua de colonia, ¿quieres de la mía? —Margarita apareció a su lado envuelta en una toalla blanca, lista para vestirse y arreglarse.

—Andrés y Zenobia invitaron a Patiño. Ese cura bribón de buena gana colgaría los hábitos por jugar una partida de ajedrez. Antes que llegara al pueblo lo antecedieron los rumores de su vicio. Decían que su carrera eclesiástica había sido arruinada por el juego de la inteligencia y como castigo sus superiores lo enviaban a aquí. Al enterarse de su nuevo destino, se dice que dijo: "Por qué he de ser yo el peón sacrificado si a nadie he hecho daño con mis alfiles. Me parte el alma dejar a mis compañeros del Club Carlos Torre."

—Carolina Pavón pudo haber sido descrita en 1900 por el escritor uruguayo Horacio Quiroga, así: "Tenía la palidez elegante y mórbida de las señoras desmayadas. Parecía una rosa enferma que una mano insensata hubiera abandonado sobre las teclas del piano. Era blanca y lejanamente rubia… Tenía la palidez de las caricias tardías…" O, todavía mejor: "Tenía la palidez de lo que no ha sido."


Los Andreses, como Tomás llamaba a sus compadres Andrés y Zenobia, vivían a cinco minutos de su casa. Tenían una hija adolescente, Teresa, que adoraban, de la cual él era el padrino. Durante unos diez años Andrés había sido agente viajero de una compañía de seguros de vida y recorrido el Bajío con su auto. Estaba ausente un mes entero, tiempo que aprovechaba Zenobia para visitar a sus parientes en Celaya. Pero ya no, había renunciado a su trabajo para estar cerca de ella.

—¿La famosa Margarita Medina de Tonatiuh? —exclamó Carolina Pavón cuando los vio entrar.

—¿Qué les parecen las mejoras que hicimos en la casa? Pintamos las paredes y arreglamos los techos. En época de lluvias teníamos goteras. Era un fastidio —Zenobia empezó a darle un paseo a Margarita por los cuartos. Llevaba un vestido rojo escotado que realzaba sus grandes senos y sus hombros finos. Solamente Andrés y Tomás la recordaban en su gloria física, cuando había sido la mujer más guapa del pueblo—. La semana pasada compré un ropero antiguo. Lo recargué contra esa pared blanca para romper la monotonía de esos espejos, pero ahora ese Andrés usa esa puerta como perchero para colgar su saco.

—Yo le compré a Mario, mi novio, una hamaca yucateca. Se la colgué en el jardín. Le encanta tomar la siesta, a mí me fastidia —Carolina Pavón, acercándose a ellas, encendió un cigarrillo.

—Siéntate aquí, Margarita, estarás más cómoda —Zenobia expulsó a la gata blanca del sofá color oro viejo—. Esa gata rasguña todo lo que puede.

—Si la noche fuera un gato, nadie la conocería —Patiño colocó en la mesa de ajedrez tanto las piezas blancas como las negras. Buscó en torno suyo a un posible rival.

—Qué tranquilo se ve tu marido —Carolina Pavón señaló a Tomás—. Ojalá que mi Mario fuera tan apacible.

—No creas, a veces el mundo se le viene encima y no ata ni desata —Margarita se echó un puñado de pepitas de calabaza a la boca.

Tomás se dirigió al cuarto de baño. En el camino se topó con Teresa. Sus miradas se cruzaron. Ya adentro, él vio la orina de ella impregnando el papel higiénico al fondo de la taza blanca. Orinó sobre su orina, observando cómo se juntaban los líquidos, cómo caía su chorro sobre el de ella, asentado. Al hacerlo, tuvo una sensación erótica, como de cópula indirecta, como de reunión de intimidades. El encuentro se había consumado en una taza. Se demoró en correr el agua. Salió como si nada.

—¿Echas de menos la vida en el Distrito Federal? —con el cigarrillo en los labios, Carolina Pavón, vestida de morado, con gafas oscuras y el pelo recogido, alzó su vaso de whisky en honor de Margarita. Antes se había tomado su tiempo guardando en un bolso de terciopelo negro el dinero en efectivo y, en una bolsa de hilo, los regalos.

—Mi bañera —tosió Margarita.

—Aquí le decimos tina.

—En los años cuarenta mi madre la compró en Burgos. Cuando la lleno hasta el borde con sales y espumas, entonces me relajo.

—Yo me caliento el trasero en las piedras de un temascal —Carolina Pavón encendió otro cigarrillo, olvidándose del

que tenía en el cenicero—. La escasez de agua no afecta todavía las casas del centro, pero el crecimiento demográfico pronto
nos va a alcanzar. Me pregunto qué va a ser de los campesinos
de la comarca, ¿colonizarán el norte de los Estados Unidos? Los
mexicanos se adaptan a todos los climas, aun a los más fríos.
Las mujeres de aquí son limitadas. Hablan de embarazos, pero
no de sexo, de abandonos conyugales, pero no de infidelida-
des. Una frontera púdica se les pone en la boca naturalmente
cuando se tocan esos temas.

—Soy un cura temperamental. Cuando me alejan del
centro de poder religioso, me suceden dos cosas: Una. Me
siento encarcelado al aire libre. Dos. Antes que a las beatas,
identifico a los jugadores de ajedrez. Así salvo la vida —Patiño
levantó una torre y por un minuto o dos no supo dónde po-
nerla—. De otra manera me hundiría en la señora desespera-
ción o me asaltaría el demonio del mediodía, como a los padres
del desierto.

—¿Tiembla? —Andrés observó el baile del candelabro.

—Jaque —Tomás movió su reina, indiferente al movimiento telúrico.

—¿Qué más extrañas? —Carolina Pavón dio una bocanada a su cigarrillo. Había pasado el temblor. Con su habitual
impertinencia levantó las faldas de la mesa para ver la marca—.
No es de caoba, es de madera de pino, ¿verdad?

—Pieza tocada, pieza movida —Patiño vio que Tomás
había cogido un caballo y quería devolverlo al escaque.

—Tomás, ¿todavía acostumbras salir de noche para ver
la Luna? —Andrés, sin jugar, dio un trago de tequila.

—Cuando me ataca el demonio del insomnio.

—Lo acompañé una vez a La Puerta, dizque por la vista.
Qué vértigo. Casi me caigo en el abismo de la noche. Parece que
uno se pierde en el laberinto de tantas luces. No me quedaron
ganas de volver.

—Esa belleza en la pared, ¿quién es? —Carolina Pavón
se levantó del sofá para pararse delante de la pared y examinar
la foto de una mujer en bikini.

—Esa soy yo. Aunque no sé nadar y nunca me he asoleado en una playa o sentado al borde de una alberca, así me retrataron —afirmó Zenobia—. Con esas mejillas rosáceas y esos pechos redondos, esas caderas anchas y esas piernas esbeltas estaba tan llena de mí.

—¿De veras eres tú? ¿Cómo se te ocurrió retratarte así, mujer?

—Hace unos años pasó por aquí un fotógrafo brasileño. Un tal Joaquim Maria Machado de Assis. No sé qué me vio, pero me paró en la calle. Me dijo: "Me gustan sus pantalones blancos, ¿dónde los compró? Están de pelos." "En una tienda de Toluca", respondí. "¿Tiene la dirección?" "Se la doy más tarde." Y yo que le creí, mana. Y yo que pensé que realmente estaba interesado en comprarse unos pantalones. El caso es que me siguió por la calle. Entré a una tienda y él entró. Me paré delante de la farmacia y él se paró junto a mí. A la vuelta de la esquina el muy descarado me dijo que le gustaban mucho mis caderas y mis piernas y que, en particular, estaba loco por mis tobillos. Tipo raro, ¿no? Luego me explicó que estaba haciendo un reportaje sobre "La Venus rural" y me pidió que me dejara retratar por él. "En las afueras, allá quiero fotografiarte." "¿A mí?" "A ti." "¿Cuándo?" "Hoy mismo" —al contar la historia, Zenobia se sentía halagada como una niña que despierta la atención de los demás.

—¿Qué hiciste? ¿Qué dijiste?

—Fui débil, me dejé retratar como él quiso.

—Los cuerpos ahora se estilan más delgados, los pechos más varoniles. La voluptuosidad ha cambiado de formas.

—¿No te dio miedo que lo supiera Andrés? —preguntó Margarita.

—No medí las consecuencias. Dos semanas después el brasileño me mandó las fotos por correo, con quinientos pesos en efectivo por los derechos de reproducción en una revista para hombres. Andrés descubrió el sobre en una caja de zapatos. Buscaba chocolates para comer, se los escondo porque si no se los acaba en una sentada. Cogió el dinero y quemó las fotos.

Excepto ésta, porque la había escondido. Cuando Andrés la encontró, para mi sorpresa, la colgó en esa pared, aunque andaba celoso, inaguantable, haciendo preguntas necias: "¿Hiciste citas con ese hombre a mis espaldas?" "¿Dónde lo conociste? ¿En un viaje?" —los ojos de Zenobia fulguraron con una luz maliciosa—. No le di detalles.

—Es curioso cómo las cajas de zapatos son las cajas fuertes de los secretos íntimos de las mujeres de provincia —Carolina Pavón encendió otro cigarrillo—. Pero debo decir que la cabeza es la mejor caja de seguridad del mundo.

—La vida es como un montón de parches: unos feos, otros bonitos, unos hechos de deseos y de sueños, otros de realidades brutales: los pegas todos y tienes ese traje completo. Sobre todo cuando se deja de ser joven, cuando ese traje ya no te viene —reflexionó Zenobia.

—Tomás, ¿has visto a Zenobia en bikini? —Margarita escrutó su reacción mientras miraba la foto.

—¿Por qué lo preguntas?

—Por nada.

—La señora esa se paseó todo el día con el bikini ese. Al día siguiente se levantó con ese traje y no se lo quitó en una semana ni para dormir —Andrés, el rostro tenso, no levantaba la vista del tablero. Hasta ese momento había pretendido ignorar la plática, fingiendo estar ocupado en la observación del juego de Patiño y Tomás.

—Es cierto, no me lo quité ni de día ni de noche. En secreto, permanecí con el bikini puesto.

—A causa de la infidelidad artística de Zenobia, yo me dediqué a recoger gatos callejeros, de esos que la gente quiere matar o abandona en los basureros. Pero como los maullidos la ponían nerviosa, un lunes en la mañana, cuando fui a visitar a mi primo a San Cristóbal, se deshizo de ellos. Sólo me dejó esa gata blanca.

—Este animal no ve el reflejo de su rostro —Carolina Pavón colocó a la gata frente al espejo en la puerta del armario.

—Ahora, mi hijita, te vas a visitar a Jessica —Zenobia se dio cuenta que Teresa, con copas y vasos en la mano que había recogido de una mesita para llevar a la cocina, no se perdía una palabra de lo que estaban diciendo.

—Me duele la cabeza, mamá. Además, ya tengo edad para oír conversaciones de este tipo.

—Te tomas unas aspirinas y te vas, regresas a las once de la noche.

Al irse, Teresa le pisó la cola a la gata. El maullido se convirtió en chillido. Luego, con los ojos encendidos, mientras se dirigía a la puerta, le rozó el brazo a Tomás.

—La Ruy López es una de las aperturas más sólidas y famosas en la historia del ajedrez, pero cuando te descuidas, pierdes, dijo Raúl Capablanca. Jaque al rey —Patiño golpeó triunfante el tablero con un alfil.

—Me distraje.

—Desde que se inventaron las excusas se acabaron los tarugos.

—Todavía no, jaque mate en tres —Tomás respondió comiéndole el alfil.

En eso tocaron a la puerta.

—¿Quién será? —Zenobia fue a abrir.

—¿Está el cura Patiño? —entró una mujer con rebozo negro.

—¿De qué se trata? —el cura no apartaba los ojos del tablero.

—¿Puedo interrumpirlo?

—No.

—Disculpe que lo moleste, señor cura, pero mi papá se está muriendo.

—¿Y? —Patiño cogió una torre y la mantuvo en el aire, dudando en qué escaque colocarla.

—Mi hermano y yo venimos a pedirle que le administre la extremaunción. Vivimos en Santa María.

—Al ratito voy.

—Al ratito mi papá está muerto.

—¿Tiene algo de qué arrepentirse?

—De nada, que yo sepa.

—Entonces no tengo nada que perdonarle, que le vaya bien.

—Señor cura, su reina está perdida —Tomás se la quitó con un caballo.

—¿Declaramos la partida tablas? —Patiño levantó un alfil, empujando con el zapato a la gata debajo de la mesa.

—Jaque mate —Tomás tumbó el rey enemigo.

—Revancha.

—Cuando regreses de dar la extremaunción.

Molesto, Patiño miró la hora en su reloj barato.

—¿Por qué he de ser yo el que se levanta a medianoche a despedir al prójimo moribundo? Todos los curas se enriquecen, excepto su servilleta, un pobre hombre que no tiene otro placer en el mundo que el juego del ajedrez. Y todo el tiempo me lo echan en cara.

## 15. El anhelo

Con la luz apagada, Margarita y Tomás estaban acostados platicando. Era un diálogo de monólogos. Ella le contaba el mundo: "En Inglaterra los vehículos tienen el volante a la derecha." "En Rusia la falta de sol en invierno puede producir una tristeza azul, un desorden afectivo estacional. Con frecuencia, la gente se cura de esa tristeza azul con alcohol." "Se han avistado platillos voladores en la Zona del Silencio." "Arrestaron al jefe de policía de Chihuahua por dedicarse al secuestro y a la violación de menores." Tomás le respondía: "¿No crees que existen correspondencias entre las formas solares y las formas terrestres? La miel, ¿qué cosa hay más solar que la miel?" "Las flores amarillas de los campos son rayos solares materializados." "Soñé que en otra vida fui el sacerdote egipcio que compuso la 'Letanía de Ra' y en Teotihuacan el dios que creó el Quinto Sol de las cenizas de los cuatro soles anteriores."

—¿Te importa si veo las noticias en la televisión? —Margarita encendió el aparato en un canal cualquiera.

—Detesto la palabrería de los locutores explicando lo evidente. Prefiero buscar información sobre el Sol en internet, ¿te importa? Gracias por la computadora —Tomás se levantó de la cama para coger la taza que estaba en la mesita—. No resisto beber café a estas horas, aunque sé que tendré insomnio.

Margarita no contestó.

—¿Conoces "La canción de la noche" de los navajos?:

> Con armonía sobre mí caminar pueda,
> Con armonía bajo mí caminar pueda,
> Con armonía en torno de mí caminar pueda,
> Con armonía contigo caminar pueda.

La televisión continuó hablando por quince minutos más o algo así. De pronto, al voltear hacia ella, él se dio cuenta que se había quedado dormida con un cigarrillo humeándole entre los dedos. La ceniza ya había alcanzado el filtro. Lo aplastó en el cenicero. Apagó el aparato con el control. Siguió pensando. Ella despertó sobresaltada. Con ojos estrellados lo buscó en el cuarto.

—Tuve un sueño horrible. Soñé que iba en coche y un perro negro aparecía en la carretera. Sus ojos eran rojos y de su ano brotaba sangre. De repente vino un camión de carga. A toda velocidad. Chocamos.

—Cálmate.

—Fue un sueño de muerte.

—No te preocupes, cuando mi hermano Martín se fue a los Estados Unidos soñé que tres mariposas negras pasaban volando sobre mi cabeza. No pasó nada.

—¿Regresó?

—No. Trabaja en un restaurante italiano en San Francisco. Lo llaman Pietro, el rey del spaghetti.

—En cierta forma murió.

—Quisiera dormir sin sueños, tengo muchas cosas que hacer mañana.

—Te voy a pedir que no arrojes la ropa sucia en el piso: calcetines, calzones, camisas, camisetas surgen en todos lados, te tropiezas con ellos, parece que se reproducen de noche. Si no te molesta pon lo que se va lavar en el canasto —Margarita, parada delante del espejo, se quitó la blusa, desnudó sus senos.

—Antes la gente se asustaba con los eclipses, creía que los espíritus de la oscuridad atacaban al Sol en forma de puercos negros, monstruos demoníacos, perros celestes, gigantes lobunos o estrellas negras.

—Qué sueño tan tremendo tuve, tardaré un rato en tranquilizarme —Margarita se bajó las medias y descubrió sus muslos, se despojó de las pantaletas. Desnuda apagó la lámpara, encendió dos velas.

—¿Te ha contado Zenobia que a veces tiene sueños donde la gente camina en cámara lenta? —dijo él.

—Creo que a la mujer de Andrés le gusta inventar cosas. ¿Tienes hambre?

Tomás pareció reflexionar sobre la pregunta. Contestó otra cosa:

—¿Qué pasaría si el universo tuviera la forma de un cuerpo humano infinito y millones de soles fueran ojos y millones de tierras cerebros pensantes?

—Cuesta trabajo imaginarlo —Margarita examinó sus pechos en el espejo. Poniéndose de espaldas se tocó el trasero, las piernas, se alzó un seno con una mano como si lo sopesara.

—En un mito arakho, el hacedor de eclipses era un insaciable devorador de cabellos humanos.

—Se hubiera atragantado con los míos. ¿No sería mejor que cerráramos la ventana? Esos mosquitos son pequeños Dráculas, te chupan y te chupan y nunca se sacian —Margarita, a la luz de las velas, desplegó sus pechos delante de él. Se dirigió al baño. Sacó la báscula de un mueble y se pesó. Se lavó las manos y se cepilló los dientes. Orinó, con la puerta abierta. Frente al espejo se maquilló.

—¿Qué estás haciendo?

—Estoy engordando, peso demasiado, necesito ponerme a dieta.

—Quiero dormir, no hagas ruido —contestó Tomás, acostado.

—Todavía no —Margarita regresó. Se había puesto aretes. A su lado se tendió, descobijándolo.

—Me quitaste las cobijas.

—Ven, acércate —Margarita se pegó a él. Con los dedos de los pies tocó sus pies, con su vientre oprimió su trasero—. Me duelen las piernas. No sé por qué, no he hecho ejercicio últimamente.

—Hoy en el mercado vi a Teresa.

—Seguro que la miraste como no me miras a mí. Ráscame la espalda.

—Sólo un minuto.

—Mejor el vientre.

—Siempre que estoy durmiendo me despiertas —Tomás se llevó una mano a los ojos.

—No te frotes los ojos con la mano sucia, después te los irritas.

—No lo estoy haciendo.

—No me gusta que te duermas antes que yo.

—Pero si acabas de despertar de un sueño, tú misma lo dijiste.

—Tu distracción me exaspera.

Tomás sopló las llamas de las velas.

—No te duermas, pégate a mi cuerpo, así, callado. Si me das un beso seré tu depredadora.

Tomás no contestó.

—Tengo las rodillas muy rojas, mira.

Él entreabrió los párpados.

Ella prendió la luz.

—Hey, mira, ¡arañas!

—Dónde están, no las veo —Tomás la vio observándolo con fijeza.

—Allí, entre las vigas, una de ellas devoró una mosca —Margarita pegó sus pechos a su cara.

—Me tomaste el pelo, no hay arañas.

—Qué me importan las arañas, si lo que quiero es estar contigo. Oh Dios, qué anhelo de amar y tú dormido con los ojos abiertos.

## 16. *El loco del Sol*

Era *L'estro armonico op. 3* de Antonio Vivaldi. Comenzaba el Concerto núm. 2 en G menor. Tomás movió unos botones para ajustar el sonido a las bocinas. Luego con los ojos cerrados llevó el ritmo con las manos. Había descubierto la música clásica. O más bien, Margarita se la había descubierto regalándole unos discos compactos de Vivaldi, Mozart, Beethoven y Bach. Desde entonces, cuando estaba solo ponía el tocadiscos a todo volumen para que los sonidos lo invadieran. Pero se fue la luz y la música cesó.

Pasadas las cinco, se dirigió a la plaza a esperar a que Margarita saliera de la oficina de Correos donde trabajaba desde hacía tres meses, más por el deseo de hacer algo que por el sueldo, que era mínimo y cinco meses después no se lo pagaban todavía. Al menos su trabajo era interesante, pues consistía en descifrar los nombres de los destinatarios de las cartas que venían escritas a mano de los Estados Unidos con dólares adentro. Y encontrar la manera de que fueran entregadas sin riesgo de extravío o de robo por José Ramón, el cartero montado en bicicleta más ineficiente del Servicio Postal Mexicano. Mas, tratando de seducirla, el jefe de la oficina la acosaba:

—Después del trabajo ven a verme sola. Si te vienes a vivir conmigo, te haré rica. Si dejas a ese pobre diablo de Tomás, serás la esposa del administrador.

—Tengo bastante para vivir y no me interesan sus proposiciones —lo rechazaba ella.

—Entonces, antes de que te vayas, quiero que separes las piezas de correo de todas las valijas que llegaron hoy y me des una relación pormenorizada de su contenido.

Cada tarde Tomás venía a esperarla en la plaza. Y cada tarde ella salía con más retraso y él se estaba horas sentado en un banco mirando hacia la puerta de la oficina. A veces, como Andrés y sus amigos mataban el tiempo en la cantina jugando al dominó y al billar, el cura Patiño, quien solía beberse media botella de tequila, le hacía señas para que viniera a jugar con él una partida de ajedrez. El rey y la reina eran dos copas en el tablero.

Tomás se excusaba con la mano. "Qué raro hombre es Patiño, con ese cabello ralo y esos ojos fogosos parpadeando todo el tiempo, cuando se sacude el cuerpo parece que está lleno de pulgas", pensaba, mientras pretendía leer en el libro *NACIMIENTO Y MUERTE DEL SOL* sobre "Las enanas blancas" y "Las nebulosas que huyen". Una vez que llegaba Margarita se dirigían al mercado. En la tienda de Mendoza compraban café soluble, pues ella bebía seis tazas diarias: dos en la mañana, dos en la comida y dos al anochecer.

—Escala técnica —ella se detenía en el puesto de Rodolfo el Muñeco, el viejo carnicero ahora tenía los cabellos blancos.

—¿Tacos de tifoidea? —Tomás no soportaba mirar a la gente comer tacos de ojos y de sesos, de criadillas y de tripas, y se volteaba hacia otra parte.

—Solamente dos —Margarita, rodeada por perros callejeros, echaba el cuerpo hacia atrás y sacaba la cabeza hacia delante para que la salsa y la grasa de los tacos, envueltos en papel de estraza, no le mancharan el vestido.

—Deglutir la materia vidente y pensante de un animal no sólo es repulsivo, es sacrílego. El espectáculo de ese carnicero rebanando el órgano de la vista de una vaca, cociéndole los párpados junto con las pestañas, es asqueroso.

—¿Quieres uno?

—Me preocupa tu salud, ni siquiera haces ejercicio. Vas a tener pesadillas en la noche.

—Su marido se preocupa demasiado por su salud, señora —Rodolfo el Muñeco se quitó el delantal ensangrentado y esbozó una sonrisa-mueca debajo del bigote blanco.

—¿Se preocupa por mí? Nunca —rió Margarita.

—El chiste es abrir al animal en canal, de allí pa'lante todo el paisaje parece comestible y entregado. Es como una cordillera de huesos por la que uno puede andar con la mano.

—O con el cuchillo —Tomás echó andar.

—Si no puedo conciliar el sueño, me encerraré en el baño para leer —Margarita lo alcanzó para juntar sus pasos a los suyos—. No quiero molestarte con la luz prendida.

—Descubro tu ausencia por el lado frío de la cama —Tomás subió por esa calle de paredes escarapeladas. En ese paisaje descarnado no había nada de donde los ojos pudieran agarrarse—. Cuando sales del baño con la cara embadurnada de crema y un cigarrillo en la mano, tratando de no despertarme, siempre me despiertas.

—Me pondré a dieta, estoy gordísima. Desde que llegué he subido diez kilos y no quepo en mi ropa. Soy una prisionera en mi cuerpo. No haremos el amor hasta que adelgace.

—No seas extremista, luego lo discutimos.

—No hay nada que discutir, es un propósito firme y tú vas a hacer dieta conmigo —Margarita lo cogió del brazo.

—Cuando veo esa calle tediosa que se avecina, me dan ganas de cerrar los ojos y abrirlos en otra parte. Mira esos niños con la cara color escoria.

—¿Tus ojos?

—No, los niños.

—A propósito, ¿te pagaron en la escuela los sueldos atrasados? Si no te los han dado el jueves, les renuncias.

—Me deben seis meses.

—No des una clase más.

—No será necesario tomar esa medida —Tomás agachó la cabeza—. Hoy me despidieron.

—¿Cómo?

—Me llamaron a la Dirección. Estaban renovando la oficina y el cuarto estaba lleno de muebles envueltos en plástico.

—No te distraigas con detalles, dime qué pasó.

—La secretaria me anunció. Adentro estaban el director y un colega que siempre me ha odiado. "Maestro Tonatiuh, lamento tener que comunicarle las malas nuevas, está usted despedido", chilló el director mirando por la ventana como si yo me encontrase afuera. "¿Qué dijo?", le pregunté. El director, con la cara vuelta hacia la ventana, repitió lo mismo. "No le oigo bien", insistí. "Entonces que alguien le traduzca", salió él dando un portazo. El colega que siempre me ha odiado se quedó conmigo: "Con toda sinceridad, Tonatiuh, debo decirte que el director del plantel te ha despedido, pues se le ha agotado la paciencia. Hay numerosas quejas referentes a que aprovechas los cursos para dar rienda suelta a tus locuras. Infiero que se te desea mala suerte en la búsqueda de otro empleo y se darán de ti malas referencias. Eres pésimo maestro."

—¿Qué le contestaste?

—Le recordé que los alumnos seguían con pasión mis pláticas, que al enterarse de mi despido protestarían y recogerían firmas en la escuela y en las calles para apoyarme… Sin voltear a verme, el colega dio un puñetazo en el escritorio y me reveló que, precisamente, esos alumnos que seguían con pasión mis pláticas habían sido los que habían venido a denunciarme. Excepto Teresa, una chica que manifestaba una fuerte debilidad por mí.

—¿Te dio la oportunidad de exponer tu punto de vista?

—El colega me recomendó que lo mejor para la escuela era mi renuncia. Y de la manera más discreta.

—¿Por qué?, no eres un delincuente.

—La secretaria me entregó una carta.

—Muéstramela.

—Sin nombre.

—Puede estar dirigida a otro.

—Me la dio en la mano. Contiene detalles alusivos a mi persona. En ella citan las quejas de los alumnos porque en mis clases les hablaba del Sol. Le contaron que en mis cursos sólo aprendían sobre auroras, crepúsculos, coronas y eclipses, y que me apodaban *El loco del Sol*, porque soy un obsesivo.

—¿No lo sabías?

—Me enteré hoy cuando en el patio de recreo les estaba mostrando los fenómenos de la luz en la naturaleza y un alumno, escondido detrás de una roca, empezó a gritarme "Tonatiuh, Tonatiuh, *El loco del Sol.*"

—¿Qué pasó luego?

—Me quedé solo en la oficina. Cuando iba por el corredor, me di cuenta que la escuela estaba vacía. La indiferencia de los alumnos me dolió.

—Si te acusan de loco, no hay nada que hacer.

—Las siluetas de los escolares, a los que a menudo toleré que hablaran en clase y no hicieran su tarea, bailaron delante de mis ojos como en un carnaval de muertos en vida. No quiero hablar de ellos, no me gusto a mí mismo cuando deseo daño a los demás.

—¿Qué harás ahora?

—Nada.

—¿Cómo qué nada?

—Bueno, tengo un itinerario. Me voy de viaje, primero a la tierra de los mayas para buscar el lugar donde el universo descansa sobre un cocodrilo. Luego iré a Cuzco para ver el Templo del Sol que los incas construyeron con piedras blancas. En Macchu Picchu leeré el futuro del mundo en las brasas de una hoguera solar. Estos son mis planes para los próximos años.

—Y esa fiebre repentina por largarte de aquí, ¿de dónde viene?

—Toda mi vida he anhelado visitar sitios lejanos, y no conozco ni los más cercanos.

—¿Con qué ojos vas a pagarte esos viajes?

—Escribiré al Observatorio Solar de Kitt Peak, en Arizona, para solicitar un trabajo.

—Dudo que te lo den.

—Entonces, me becaré a mí mismo.

—Tomás, siento comezones en el vientre y pataleos en el cerebro como si estuviera encinta.

—¿Vamos a tener un hijo?

—No te emociones, lo perdí.

—¿Cuándo?

—¿No me has visto llorar lágrimas de vidrio?

Tomás no dijo nada. Margarita echó a andar. Caía la tarde. Sombras largas

## 17. El Supermercado del Sol

"El Sol entero es una masa gigante de gas incandescente… El Sol no tiene superficie… Aunque no podemos verlo con nuestros ojos, el gas solar muy difuso se extiende hasta la Tierra y llega más allá", leía Tomás en la *Enciclopedia del Sol* cuando se puso a observar una foto que le había regalado Teresa la semana pasada. En ella, la hija de Andrés y Zenobia llevaba falda corta por encima de las rodillas y un suéter rojo tan apretado que sus senos parecían picudos. Imaginando cómo se sentiría tocar sus piernas a través de las medias, él se quedó dormido. Soñó que Margarita había ido de compras al Supermercado del Sol, donde las naranjas eran como planetas amarillos, las manzanas esferas rojas, a los limones nunca se les acababa el jugo y los duraznos fosforecían de noche.

Después de recorrer los pasillos del establecimiento, ella se sentó en un banco con otros clientes que aguardaban a que los empacadores terminaran de acomodar las bolsas transparentes en los carritos dorados. No quería voltear a ver el departamento de las especialidades del día, las chuletas de puerco, los conejos despellejados y los patos fláccidos le daban un horror animal, como si ella misma hubiese sido destazada.

—Cuidado, levante los pies —la mujer de la limpieza arrojó al piso cubetazos de luz sucia.

—Le recomiendo, señora, que mejor espere en la sección de Atención al Cliente, allá estará más tranquila —vino a decirle el gerente del supermercado, un hombre de cara jovial, vestido de amarillo.

—¿Qué tengo yo que ver con ese carnicero de Querétaro o con ese vendedor de coches de São Paulo? ¿Qué relación existe entre ese inválido de Madrid y ese epiléptico de Buenos

Aires conmigo? ¿Qué hago yo, señor, explíqueme, sentada entre tanto muerto infame, que me es desconocido? ¿Qué tengo que hacer yo con esta gente mal vestida y putrefacta? En vida no la frecuenté, mucho menos en mi posteridad. Mire nada más a ese histrión que se pasa el día ensayando muecas en el espejo y profiriendo líneas que tergiversa. Es una desgracia. Me contaron que cuando hacía en el teatro de Pedro de Alvarado, sin seguir la secuencia de las acciones, gritaba: "He matado a un dios" antes de cortarle la cabeza a Huitzilopochtli. No obstante que el director todas las noches le suplicaba: "Emmanuel, primero mata al dios y después grita que lo mataste."

—Señora, todo encuentro con esta gente es pura coincidencia.

—Señor, no ha contestado a mi pregunta, ¿qué tengo que hacer yo sentada entre tanto muerto siniestro? Dígame, ¿qué estoy haciendo aquí?

—Debe saber, señora, que usted se halla en la antesala del restaurante *El Ojo Blanco del Jaguar Nocturno*.

—Señor gerente, puedo asegurarle que yo vine al Supermercado del Sol de compras, no a un restaurante de mala muerte.

—No se preocupe, señora, en este instante pasaremos al departamento de hortalizas.

—Eso me cae de perlas, quiero hacerle a mi marido una ensalada tricolor: tomates verdes, coliflores blancas y geranios rojos.

—Mire usted, señora, esas ofertas, ¿no le interesa viajar al espacio?

VIAJE A LOS CONFINES DEL SOL,
HOSPÉDESE EN EL HOTEL MONTAÑA BLANCA.
TENGA SU REVELACIÓN.

—¿No le interesan? Entonces, pasemos al departamento de las mieles.

NO HAY HIEL SIN MIEL.

EN EL INFRAMUNDO EL DIFUNTO EMERGERÁ
DE LA TUMBA CON UN TARRO DE MIEL.

NO HAGA PREGUNTAS TONTAS SOBRE LA ABEJA
COTIDIANA,
LA SEÑORITA ALAS AMARILLAS ESCAPA A TODA
EXPLICACIÓN.

Al coger Margarita un frasco tuvo la sensación de que adentro había una bola de luz solidificada. Luego se dio cuenta que en las celdillas de la cera se guardaban las flores amarillas con todo y abejas.

—Señora, le recomiendo la miel de acacia, es de luz líquida. La de lavanda no está mal, con flores azules aromáticas. Pero la más potente es la de girasol, que contiene el néctar de los iniciados —el gerente del supermercado le indicó un frasco oculto detrás de otros frascos.

—Todas me parecen buenas.

—No se apresure, señora, tome su lugar entre esos clientes con cara de filete que están al fondo, y trate de decidirse.

—Señor, mi esposo no sólo no come carne, sino la detesta, de un tiempo para acá se niega a que la boca le sepa a sangre de vaca muerta.

—Señora, si no va a comprar miel, llévese ese pan de siete granos, la corteza y el migajón están equilibrados, su melosidad es perfecta.

—Me da pena confesarlo, señor gerente, pero sufro de tristeza postcoital

Margarita empezó a fumar nerviosamente.

—Discúlpeme, señora, aquí está prohibido fumar.

—La tristeza postcoital es peor que la depresión postfuneraria. ¿Será por el vacío terrible que deja un cuerpo que se despega de otro cuerpo?

—Nada más véase, señora, qué mala facha tiene, le recomiendo que se ocupe de su persona —el gerente la condujo hasta un muro donde había un espejo empotrado—. Escoja el sol que más le guste. Cortesía de la casa.

—Señor, ¿para qué son esas tiras pegajosas colgadas del techo?

—Las usamos para atrapar moscas.

—Aquella mosca, ¿palpita todavía?

—Es una sombra humana conectada naturalmente a un rayo de sol, si el rayo se mueve, la sombra también.

—Mi marido dice que hay un momento en la vida en que todos parecemos moscas.

—Discúlpeme, señora, pero en el Supermercado del Sol su marido no tiene autoridad. Aquí la sombra de un cuchillo produce la realidad de un cuchillo. Y ese cuchillo puede resultarle fatal a su marido.

—Si pudiera fumar me sentiría más tranquila —estaba diciendo Margarita cuando despertó Tomás.

## 18. Memorias del mañana perdido

La noche del velorio de Margarita, Tomás tapó las ventanas y cubrió los muebles de la casa con trapos negros. Mas la única persona que se atrevió a lavar la sangre de su cuerpo, y a vestirla y peinarla, fue Zenobia. Por ese gesto, él le viviría para siempre agradecido.

—Parece una niña dormida con los ojos abiertos —le dijo doña Francisca reteniendo los sollozos. Había dado el viejazo por la muerte de su hija única que había tenido con ese hombre que desapareció de su mundo llamándose Mari Carmen. Las mejillas de la anciana estaban fláccidas y su aliento era tan fétido que parecía salirle de las entrañas. Trataba de tener las manos firmes y los labios sin temblar, pues se le movían solos. Siempre friolenta, pero esa noche más, llevaba un suéter negro propio y el chal negro de Margarita, tal como ella solía usarlo: cubriéndose la espalda y los brazos.

—Tal parece que me he quedado solo —Tomás observó ensimismado los rasgos de su mujer difunta como si en esas cejas ralas y en esas comisuras rígidas estuviera el secreto de la muerte, la suya y la de todos.

—Yo también —mientras la vieja Francisca se paraba a su lado, se dio cuenta que tenía la misma manera de mover la cabeza cuando escuchaba que Margarita. El comedor desamueblado parecía enorme, con sólo la mesa en que ella estaba tendida. Y las sillas, recargadas en la pared.

Horas antes, Tomás había tenido que ir a reconocer a Margarita a la morgue de Toluca. Allá la examinó, como si no estuviese seguro de que la persona sobre la plancha era ella, ya que los empleados la llamaban "el cadáver". En un arrebato de pasión se había lanzado para abrazar los restos y el joven guardia se lo había impedido, poniéndole la mano sobre el hombro. Gracias a Andrés, quien conocía a un agente del Ministerio Público de la ciudad se le ahorró la autopsia. "Las circunstancias en que murió la señora están claras. No hay vuelta de hoja, fue accidente", dictaminó.

—Estúpida de mí, haberla dejado sola, estúpida —doña Francisca iba murmurando por el cuarto. La gente local, que había venido al velorio, la miraba en silencio.

—¿Ha podido dormir, señora? —Zenobia le salió al paso con una taza de té de manzanilla en la mano—. Está a punto de colapsarse, necesita tomar algo caliente.

—La médula de los huesos me duele y las corvas me chirrían como goznes de puerta. Por lo demás, estoy bien.

—Yo desde el momento que me enteré del accidente tengo la cabeza como un foco troñado. Era mi mejor amiga.

—Cuando la gente muere, ¿adónde van los sueños? La casa, llena de gente, está vacía. A la manija le falta la mano —la anciana le dio la espalda para ahogar los sollozos sin ser vista.

—¿Acaba de hablar? ¿Sus labios se movieron? —los ojos grandes de Zenobia se agrandaron más por el asombro.

—Yo también oí su voz, pero está muda —se acercó a ella Tomás.

—Le voy a decir a Teresa que te traiga unas pastillas para dormir.

—Está bien —Tomás percibió con ojos nublados a Teresa y su amiga Jessica sirviendo café con piquete a los asistentes al velorio, amigos y conocidos que habían venido a acompañar a la difunta en su despedida del mundo. Le llamó la atención que se desplazaran por la pieza con sigilo, como si le tuvieran miedo. Arrojaban miradas a la occisa y dejaban caer las manos en signo de consternación y de duelo, pero no se le acercaban.

—No le tengas miedo a la muerta, no va a revivir —le dijo Zenobia a Irene, la hermana de Chon el peluquero—. Tenle miedo a los vivos, no a los muertos.

—Caramba, nada dura, ni las plantas perennes, apenas les damos la espalda y ya se marchitaron —Carolina Pavón colocó junto a las patas de la mesa floreros con alcatraces—. A ese cuerpo le tomó miles de años para ser concebido por padres, abuelos, bisabuelos y el infinito etcétera y en un instante conoce su disolución.

En eso entró a la casa un hombre muy alto de rostro lampiño y con los pantalones sujetos por tirantes. Una cicatriz de cuchillo en el anverso de la mano derecha denunciaba una riña. Al verlo, todos se quedaron en suspenso.

—¿Es un adolescente envejecido prematuramente o un viejo con cara adolescente? —Andrés no le quitaba la vista de encima—. Qué hombre tan raro, nunca he visto a alguien así, parece que cuando da un paso se va a desarmar. ¿Quién lo habrá invitado al velorio?

—Para decirte la verdad, querido marido, en estos momentos no me importa —Zenobia lo miró de arriba abajo.

—Es Julio, el medio hermano de Patiño, acaba de llegar de Buenos Aires. Allá radica. Qué, ¿no sabían? —Carolina Pavón encendió un cigarrillo.

—Patiño ¿dónde está? —Tomás buscó al cura con los ojos.

—Se fue a Morelia a una gestión, estará de regreso mañana para el entierro.

—Reflexiono y reflexiono y no me cuadra lo del accidente —Carolina Pavón echó una bocanada sobre Andrés.

—¿Qué es lo que no te cuadra, amiga? —Zenobia la miró con extrañeza.

—Los verbos de la muerte dicen que no es lo mismo entregarse a la muerte que producir la muerte o experimentar la muerte, porque el carácter de la muerte sofoca al individuo, a sus allegados y a todo lo demás.

—Necesito aire fresco —Zenobia salió al jardín. Detrás de ella salió el hombre alto.

—Cuidado, no veas la cara de la occisa, no vas a poder dormir en toda la noche —Irene le dijo a Chon, quien se acercaba a la mesa.

—Tardé en venir, no sabía cómo darle las condolencias al viudo. Lo único que se me ocurrió decirle fue: "Al menos la pobre ya está descansando, ya conoce el secreto de Aztlán."

—Tan joven —la peluquera dejó caer las manos observando su vestido y sus zapatos, más preocupada por su aspecto que por la fallecida.

—No vayamos a despertar a la difunta, y, entonces, ay mano, qué miedo.

—La muerte no es una enfermedad contagiosa —Zenobia dijo al pasar cerca de ella.

"El mundo de la muerte, ¿qué es?, ¿pertenece a ella o a nosotros?", Tomás, consciente de que también su carne era materia orgánica, en esos momentos no daba un rábano por su propia existencia.

—No voltees, pero detrás de ti está una mujer desconocida, viste de morado y trae un bebé en los brazos —Zenobia se le acercó agitada—. Acércate al espejo y podrás verla sin que ella lo note.

—Ssshhh, ssshhh —la mujer sentada en una silla se sacó una teta para amamantar a su criatura.

—No quiero verla —Tomás, asqueado por la leche que caía de la boca del lactante al suelo, se volteó para otra parte. No podía determinar si el bebé era real o era un muñeco de plástico—. No sé quién es esa señora, pero cuánto me gustaría que se fuera.

—¿Adónde vas?

—A ponerme gotas en los ojos, siento un tremendo picor —Tomás entró a la recámara, pero la vista de la cama matrimonial le produjo tanta ansiedad que con las manos se agarró de sus propias rodillas para no caerse por dentro. Se sentó en el suelo del closet y escrutó la puerta cerrada de la recámara como si estuviese abierta. En su estado de ánimo no había diferencia. El libro que Margarita estaba leyendo la semana pasada estaba a sus pies, las palabras del título bailando sobre el papel parecían haberse animado por un delirio interno.

—¿Hay alguien aquí? —una persona abrió la puerta. Se asomó. Se fue.

—Margarita murió, ¿sabes? —le dijo Tomás al perro que chillaba debajo de la cama.

—Ya se fue ésa —le comunicó Zenobia cuando él regresó al velorio.

—¿Quién?

—La mujer.

—No sé a quién te refieres.

—A ésa. Cada noche se presenta en una casa distinta sin conocer a los deudos. Estuvo en un monasterio y la echaron porque tenía tratos con el diablo. Internada en una clínica, la echaron también porque con sus alucinaciones molestaba a los demás pacientes. Escapó. Por aquí anda.

—Buena noche. Mi más sentido pésame. Mi socio Esteban me comunicó el trágico deceso. Mis múltiples ocupaciones y mis compromisos adquiridos con anterioridad me impidieron acudir con la celeridad que ameritaba el caso. Ahora me encuentro aquí para expresar mis más sinceras condolencias —Rodolfo el Muñeco, el carnicero septuagenario, vestido de negro, corbata de moño, flor en la solapa y con el pelo teñido de verde, sonriendo le apretó la mano tan fuertemente que le hizo crujir los nudillos. Mas al notar la presencia de doña Francisca, se tornó hacia ella:

—Su hija compraba sus bisteces en mi carnicería. Era una buena clienta.

—¿Nos conocemos, señor?

—Soy Rodolfo, Rodolfo el Muñeco. Creerá que salgo del pasado, pero aquí estoy para lo que se le ofrezca. Su hija era muy quisquillosa en sus compras. Uno tenía que complacerla —el carnicero pronunció cada palabra claramente como si ella fuera sorda o no entendiera español.

—Andrés, por favor quítame a este hombre de encima —suplicó ella.

—Rodolfo, dejemos a la señora tranquila en su dolor, ven conmigo a la puerta. Buena noche —Andrés lo cogió del brazo y lo condujo a la salida. Pero el viejo carnicero se devolvió y se plantó de nuevo delante de doña Francisca.

—No me voy de aquí hasta que me diga cómo fue el percance.

—¿De veras fuiste su amigo? —ella lo miró con expresión abrumada.

—Rodolfo, ven aquí, yo te cuento —Andrés le sopló en la oreja palabras con sabor a café—. Margarita murió en un accidente, no molestes más a la señora.

—¿Dónde? ¿Cuándo? ¿Cómo? ¿Quién?

—El coche de alquiler en que viajaba Margarita a Toluca se incrustó en la carretera contra un tráiler que invadió el carril contrario. Quedó atrapada entre los hierros retorcidos y dos hombres que salieron de ninguna parte tuvieron que cortar el auto para sacar su cuerpo, quebrado como un árbol.

—¿Qué más?

—Los hombres dijeron haber visto a un gato saltar de entre los metales y los vidrios rotos y perderse a toda carrera en la cuneta.

—¿Manejaba ella?

—El taxista.

—¿Fue a causa de la lluvia?

—Exceso de velocidad.

—Eso se llama suicidio compartido.

—La putañera vida.

—Por qué no la velaron en un lugar cercano al accidente. Cuesta buena plata mover cadáveres de una localidad a otra. Al fin, ya qué.

—Por favor, Andrés, llévalo a la salida.

—Ahora mismo Zenobia.

—Con tanto material extraído de la experiencia, si llegaras a escribir una novela, ¿qué título le darías? —Rodolfo el Muñeco interceptó a Tomás.

—Memorias del mañana perdido.

—Ya sabes lo que tenías que saber, ahora vete —Andrés lo empujó hacia la salida.

—Entonces, señores y señoras, si mi presencia no es de su agrado, nos vemos otro día —refunfuñó el viejo carnicero desde la puerta.

—¿Te encuentras bien? —las manos de Zenobia eran tan delicadas que Tomás casi no sintió sus dedos sobre el hombro. Siempre le habían gustado sus facciones, pero esa noche más, con ese vestido negro escotado que le hacía parecer tan vital y carnosa.

—No sabes cuánto agradezco tu ayuda.

—¿Quieres que te traiga un suéter? Estás tiritando.

—Zenobia, el frío que tengo atraviesa la ropa, se me atora en la garganta como un hueso de pollo —Tomás quiso abrazarla: se había ido. Su voz ya sobresalía entre el murmullo colectivo de alabanzas y avemarías, y entre las conversaciones en voz baja de los demás. Lo curioso es que Tomás se oyó a sí mismo hablar, hincado entre Teresa y Jessica, como si las palabras procedieran de otra persona, no de su dolor.

Al alba se quebró. Después de tratar de mantenerse sereno toda la noche, al escuchar su propia desolación sonar entre las plegarias fingidas de los otros, se metió a su recámara para ocultar su llanto. "Qué cosa rara es estar vivo en un cuerpo y poder moverse mientras el ser amado yace inerte", se dijo. "Como Shiva llorando la muerte de Satï ansío que mi cólera salga de mí convertida en una conflagración interior que consuma todo. Que de mi boca, orejas, nariz y ojos se disparen llamas, y que de mi pecho surjan proyectiles sibilantes, radiantes de muerte, como los siete soles en el fin del mundo."

Cuando regresó al velorio, varias personas ya se habían ido. En realidad, quedaban solamente Zenobia y Andrés. Mientras se acercaba al cuerpo de Margarita cayó un rayo y se fue la luz. Y un aire violento apagó las velas.

## 19. ¿Cuánto pesa la muerte?

—¿Cuánto pesa la muerte? —un peón flaco se pandeó bajo el peso de la caja.

—La Calaca engorda los espíritus —dijo el otro cargador.

—¿A quién llevan allí? —una anciana, asoleándose a la puerta de su casa, estiró el cuello para ver la procesión.

—Llevamos a sepultar a Margarita —murmuró Andrés.

—A un ángel, sin duda… En realidad, Andrés, quiero pedirte un favor, que me prestes cincuenta pesos.

—No es oportuno hablar de eso ahora, señora.

—Los necesito para la comida.

Era la una de la tarde del sábado, pero podía ser cualquier hora, cualquier día. Como si llevara clavado un cuchillo en la cabeza, Tomás avanzaba en la comitiva. Una polvareda amarillenta cubría el cielo. Toño echaba cohetes al aire. La banda de músicos invidentes, con gafas oscuras y los dientes pelados, tocaban el vals "Dios nunca muere".

—¿Cómo resucitará Margarita en el otro mundo? ¿Gorda o flaca? —Carolina Pavón preguntó a Patiño.

—Según San Agustín, en el Juicio Final la gente gorda de este mundo no será gorda necesariamente en el reino de Dios. Con la dieta de ultratumba, todos seremos flacos en el más allá.

—¿Resucitará como mujer o como varón?

—Hembra será, pues el mismo santo dijo que el sexo femenino no es en la mujer vicio, sino naturaleza.

—Te ayudo, compadre —Andrés relevó a Tomás, quien trastabillaba bajo el peso de la caja. Como si el suelo se le retirara de los pies, estuvo a punto de perder el equilibrio.

Cantando, los ciegos entraron al cementerio:

Buenos días, paloma blanca,
Fuiste concebida sin mancha.

Ya se murió el angelito,
válgame Dios, qué alegría.

Clavados en los árboles, unos letreros decían:

POR FABOR,
NO TIRE BASURA ENTRE LAS TUMVAS.

ATENSION,
LOS MAUSOLEOS NO SON MERENDEROS.

ATENTO ABISO: NO PATEE LOS CRANEOZ
PARECEN PIEDRAS, PERO SON CRANEOZ.

—¿Para qué traes girasoles a Margarita? El girasol es tu flor favorita, no la de ella —le reclamó Zenobia.

—Da lo mismo —Tomás se alejó por una calle de tierra apisonada. Dos perros callejeros se perseguían entre las lápidas, uno llevaba en el hocico un zapato de mujer.

En el bosque de cruces predominaban las tumbas sin adorno y sin identificar. Por su estado decrépito, bien hubiera podido decirse que los Cristos y las vírgenes de bulto no salvaban a nadie de la muerte. En eso, los ojos de Tomás repararon en la tumba de Marcelina, tan indistinguible de las otras que le apenó su sencillez. Una lata de dulces servía de florero. Unos girasoles estaban marchitos. La hora olía a sombra, a tiempo estancado. Como un ausente, él leyó el nombre de su madre. Cuando ella murió, él creyó que su muerte no cabría en el mundo, pero con el tiempo se acostumbró a que nadie la mencionara y su existencia terrestre se volvió un recuerdo personal. Las fechas de nacimiento y muerte estaban borrosas. Ahora él era más viejo que su madre, viviendo ella en la eternidad de una edad abolida.

—¿Comenzamos? —Patiño se paró delante de la tumba abierta.

Él asintió con la cabeza.

—¿Estás seguro?

Tomás solamente lo miró.

—La hora de la muerte, dicen, es la hora en que las sombras se esconden: incluso la nuestra. La hora de la resurrección, dicen, es la hora en que las sombras se animan: incluso la nuestra. La resurrección no es otra cosa que una metáfora de la sombra que se levanta de su cuerpo —Patiño leyó en un cuaderno.

La ceremonia fue breve.

Cuando los sepultureros bajaron el ataúd, la vieja Francisca dio un chillido animal. Sólo un chillido, que se le fue para dentro. Estaba enterrando a su hija. Se tapó la boca con un chal.

—Adiós, amor —Tomás echó puñados de tierra al ataúd, adornado con un crucifijo. A través de la tapa vio sus zapatos blancos, con esos zapatos Margarita tendría que andar el camino de los muertos.

—Adiós, amiga —Zenobia la cubrió de margaritas.

—Me desmayo —Francisca cogió el brazo de Andrés.

—Necesito fumar —Carolina Pavón sacó de su bolso una cajetilla de cigarrillos.

—Fuma —gimió Zenobia.

El ciego Control comenzó a berrear:

*Acompañáaaanos, acompañáaaanos, acompañáaaanos.*

—Caray, amigo, respeta el dolor ajeno —con dedos terrosos, Andrés le tapó la boca.

—¿Qué?

—Que cierres el hocico.

—Margarita, te vamos a extrañar… —exclamó el cura.

Tomás pareció decir algo pero no dijo nada. Con fijeza se quedó mirando la copa de un árbol.

—¿Necesitas algo, compadre?

—Nada.

—¿Estás seguro?

Tomás no contestó.

Sepultada Margarita todos se fueron, salvo Tomás, quien se quedó parado sobre el montón de tierra que era su tumba. Con la mano daba vueltas a un girasol. No sabía si guardarlo o dejarlo caer. Lo dejó caer.

Al volver al pueblo, Toño abrió la puerta de la casa de Tomás y Pancho, que estaba encerrado, salió corriendo hacia el cementerio.

## 20. El encierro

Esa noche heló. Entre los vidrios brillaron los azules del frío. El viento aulló como si anduvieran sueltos los perros de la muerte. Al amanecer Tomás tapó las ventanas con cartones, tablas y toallas. No quería que entrara la luz.

—Es como si mi compadre hubiera dejado de existir. No vaya a cometer una locura —Zenobia sacó de un cajón las joyas que comercializaba con las mujeres del pueblo y se puso a ponerles etiquetas con el precio. Así ayudaba con el gasto a Andrés, quien se dedicaba a comprar casas en mal estado para renovarlas y venderlas. En Toluca era propietario de dos camiones de pasajeros de la empresa Herradura de Plata.

—Estará enojado con el Sol, porque se la quitó —Andrés arrojó a la basura un manojo de berros estragados, con la gata sobre los hombros clavándole las uñas—. Fíjate bien cuando los compres, no te los dan frescos.

—¿Por qué te preocupa tanto la comida cuando el compadre acaba de sufrir una desgracia tan grande?

—No se te olvide que en cualquier circunstancia, el tesoro más grande que tenemos nosotros los humanos es el cuerpo, el cual debemos alimentar con los mejores ingredientes a nuestro alcance. Por la misma cantidad de dinero puedes comer bien o mal, todo depende del gusto.

—Alguien encendió las lámparas de la casa.

—Deliras, mujer, ¿cómo puedes ver a través de las paredes y las calles?

—Carolina Pavón dice que lo oyó dar golpes a la pared, ¿estará en sus cabales?

Tres días después, Zenobia mostró otra vez preocupación:

—Deberías darle una vuelta.

—¿Para qué, si no contesta? —Andrés mordió una chuleta de puerco, rompió unas avellanas con el cascanueces y bebió un vaso de agua.

—Después de haberte comido ese guajolote, ¿todavía tienes hambre?

—Es un hambre del alma, mujer.

—Hoy es Nochevieja, invítalo a cenar.

—Si quieres voy contigo, papá —los ojos enormes apenas le cabían en la cara a Teresa.

—No te necesito, cuando acabe de comer, iré —Andrés partió un queso fresco con el cuchillo.

—Deja ese queso. Es mejor que te vayas —Zenobia le retiró el plato—. Estás poniéndote muy obeso, ya no haces ejercicio, ya solamente comes y bebes.

—Aunque me veas chaparro y gordo, estoy en forma.

—¿Oíste, papá? —pisó Teresa el umbral de la puerta.

—Caramba, con dos sargentos en casa uno ya no puede comer en paz.

Andrés salió a la calle arrastrando los pies.

Tocó a la puerta de Tomás. Como nadie abría, gritó:

—¿Qué estás haciendo, compadre? ¿No te apetece dar un paseo? ¿No tienes hambre? ¿No quieres beber algo?

Del otro lado no hubo respuesta.

—Esta noche es Nochevieja, Zenobia hizo pavo y bacalao. Te invitamos a cenar.

—¿Quiénes? —preguntó una voz débil.

—Francisca, la madre de Margarita, se está quedando con nosotros. También vendrá a cenar.

—Pasaré el Año Nuevo solo.

—¿No te apetece sentarte a una mesa bien provista?

—Vete al carajo.

—La putañera vida. ¿Lloras por Margarita o lloras por ti? —le gritó Andrés antes de irse.

—Por los dos —chilló Tomás del otro lado de la puerta.

—Allá tú, si no comes te convertirás en un alfeñique de mierda. Al menos dale de comer a Pancho.

—Tampoco tiene apetito.

—Aquí te dejo unas castañas.

—Llévatelas.

Dos días después, Zenobia lo envió de nuevo, pero ahora con doña Francisca.

—Ya se va tu suegra, ¿no quieres acompañarla a la terminal?

—Andrés comía unas pepitas de calabaza.

—Acompáñala tú, yo me quedo con mi mujer muerta.

—Aquí está conmigo.

—Salúdala.

—Tomás, ya me voy, pero seguiremos en contacto para cualquier cosa que se te ofrezca —le dijo ella con una vocecita.

—Adiós, señora.

—Ai te dejo las cosas de mi hija.

—Para qué las quiero, lléveselas.

—Se te quedan de recuerdo.

—Gracias, señora, le prometo ocuparme de ellas.

—Escucha bien: pienso que a Margarita le hubiera gustado que la herencia que le iba a dejar a ella te la deje a ti. Así que de ahora en adelante vivirás desahogado gracias a mi hija. No serás rico, pero tampoco pobre, recibirás del banco una mensualidad.

—Muchas gracias, señora, por su generosidad.

—Adiós, Tomás, cogeré el autobús de la una.

—Adiós, señora.

—Abre, cabrón —Andrés golpeó la madera con el puño.

—¿Por qué?

—Para que no te mueras de inanición.

—¿Le tienes miedo a la muerte?

—Tengo miedo de ti.

—Abre, Zenobia y yo te invitamos a comer con doña Francisca, antes de que se vaya.

—Ya te dije que no tengo hambre.

—Ten cuidado, no vayas a cortar el vínculo con los vivos. Saldrás con los pies por delante. Sólo una cosa: Volveré para sacarte de este pinche encierro.

El seis de enero por la tarde Andrés vino con un cerrajero para botar la cerradura de la puerta. Al entrar a la casa, hallaron a Tomás acodado en la mesa de la cocina con la misma ropa del funeral puesta. Estaba desencajado, con los nudillos de las manos raspados por golpear paredes.

—¿Qué se te ofrece ahora?

—Te voy a llevar a la elegante fonda de doña Susana a comer de esos tacos de barbacoa que volvían loca a Margarita —Andrés llevaba traje claro, una flor en el ojal y agua de colonia en la cara y cuello.

—¿Han acicalado al burro para llevarlo a la feria?

—La putañera vida.

Juntos atravesaron la calle. Sus pasos los condujeron al mercado. Tomás atravesó la nave, con las manos en los bolsillos, igual que si entrara a una morgue y los clientes que estaban allí fueran ciudadanos del país de los muertos. Jalaron sillas y se sentaron a una mesa.

—Buenas tardes, amigos —Andrés saludó a todos. Pero todos no le contestaron.

Fue Tomás quien despertó el interés de los comensales, en particular de los gemelos Carlos y Luis Puente.

—Cuidado, el piso está recién trapeado —les advirtió doña Susana.

—Si pasa esa hay que darle eso —Andrés se impacientaba porque la mesera no venía a recoger las botellas de cerveza vacías y los platos sucios.

—Ahora mando a Deyanira.

—¿Quieren los señores el menú del día o pedirán a la carta? —la mesera, una mujer de entre treinta y treinta y cinco años se apersonó enseguida—. Los especiales del día son: Sopa de hongos silvestres, tacos de barbacoa, carne a las brasas estilo Sonora, enchiladas rojas, chilaquiles verdes, mole negro, ensalada César, lo que los señores decidan.

—La putañera vida, todo.

—¿Alguna bebida?

—La que quieras, mi alma —Andrés sacó una cajetilla de Tigres, encendió un cigarrillo y arrojó a la mujer una bocanada de humo—. ¿De dónde eres?

—De Durango.

—¿Qué te trajo hasta acá? ¿Los alacranes?

—Mi difunto marido.

—¿No necesitas viudo? Te presento a mi amigo.

—¿A él? ¿Es la primera vez que viene? —la mujer empezó a animarse.

Tomás se puso gotas, pues tenía un ojo chiquito y otro rojo.

—Pues ya lo viste, ahora vete a dar la orden.

La mesera volvió a los pocos minutos.

—Disculpen, ¿van a tomar café o trago?

—Café con piquete. Y una cerveza.

—¿No quieren una margarita? Son buenas aquí.

—Ni menciones a las margaritas.

La mesera se fue.

—¿Te fijaste, Tomás, en esa mujer gorda flaca? Tiene la condición del tordo, las piernas flacas y el culo gordo.

—No seas vulgar.

—¿Sabes cuál es la risa del perro? Juau, juau, jaú, jaú.

—Es un chiste muy malo.

—¿Te había contado? Me encontré en la calle con un amigo de la infancia, canoso, panzón y lento. Rodrigo el Notario. La última vez que lo vi fue hace diez años. "Qué bien te ves. Estás exactamente igual", me dijo. "¿De veras?" "No has cambiado." "Tú también te ves bien." "Así debe ser, somos de la misma edad. Y tenemos el mismo intelecto." "No me digas eso, me asustas." "Estoy un poco sordo, ¿qué dices?" "Que podría irnos peor." "Adiós, amigo." "Adiós, nos vemos dentro de diez años." Cuando se fue, me dije que el mejor espejo es un viejo amigo.

—Qué me importa a mí ese notario.

—No te enojes, hago lo que está en mis manos para animarte.

Llegó la comida en tandas. Ordenaron otra vuelta de bebidas. Pasadas las cinco, Tomás se despidió.

—Me voy, tengo algo que hacer.

—¿No te quedas a comer los tacos de barbacoa? —Andrés lo miró buscando una explicación.

—No me gusta comer así, sobre todo después de estar en ayunas.

—Los postres son buenísimos. Créeme, aunque Zenobia es una excelente cocinera pocas veces comes tan bien como en este lugar.

—Lo siento, no tengo hambre.

—Bueno, si quieres irte, ni modo, yo me quedo.

Tomás entró a la cantina.

—¿Puedo sentarme aquí?

—Donde guste, Tonatiuh —el cantinero con mandil blanco, ojos verdes insípidos, manos temblorosas y cara cruda, examinó desde el mostrador a ese hombre de rostro huraño a quien nunca antes había visto en su antro—. ¿Qué le sirvo?

—Una cuba.

—¿Quieres compañía? —una joven en minifalda azul, botas negras y medias rojas, que había estado sentada junto a la pared, se le acercó. Por el acento, era centroamericana.

—No, gracias, señorita —Tomás miró con timidez a esa joven nada fea, con el lápiz rojo fuera de los labios y los ojos pintados de negro como si los tuviese amoratados.

—¿Me invitas un trago?

—Al rato.

A pesar de la negativa, ella se quedó parada delante de él como esperando a que cambiase de idea. Cosa que aprovechó Tomás para examinarla más. Su pelo lacio, su chaqueta negra de plástico imitación piel, la hebilla dorada de su cinturón, la máscara de vulgaridad con que tapaba sus facciones bonitas, le revelaron más ingenuidad que inocencia.

En eso un parroquiano ebrio empujó la puerta de la cantina, que se abrió como una boca pútrida. Tomás vio fugazmente la calle.

—¿No te animas? —insistió ella, tragándose la vergüenza.

—No.

—Por favor.

—Te dije que no.

La joven fue a su mesa, desde donde siguió escrutándolo con expresión derrotada. Tomás se llenó de sentimientos de culpa, ya que empezó a preguntarse si no debía invitarla a sentarse, no por deseos de estar con ella sino porque tal vez necesitaba ayuda.

—¿Se le ofrece otra cosa? —el cantinero vino a servirle una copa de vino nacional, de ésos que dan dolor de cabeza una semana después de haberlo ingerido. En el líquido nadaba una araña patona. Tomás se la tragó.

—Una botella de mezcal.

—¿Con gusano o sin gusano?

—Con gusano.

Un par de horas después, Tomás salió de la cantina con la camisa blanca de fuera, la corbata italiana de lado y la chaqueta negra en su brazo. Sus galas de boda. En la plaza dos niñas jugaban miradas por sus madres platicando en un banco. Atónitas lo miraron, pues no podía dar un paso. Dos gendarmes chaparros vinieron a detenerlo. Pero al querer sujetarlo, él les repartió puñetazos e insultos. Uno de ellos echó mano a la pistola y otro lo empujó hacia la pared. Tomás cayó al suelo. Los gendarmes lo ayudaron a levantarse. Y con él cogido de los brazos, atravesaron la plaza.

## 21. Una oscuridad parecida al agua

Esa noche Tomás no pudo dormir. Los tequilas, los vinos y los tacos que había ingerido en el mercado y la cantina se le revolvían en el estómago. La resaca le había afectado el estómago y pasó horas dando vueltas en la cama, con visitas periódicas al baño. No sólo eso, sus sentidos estaban tan aguzados que llegó a oír a un borracho en la calle orinar contra la pared de su casa. O al menos se lo imaginó. Cuando empezó a clarear y las cortinas se tornaron blancas y los muebles a cobrar forma y color, Tomás durmió como una piedra. O el sueño cayó sobre él como una lápida, pues ya ni siquiera oyó el zumbido de los mosquitos ni los ladridos de los perros. Lo que oyó claramente fue un rascar cerca de su cabeza. Algo semejante al roce de un cabello en la almohada. Saltó de la cama y se lanzó a prender la luz. Alcanzó a ver un enorme insecto que corría precipitadamente por el respaldo de la cama buscando la pared. Era un alacrán color ámbar del tamaño de su dedo índice. Parecía decapitado. Durante el tiempo del duelo lo había visto ir y venir. Salía de noche y se posaba en una viga, descendía por el espejo como si fuera dos alacranes. Se le quedaba viendo con ojos delirantes. Su presencia le causaba horror. No sabía por qué.

"El techo debe estar hirviendo de escorpiones. Allá nacen, crecen, fornican y se devoran unos a otros, pero a éste le gusta venir a visitarme." Levantó los ojos hacia su dirección. Varias veces había estado a punto de matarlo, pero con el periódico en la mano se había contenido. Y apagado la luz. Que prendía de inmediato, temeroso de que se le hubiera subido al cuello o a la espalda.

El alacrán estaba cerca… en la pared. Cuando le quiso dar un zapatazo, desapareció. Entre las toallas. O la ropa. O en un zapato. O detrás del espejo. Mas teniéndolo luego a su merced no lo aplastó, ¿por qué? No lo sabía. Ahora, probablemente, el arácnido se había refugiado en una grieta o andaba cazando grillos en el baño. No, allí estaba, sobre la almohada. Listo para embestir. Una sombra patética con el aguijón curvado. Unas pinzas abiertas y unas patas tensas. "Esa bestia descabezada sale del pasado o del futuro, no del presente", se decía.

Desde niño tenía el don de detectar alacranes, aunque sentía tremenda aversión por ellos. Los localizaba de inmediato. Entraba a la cocina y ¡zas! allí estaba uno en el piso. Despertaba en medio de la noche y ¡zas! por la pared de su recámara iba otro corriendo. Se preparaba para tomar un baño y ¡zas! en la tina descubría a uno silencioso. Levantaba una piedra, un tapete o un pedazo de madera y allí estaban dos, tres, cuatro. Dondequiera que fuese, sus ojos los hallaban, como si ellos quisiesen hacerse presentes a él. Parecía que lo llamaban, que le decían: "Hey, aquí estamos." Lo que aplastó fue a una alacrana negra. Con repulsión la dejó embarrada con toda su descendencia. Con el lomo cubierto de crías. Pero el primer alacrán se había esfumado.

Entonces, deseoso de dormir un año entero, se tumbó en el lecho. Soñó en su casa de niño. Dos mujeres con delantales entraban y salían de la cocina. Eran su madre y su tía. Sus manos eran blancas como cebollas. En eso, la luz se fue.

Una oscuridad nació en sus ojos.

Una oscuridad parecida al agua.

Una oscuridad anterior a las palabras y a Teresa.

Una oscuridad en la que no había hojas en los árboles ni pájaros en el aire, el mar no tenía costas y sólo se oía el viento.

Era una oscuridad incolora, inodora e inaudita.

Una oscuridad sin anhelos ni miedos.

Una oscuridad sin melancolía y sin montañas, sin ríos y sin caminos.

Una oscuridad sorda y ciega, anterior al amor, a la concepción y a los hijos.

Una oscuridad que ningún lenguaje podía abarcar.

En ella se oía nada, se veía nada, sólo hablaba la soledad y respiraba el ser.

Era una oscuridad que quería gritar, pero no tenía boca, deseaba ver, pero no tenía pupilas.

Era una oscuridad sin cielo y sin suelo, como la que precede a la aurora y a la muerte.

Una oscuridad propicia al nacimiento de los soles y los egos.

Una oscuridad en la que se esbozaba la sonrisa infinita de la luz.

Una oscuridad en la que él hubiera podido escribir su nombre.

## 22. La casa de Tomás

La casa de Tomás estaba al fondo de la calle. La construcción no era grande ni estaba hecha con piedra blanca como en los cuentos. Tenía las paredes exteriores pintadas de amarillo y las interiores de blanco. La puerta no tenía cerraduras ni estaba atrancada con gruesos palos. De la mañana a la noche nadie entraba ni salía, nada cambiaba de lugar ni era usado por mano alguna. Su limpieza era monótona, la quietud sofocante. Por eso, cuando él regresaba de la calle, prendía todas las luces. Quien las viera desde afuera, podía pensar que adentro había fiesta.

En la primera pieza se cocinaba, en la siguiente se comía y en la tercera se recibía. En la recámara de la planta alta se podían tomar baños de sol. Todas las ventanas estaban orientadas al Sol. En las habitaciones no había cuadros, rifles ni machetes ni trofeos, sólo había retratos de Margarita y sombras de clavos.

—Tengo un proyecto para ampliar nuestra morada: Haremos una biblioteca en el corral, abriremos una ventana en el comedor para que entre el sol de la tarde. Con lo que me dio mi madre, cuando terminen las lluvias, comenzaremos las obras — le había comunicado Margarita antes del accidente, con las puertas y las ventanas figuradas en los ojos.

—No pises descalza, estás enferma, te va a hacer daño —había replicado él.

—En el mundo de los humanos todos los días hay bajas, como en los partes de guerra, por qué tengo que preocuparme por mi salud.

Siempre que llegaba a casa, a Tomás la boca le sabía a cobre y el corazón le daba vuelcos. Hasta empezaba a creer que eran inaudibles sus pasos, su cuerpo insustancial y sus actos intrascendentes. Sencillamente, cuando trasponía el umbral de la puerta tenía la sensación de trasponer el umbral de la soledad y la inexistencia. Sobre todo cuando se veía en el espejo, como un espectro cautivo en una luna vacía, tenía la impresión de que su ser era, sin entradas ni salidas, paredes ni centro, un laberinto sensible. Por eso, para ahogarse en luces, le resultaba imperativo prender las lámparas. Las de los cuartos, las de los pasillos y las del jardín.

Tomás vivía con dos animales viejos, los mismos que habían velado su noche doméstica y que ahora, a deshoras, venían a recargarse a la puerta de su recámara. Pancho, el perro amarillo, no podía seguirlo. Envejecido, echado en el piso, apenas levantaba la cabeza. A menudo no probaba bocado en todo el día, y, algo incontinente, hacía sus necesidades en cualquier parte.

—Ese perro es una mujer, no alza la pata para orinar, ve perra en celo y no se excita —le había reclamado una vecina por no haber sido capaz de cruzarse con su perra, como si él tuviera la culpa por su falta de deseos.

Cuando aún eran novios Margarita lo había recogido en el mercado por su estado lamentable.

—Mugroso, hambriento y pulguiento, ¿quién puede resistirlo? —ella le acarició la frente, él le movió la cola, ella lo llamó, él la siguió; en casa le dio de comer, lo bañó, lo desinfectó, le curó una pata y, sometido a una dieta de recuperación, acabó durmiendo afuera de su recámara, convertido en su sombra fiel.

La gata, que había llegado en la misma camada que la de Andrés, tenía la edad del perro, pero era más egoísta y huraña. Por las tardes perseguía lagartijas en el tapanco, capturaba ratones y jugueteaba, hasta matarlo, con el cara de niño que se había aventurado en el jardín.

—Miau —Tomás abrió la ventana para que entrara la gata. Pero desobediente y desdeñosa, se quedó en el antepecho. Por lo que él tuvo que pretender que se iba para hacerla entrar. Lo frustrante fue que saltó sobre la mesa de la plancha, corrió hacia el corredor y se escondió en otra parte. Sólo por un rato, porque después apareció en lo alto de la escalera mirando con ojos hipnóticos algo invisible.

En la cocina estaba la jaula que alguna vez había encerrado a dos canarios, regalo de Zenobia a Margarita. Muertos los pájaros y la dueña, la caja de barrotes retorcidos había servido para albergar la foto de una bailarina cubana de bailes exóticos. En cueros, miraba hacia la cámara con los brazos extendidos y la boca entreabierta como si protestara porque la iban a retratar. Al verla, Tomás experimentó un dolor en las ingles: su vida había carecido de aventuras amorosas.

Como si el fregadero fuera un reloj de tiempo en el que cayeran los instantes líquidos, oyó el obsesivo gotear del agua sobre el agua. Desde la muerte de Margarita sentía que no tenía derecho a abrir la puerta de la despensa y la mantenía cerrada con los mismos frascos de mermeladas y miel y bolsas de café y lentejas adentro que en vida de ella. Sobre la mesa estaban los platos que le había mandado Zenobia con comida. Después del sepelio de Margarita, Tomás se había convertido en su abonado y solía ir a comer a su casa. Pero como la mujer de Andrés lo había sometido a un régimen de huevos (en el desayuno, la comida y la cena), una noche acabó por preguntarle:

—¿Otra vez huevos, comadre?

—Otra vez, compadre.

—Me tienes sometido a una dieta de huevos. Me voy, antes de que me vuelva huevo duro y dejemos de ser amigos.

—Como quieras, compadre.

Ahora la mesa para uno estaba puesta: un plato, un vaso, una cuchara, un tenedor y un cuchillo. No había servilletas, él se limpiaba la boca con la manga de la camisa. Calentó frijoles. Cuchareó el arroz. Recalentó tortillas. Echó aceite en la sartén. Arrojó un huevo, cuidando de que no se rompiera la yema solar. Le echó sal. Doró la clara. Abrió una lata de chiles jalapeños y partió un aguacate, que empezaba a ponerse negro. Comió callado, lejos de los alimentos, pensando en otras cosas, como si le pesara la soledad en la mano, en los bocados, o se le metiera la desazón entre los dientes. En vida de Margarita, Tomás no soportaba comer solo, se aguantaba el hambre si ella no estaba. De un tiempo para acá, picaba la comida.

"Margarita sí tenía modales. Pelaba los mangos, los duraznos y los plátanos con tenedor y cuchillo. No sé cómo lo hacía. No cogía la fruta con las manos como un rústico, como yo", se dijo, acodado sobre el mantel de tela blanca con alcatraces estampados que Margarita había traído.

"Mejor leo en la cama, en la recámara hay buena luz", se dijo.

El perro tendido en el piso como un tapete, lo miró subir la escalera. Pero él, mirando la cama vacía desde el corredor, no se atrevía a entrar a la recámara, con su ventana siempre abierta. Así que bajó a la cocina, se sirvió un trago y subió de nuevo, ahora con un vaso y una botella de ron en las manos.

La habitación estaba helada, sin embargo. La vista de la cama matrimonial, con la colcha bordada y su camisón azul, le eran insoportables. Unas botas enlodadas y unos calcetines amarillos zurcidos por Margarita yacían en el piso. En el escritorio estaban todavía la pluma y el cuadernillo de notas que ella estaba usando antes de su muerte. El calendario sobre la cómoda permanecía con la fecha de su defunción marcada en rojo. Repasó los muebles, pesados, macizos, como si los fuera a cargar el resto de su vida. El espejo, un abismo lunar, se lo tragaba todo. Dio un manotazo a una cajetilla de Tigres y se llevó un cigarrillo a la boca. No lo prendió, lo escupió en el cenicero. Le dolía la cabeza. Vestido y con zapatos se tumbó en un camastro junto a la cama matrimonial.

La atmósfera de la recámara parecía igual que antes, con los libros apilados sobre el piso y el ropero sin puertas permitiendo ver sus vestidos y sus zapatos, y con la foto de él camino del Sol poniente tomada por ella, allí en la pared. Pero no todo era igual, Tomás había sacado ropa, bolsas y objetos personales de ella para confinarlos en la tina, ya que nadie tomaba baños en ella; en una cómoda del pasillo había guardado los juegos de salón a los que Margarita era tan aficionada. Se observaban también ligeros cambios. Por ejemplo, el foco de la lámpara de mesa de noche estaba fundido desde hacía meses y el calentador portátil estaba desconectado desde el último invierno. Nada había sido reemplazado por ese "para qué" que paralizaba sus acciones. "Quisiera reposar, pero la cabeza del viudo no tiene almohada. El futuro es un pozo horizontal con soles y lunas sin sentido."

Cogió una revista con un Sol en la portada:

*El Sol explota. Noticias calientes de nuestra estrella tormentosa.*

Desplegó un mapa. Lo cerró. Fue a asomarse a la ventana. Y con cara de estar esperando a alguien que no iba a venir nunca, escrutó la calle.

## 23. Sueños cruzados

Después de cenar, Tomás se sentó en la oscuridad. "Hace mucho silencio", se dijo, y prendió el radio. La voz de un hombre repercutió en las paredes. Sintiendo pena ajena por los sentimientos expresados a grito abierto, oyó recitar:

*Tú que vas por la noche con unos ojos más grandes que tu cuerpo,*
*y con alas cruzadas en forma de corazón partido, dime,*
*¿dónde quedó el amor, mariposilla de las calles de México?*

Tomás fue bajando el volumen hasta apagar el aparato. Recordó que cuando Margarita escuchaba sus canciones favoritas, lo ponía tan fuerte que resultaba ensordecedor.

—Baja el volumen, que molestas a tu vecino, a mí —decía él.

—La música hay que oírla vibrante para que duela —reía ella.

—Está bien, así podremos construir una pequeña biblioteca solar.

Acostado en el sofá, se quedó dormido. De un tiempo para acá le había dado por dormirse después de las comidas. Sólo para despertar en esa hora ambigua en que no se sabe si todavía es de noche o si despunta el día, si la oscuridad se ha interiorizado en el cuerpo o si el ser nada en un mar de nada. Perdido en sí mismo, y deprimido, como para agarrarse de algo, entonces se fijaba en los muebles desvaídos y examinaba la luz en la pared. O iba a asomarse a la ventana, desde donde el paisaje parecía tan desolador y la calle tan vacía de gente que cerraba los ojos.

—Tienen que acabar estas siestas a deshoras —se prometía.

No obstante, horas después, atacado por el insomnio, se ponía a iluminar soles en un cuaderno de dibujo. "Ruede tu amor sobre los campos de la tarde los soles de tu infancia", recitaba. O se dedicaba a estudiar las fotos de cielos estriados y de fenómenos solares en unos espectro-heliogramas del National Optical Observatory que le había traído de Arizona un paisano. Así que, durmiéndose de madrugada, otra vez se levantaba tarde.

Los fines de semana la soledad le sabía a cobre. Principalmente después de haber rechazado una invitación a cenar o a una fiesta de cumpleaños, constataba la insolvencia de su propia compañía. No obstante, se negaba a llevar vida social, aferrado a sí mismo como un náufrago a un leño interior. El poder, que para muchos hombres es un afrodisíaco que reditúa en cuerpos sensuales, victorias del ego y en acumulación de riquezas, no le llamaba la atención. Desde siempre prefería no mirarse en el espejo de la vanidad, ese abismo sin azogue en que se precipita el ego.

—Caramba, compadre, nada te satisface, vas al cine y te aburres, te presento gente y te parece estúpida —le reprochaba Andrés.

—Cómo que nada me satisface, me gustan los huevos estrellados, los crepúsculos sangrientos, las mujeres gordas, las jovencitas tomando nieve a la salida de la escuela, el café a medianoche y, sobre todo, los sueños que como las comedias empiezan mal y acaban bien.

—Hablo en serio.

—Yo también.

—De veras, ¿te gusta soñar?

—Nunca he soñado tanto como ahora. Apenas cierro los ojos y ¡zas!, un sueño; me quedo pensando en algo y ¡zas!, otro sueño. Imágenes solares y animales híbridos se forman en mi mente sin cesar.

—Se dice que los sueños cruzados hacen que a uno le remuerda la conciencia por no haber realizado cierto tipo de deseos. Por eso las amantes muertas que uno desdeñó resucitan con furia en nuestra cabeza.

—No es la pesadilla lo peligroso, Andrés, es la mente, la mano escondida que prende los focos rojos en la mente.

—¿Margarita todavía es la protagonista de tus sueños?

—Y la antagonista. Claro que sí: Margarita encontrada en el interior de un limosín, ella misma convertida en asiento verde. Margarita poniéndose medias negras, que son como extensiones sedosas de sus manos. Margarita acostada desnuda debajo de un colchón que no es otra cosa que su vientre ampliado. Margarita chapoteando en una bañera sin agua cuyos bordes son sus brazos. Margarita con unas trenzas blancas que sienten cuando las toca. Margarita con los párpados sostenidos por palillos de dientes para que no se le cierren. Margarita como una yema de huevo embarrada en una sartén que no es otra cosa que su trasero. Margarita con anarquistas con pistola sentados en un café cuyas sillas miran, hablan y sienten. Margarita en una barca solar atravesando un cielo amarillo consciente. Margarita desconectando el conmutador eléctrico para dejar sin luz al pueblo entero. Margarita con brazos verdes, labios morados y ojos amarillos pidiéndome que la bese. Margarita en sus variantes infinitas como en una partida de ajedrez que se juega cada noche de manera distinta.

—Buen catálogo de sueños. ¿Soñarás hoy?

—Tal vez.

En efecto, esa tarde después de la conversación con Andrés, acostado en su sillón habitual Tomás soñó con Margarita. Ella venía por la calle con unos zapatos rojos que nunca antes le había visto.

"Si le veo los pies la reconozco. Los pies son las raíces del alma. Los pies son como una cara con facciones propias. Cuando Margarita se quitó los zapatos por primera vez me atrajeron sus pies. Las puntas de sus dedos eran irresistibles. Fue amor de pies a primera vista", se dijo.

"Si quieres tener noción del paso del tiempo, observa el agua. Abre un grifo y ve correr el agua. Fíjate en la muchacha de limpieza que arroja un chubasco al piso y ve cómo se desparraman los instantes de agua. Asómate a la calle y ve llover el agua. Mi verdadera pregunta es: ¿Te gustan mis ojos?", Margarita avanzaba por la acera de enfrente.

"Parecen claras de huevo, pero me gustan."

"¿Te agradan mis cabellos cenicientos?"

"Me encantan, mas ¿dónde está el brazalete que te di?"

"Me apretaba la muñeca y lo tiré."

"El vestido que llevabas cuando el eclipse de Sol, ¿dónde está?"

"Las yemas de los dedos se me pegaban a la tela y lo regalé."

"¿Has subido de peso?"

"Al contrario, no, por qué.

"Creí que la muerte te puso a dieta."

"Tomás, la vida no es sueño. Tomás, quisiera decirte algo que no me deja descansar desde la última vez que nos encontramos. El problema es que no recuerdo qué es."

"Nunca perdonaré a Cristina Muerte que con su navaja te haya cortado el hilo de la existencia. Todo hubiera sido tan distinto."

"No te preocupes, aunque no estemos juntos, nuestro amor es el mismo, intenso, original, imaginativo."

"¿Crees?

"Al verme en este estado tan lamentable, ¿no sientes el impulso de… revivirme?"

"¿Cómo?"

"Besándome, copulándome."

"No creas que la vida merece tanto la pena como para ponerse a llorar si no se tiene."

"Lo que me frustra es no poder tocarte. Se me antoja darte un golpe para ver si siento, ¿te importa?"

"Hazlo. En tu condición un puñetazo no puede hacerme daño."

"¿Traes cerillos secos? Los míos se mojaron."

"Antes de que algo pase, dime dónde podríamos vernos la próxima vez."

"Allá donde vivo hallar a un ser humano es como hallar a un árbol paseando a un perro."

"Levántate, no te caigas en la nada, te puedes lastimar", en vano él trató de cogerle las manos, porque en su lugar sólo había un olor a agua estancada, a girasol podrido. "Espera, muerte, no te la lleves todavía."

En eso tocaron a la puerta.

—Ha llovido en serio —dijo Teresa, más hermosa que nunca, con el paraguas cerrado bajo el brazo y un envoltorio en las manos.

—Te habrás mojado toda.

—Hasta las piernas.

Tomás observó con miedo sexual sus formas a través del vestido mojado.

—Te traje un postre.

—No te hubieras molestado, Teresa.

—Es un flan, lo hice yo misma, tuve la corazonada de que hoy era tu cumpleaños y estabas solo.

—Mi cumpleaños fue la semana pasada.

—De todas maneras.

—Entra.

## 24. La pirámide de la luz

"Cuando empiezas con tus desvaríos sexuales sobre Teresa, no te aguanto", escribió Tomás en los márgenes de un ejemplar del *Diccionario del Uso del Español Actual*, pero arrancó la página.

"Sentirse inspirado, trabajar con frenesí y olvidarse del amor", escribió en otra página, mientras sus ojos se fijaban en una reproducción de *Venus, el Amor y la Música* de Tiziano Vecellio. Nunca había visto el original de esa pintura, pero la voluptuosidad de la mujer desnuda le quitó el impulso de deshojar todo el diccionario. Entonces se puso a pensar en la pirámide de la luz. Para sus exploraciones mentales, se había procurado revistas y libros alusivos al tema, un cuaderno en blanco y marcadores fluorescentes de colores.

En eso tocaron a la puerta. Era un mensajero que traía una invitación para una exposición de textiles en la ciudad de Oaxaca. El sobre blanco nadaba en una bolsa de plástico. Como la fecha y el lugar del evento eran inviables, la arrojó a la basura. Al volver al comedor, llamaron de nuevo.

—Se le olvidó poner la firma de recibido en la lista de entregas —el mensajero le indicó con un bolígrafo.

La interrupción había sido banal, pero suficiente para arrebatarle la concentración. Entonces, recordó que había aceptado cenar esa noche con los compadres y con la misma ropa que llevaba encima se dirigió a su casa.

Teresa abrió. Tenía gripe y se tapaba la nariz roja con un pañuelo. En la sala Carolina Pavón y el cura Patiño tomaban ya un trago con Andrés. Se le había olvidado a Tomás que la cita era una hora antes.

—No sé por qué, pero me figuré verte entrar con Margarita, como lo hiciste la primera vez que la trajiste a casa —Zenobia, con una blusa de muselina, a través de la cual se le podía ver el sostén blanco, salió a recibirlo. Explicó a los otros—. Desde que la difunta llegó al pueblo, Tomás la trajo para que le diéramos el visto bueno.

—El visto bueno ya lo tenía, se lo di yo, no necesitaba la aprobación de nadie —replicó él enfadado.

—Tomás, cuéntanos cómo van tus investigaciones sobre la pirámide de la luz —Patiño tenía en una mano un cigarrillo humeante y en la otra una pieza de ajedrez.

—Es demasiado llamarlas investigaciones, apenas son curiosidades.

—No seas modesto.

—Esta es una buena región para pirámides. Vas en la carretera, te bajas del carro, subes a un cerro y ¡zas! es una pirámide. Hay pirámides hasta debajo de la cama —Carolina Pavón prendió un cigarrillo con el fuego que desechaba Patiño—. Hubo un escritor triestino que decía que era tan pesimista que tenía miedo de que la colina en que estaba parado pudiera convertirse en volcán, aquí, cuando nos paramos en una colina, tenemos miedo de que sea una pirámide.

—¿Qué es eso de la pirámide de la luz? ¿Existe tal cosa o es una pirámide de chapopote o de basura? —Carolina Pavón se observó los anillos en los dedos de la mano izquierda. Al llegar a la sortija nupcial pareció reflexionar unos momentos sobre su boda con ese hombre más conocido por fama que por vista, pues nunca se le veía en público con él. En sus conversaciones tampoco lo mencionaba. Casada y todo, la abierta simpatía que manifestaba por Andrés (y éste hacia ella) incomodaba a Zenobia, quien se ponía celosa.

—Hace unos años, no recuerdo cuándo, leí en la *Historia General de las Cosas de la Nueva España* de Bernardino de Sahagún algo. En un par de líneas perdidas en doce libros, el fraile franciscano hablaba de esta estructura luminosa como de una obra inconclusa, abandonada a media construcción. Pero como estaba más interesado en describir a los *tepan chichi,* los perrillos de pared, mejor conocidos como ratones, se olvidó del asunto.

—Qué buena memoria tienes, Tomás, siempre me sorprendes —Zenobia se llevó un puñado de pepitas de calabaza a la boca.

—Ya sé a qué te dedicas en tus horas de ocio, amigo, eres un genio fantasioso —Andrés dio un trago de tequila.

—Me encanta estar en compañía de arqueólogos —Carolina Pavón arrojó el humo sobre la cara de Teresa.

—No soy arqueólogo. Pero volviendo a la pirámide de la luz, quisiera aclararles que como durante mucho tiempo en mis lecturas no hallé referencias sobre ella, casi la olvidé. No fue hasta que me topé con *Los comentarios al Códice Borgia*, de Eduard Seler, que empecé a pensar en ella de nuevo. Seler contaba que los *tzitzimime*, monstruos del crepúsculo, querían destruir la edificación mítica, levantada durante el florecimiento de la cultura teotihuacana por un grupo desconocido de arqueólogos-astrónomos anteriores a los olmecas, por considerarla una afrenta. Un dios de nombre desconocido se opuso.

—No esnifees tanto —Carolina, españolizando el inglés *sniff*, le llamó la atención a Teresa, pues ésta aspiraba por la nariz nerviosamente.

—Tienes razón, debería quitarme ese hábito —estornudó la muchacha.

—Teresa desde que era niña esnifeaba cuando se ponía nerviosa —rió Zenobia.

Continuó Tomás:

—Hace unos años Ivan Sprajc, en sus *Orientaciones astronómicas en la arquitectura prehispánica del centro de México*, aludió a la pirámide. La vislumbró un amanecer sobre el Cerro Colorado durante un equinoccio de primavera observado desde la pirámide del Sol de Teotihuacan. Pero la imagen de la pirámide levantándose sobre un mar de oscuridad (que era el cerro), se desvaneció en el momento mismo en que el firmamento se llenó de luz.

—¿Podemos comer ya? —Andrés se impacientó

—La pirámide de la luz, edificada con piedras blancas y cristales de roca, fue el primer cuerpo geométrico que unos sacerdotes arquitectos-astrónomos erigieron en cierto valle. Según algunos eruditos, construida sobre un polígono de piedras blancas, tenía tres caras triangulares. La estructura estaba entre dos cerros equidistantes entre sí. En la cueva de uno pudo haber tenido lugar el nacimiento mítico del maíz. Los templos menores alineados a lo largo de la Calzada Ceremonial, llamada también Camino de la Luz Terrestre, fungían como sepulturas de los dioses muertos. El Túnel de la Noche, un paso de forma circular que unía por debajo cerros y pirámide, representaría la oscuridad previa al nacimiento del Sol de Tierra o Sol del Centro.

—Que mi padrino siga hablando.

—¿Siempre lo llamas padrino? —Carolina miró con sorna a Teresa.

—Desde niña.

—Eres una chica muy mona, ¿sabes?

La joven reaccionó con gesto reservado, pues no sabía si la halagaba o la insultaba.

—Pero te hacen falta modales, pasar unos años en una escuela suiza de etiqueta y cocina no te caería mal. Algo para pulirla, ¿no crees, Andrés? —Carolina Pavón se volvió hacia él.

—De acuerdo. Déjame informarme.

—Investiga cuánto cuesta la colegiatura y cuáles son los requisitos. Si quieres, yo te consigo la información.

—Déjame ver primero cómo andan mis finanzas.

—Podríamos mandarla a España. Tengo parientes allá. Mi abuelo vino de Galicia a hacer la América —Zenobia empezó a servir una sopa de habas.

—¿Es por eso que tienes ese aire de pescado gallego? —se burló Carolina.

—Más bien de pavo de Navidad.

—Ah, qué espléndido, que todo el mundo disponga de mi persona y yo sin derecho a opinar. En principio, les voy a decir que no tengo intenciones de estudiar en Suiza ni en España, que mi proyecto de vida es quedarme aquí. Al menos, hasta que yo lo decida —explotó Teresa.

—Siempre rebelde, muchacha, así me gustas —celebró Patiño.

—En esa actitud feminista estoy de acuerdo. En otras cosas, no concuerdo —Carolina Pavón encendió otro cigarrillo—. ¿Estás lista para oficiar en el templo del Amor, así, con mayúscula?

—Si los templos del Amor existieran, mas pasaron de moda, ahora los llaman antros de amor, cochineros, giros negros y otras cosas —Teresa se sonó la nariz.

—Eso, lo importante en la vida es expresar los pensamientos y los sentimientos con sinceridad.

—Vengan a sentarse a la mesa, por favor —Zenobia indicó a los invitados la sopa servida.

—Respecto a la pirámide de la luz, William T. Sanders la vislumbró sobre el pecho del Iztaccíhuatl mientras observaba una salida de Sol (el 24 de octubre de 1994) desde la pirámide circular de Cuicuilco. Por eso creyó que la forma de la pirámide era también circular —Tomás levantó un vaso de vidrio.

—Coman, por favor, ya vienen las quesadillas de flor de calabaza —Zenobia regresó de la cocina con una sartén en la mano.

—Una cosa más. A comienzos del siglo XVII Fernando Alvarado Tezozómoc en su *Crónica mexicáyotl*, aseveró que "Los hombres que aportaron y trabajaron el jade y la amatista, la piedra blanca y el cristal de roca, los materiales usados para la edificación de una pirámide luminosa difícil de ubicar, seguramente fueron sepultados en ella."

—En fin, si la pirámide de la luz alguna vez existió ahora debe estar enterrada a tanta profundidad y tan cubierta de escombros que no es perceptible desde la superficie —Carolina Pavón retiró sin probar la sopa de habas. Con fingido pesar dijo a Zenobia—. Lo siento, me provocan gases.

—A vuestra salud. No sé cuándo vuelva a encontrarme de nuevo en tan sabrosa compañía —Patiño bebió tres copas seguidas—. Este tequila reposado está de pelos.

—Ese pesimismo, ¿a qué se debe?

—Andrés, recibí una carta anunciándome mi cambio. Ciertos eventos han conspirado para privarme de mis ratos de ocio. Me dan a escoger entre las parroquias de Zirisícuaro o Tzitzio.

—Qué mala leche.

—La diócesis alega irregularidades en mi ejercicio de los actos de culto. Me acusa de haber llenado el patio conventual con mesas de ajedrez y en vez de administrar los sacramentos y atender a los fieles organizar torneos, presidir el club local Carlos Torre y hasta de dividir las lápidas del camposanto en blancas y negras como en un tablero.

—Al menos no te acusan de abuso de menores.

—Mandaron cartas anónimas, informes confidenciales sobre mis vicios. Reconozco uno solo, el ajedrez. Los otros son privados.

—¿Podemos hacer algo para que te quedes?

—Jugar conmigo. Pero, Zenobia, ¿no hay nada más que beber? —Patiño señaló las botellas vacías sobre la mesa—. Ahora a comer, y, si Dios quiere, animaremos la sobremesa con una partida de ajedrez.

## 25. Presencia de Teresa

La sequía hacía estragos. Un ganado enflaquecido pastaba en las piedras. Los arroyos estaban agrietados y hojas quebradizas envolvían el maíz chupado. Un sol partemadres atormentaba la tierra. Los "graniceros" o "señores del tiempo" en los campos llamaban a la lluvia. Los "tiemperos" depositaban ofrendas pluviales en los cerros, invocando a los tlaloques esparcían flores blancas, agua bendita y humo de copal. Algunos danzaban con máscaras de tigre. Otros, borrachos de mezcal, se daban de latigazos. Para Tomás todo lo que viniera del Sol estaba bien, aunque su cama fuera una parrilla ardiente.

Conocía bien los cerros pelones, los pedregales, las barrancas y los recorría con el propósito de tomar fotos. Lo que más le llamaba la atención eran las delgadas capas del suelo que parecían pintura seca en un lienzo resquebrajado.

Esa mañana las noticias radiofónicas habían estado dedicadas a los estados del centro y del norte del país, las zonas del desastre. En miles de hectáreas de tierra de cultivo se habían perdido las cosechas. Las presas estaban al diez por ciento de su capacidad. Cuatro plantas hidroeléctricas habían dejado de operar. El suministro de agua potable para la capital de la República y otros grandes centros urbanos era crítico. Cientos de camiones cisterna transportaban agua a ejidos y comunidades de escasa población. Los incendios forestales cundían sin control. La temperatura estaba arriba de los cuarenta grados. Rocines de mala facha, que hubiera despreciado el mismo don Quijote, morían de sed. El país entero dormía la siesta.

—Te compro tu agua —le dijo Tomás a Andrés.

—Tengo poca.

—La que tengas.

—¿Para qué la quieres?

—Para dar de beber a las mariposas.

—¿Para qué la desperdicias? No te va a alcanzar, la sequía está canija —Andrés, en las manos granos de sal y en los labios hebras de limón, dio un trago de tequila.

—Véndemela.

—No. La necesito para regar la mano del coronel Rolando Vera.

—Esa mano ya no florece, está seca desde hace tiempo.

—No creas, con el líquido bendito que me da el cura Patiño florece cada primavera. Adquiere movimiento y puede saludar, cerrar una puerta y lavar trastos. Cuando estaba agonizando el coronel, le prometí plantar su mano en el vergel de mi casa a cambio de cinco talegas de oro. De su mano poderosa brotó un rosal de cinco tallos, cinco casas que compré.

—No seas hablador, esa mano se pudrió.

—El año pasado dio cinco rosas fastidiosas.

—El coronel era un maldoso, se burlaba de los inocentes como tú.

—Cuando en un prostíbulo de Tijuana el coronel perdió la mano, Andrés la sacó de un bote de basura en el hospital, la guardó en un frasco de formol y se la trajo para acá —Zenobia miró hacia las vigas del techo como si allá se encontrara el coronel.

—Andrés, véndeme tu agua.

—En tiempos del coronel Rolando Vera...

—Cuando empiezas una oración con ese nombre, empiezas a mentir —Zenobia puso en el fuego una cacerola con comida.

—Andrés, nos vemos a las cinco de la tarde, te dejo en tu larga mesa de mármol degustando los banquetes de Zenobia —Tomás se fue por esa calle por la que había caminado desde niño, con esas paredes escarapeladas, puertas cerradas, ventanas con geranios, tejas rotas y verjas herrumbradas que le eran familiares.

De regreso a las cinco, Tomás columbró un árbol joven parado fuera de la casa. Al aproximarse un poco más, se dio cuenta que ese árbol se movía, tenía ojos y hablaba.

—Buenas tardes, padrino.

Morena como su madre, Teresa había heredado sus ojos color lumbre, los muslos largos y la cintura estrecha. Y esos pliegues del vestido que confluyen a la punta de esa pirámide invertida que llaman Monte de Venus y es el principio de todos los misterios. Si bien tenía diecisiete años ya mostraba el ombligo, llevaba el pantalón caído hasta la cadera y los pechos sueltos debajo de la playera. Al verla contonearse, Tomás se dio cuenta que su cara de niña contrastaba con su cuerpo de mujer y que la hija de los compadres no sólo era una chica hermosa, sino una hembra sensual.

—¿De dónde viene, padrino? —Teresa, con sonrisa entre inocente y cómplice, apoyó el pie izquierdo sobre su zapato derecho y oprimió los senos hulados contra su pecho. Lo abrazó como si lo escalara.

—De estudiar la sequía.

Por el silencio que siguió, Tomás se dio cuenta que estaban los dos solos en la casa.

—Realmente hace calor.

—Tengo cita con tus papás —él le puso una mano sobre el hombro derecho, como si quisiera poner una distancia entre él y ella.

—No están. ¿Puedo hacer algo por usted? ¿Quiere comer o beber algo? —los ojos almendrados de Teresa parecieron crecer de tamaño al examinar a ese hombre de rostro enjuto que usaba ropa vieja y botones de diferente color en la camisa, guapo a pesar de sus canas.

—Quedé de venir a las cinco.

—Partieron de emergencia a El Oro, Víctor Hugo, el primo de mi papá, chocó contra una patrulla de policía. Creo que lo venían persiguiendo.

—Ah.

—¿Estás enojado conmigo, Tomás? —Teresa comenzó a tutearlo.

—¿Por qué habría de estarlo?

—No me has buscado.

—¿Debía buscarte?

—Te he visto en la calle mirando a las muchachas.

—¿A mí?

—Te he soñado… en la cama, dándome un beso largo.

—Rarezas del dios Ra —él bajó los ojos.

—¿Te acuerdas que de niña le tenía miedo a la sangre? ¿Te acuerdas que cuando fui tu alumna me caí en la escuela y me lastimé una rodilla? ¿Te acuerdas que mientras me curabas cerré los ojos? —ella hizo resaltar sus glúteos y sus pechos. De pie junto al sofá, miró esa forma inerte como una posible cama—. Se me desgarró el uniforme.

—Me acuerdo, Teresa, tendrías doce años o algo así.

—Cuando abrí los párpados, mi cara ardía y tus ojos estaban bañados de luz roja.

—Todo eso ya pasó, Teresa, nos quedamos encerrados en la imaginación.

—¿No podemos salir de la imaginación, Tomás? ¿No podemos hacer que suceda lo que más deseamos?

—Allí vienen tus padres, Teresa, tengo que irme.

—¿Y la cita?

—Olvídala.

## 26. La metamorfosis

En la hoja de una planta algodoncillo había una perla.

La perla era un huevo diminuto que pendía hacia abajo.

El huevo se volvió gris oscuro, albergando una oruga de cabeza negra.

Desde adentro, la criatura devoraba su concha.

Al nacer la oruga empezó a comerse las hojas tiernas que tenía a su alcance. Creciendo más y más a medida que las comía.

Tomás no estaba seguro, pero la oruga parecía tener dos cabezas: una en los tentáculos frontales, otra en los traseros. Y doce ojos.

Delante de él, la oruga se irguió sobre sí misma, se deshizo de su piel y se la comió.

No una vez, sino cuatro veces, devoró la piel vieja, mientras su cuerpo se hacía más grande, más pesado.

La oruga partió en busca de una rama para bordar su encaje. Con patas falsas se prendió de un botón sedoso.

Como una J suspendida en el aire, la oruga descendió, moviéndose a derecha e izquierda hasta eliminar otra envoltura.

Convertida en una crisálida color verde, la bella durmiente se ancló en el botón de la rama.

Adentro, muy adentro de su bolsa de dormir, él percibió dos alas. Y un cuerpo tan indefenso y blando que una ráfaga de viento hubiera podido llevárselo, hubiera podido destruirlo.

Bajo la luz amarilla de la tarde la crisálida adquirió una tonalidad verde hoja. En la pupa transparente una criatura se formaba, parecida a una mariposa monarca con las alas plegadas.

Cautiva en el capullo azulino, trataba de abrir la puerta de su armadura, hinchando el cuerpo, mientras su piel se encogía como una prenda de vestir.

En la crisálida, una mujer en forma de monarca intentaba desprenderse de su vestido zancón, bastante arrugado, utilizando el pedúnculo para no caer al suelo.

Tomás reconoció las concavidades de unos senos, con pezón y aureola, y una barriga que se juntaba al pecho en la misma masa de carne; el triángulo velloso de un Monte de Venus, unas nalgas explayadas, unas corvas regordetas y en la región lumbar unas lonjas dobladas.

De repente, la criatura encerrada en la crisálida sintió vehemente comezón, como si una media, un gorro o un chaleco se le fuera encogiendo en el cuerpo mientras sus órganos aumentaban de tamaño.

El problema era que las vestimentas pertenecían a su cuerpo y quitárselas hubiera sido como arrancarse la costra de un grano, las crestas de la boca o las pústulas de los ojos.

—Seguramente esa comezón canija es producto de una indigestión —Tomás vio a la oruga torturada por un picor exasperante—. Estarás más cómoda si te restregas la espalda contra una piedra o un árbol, o si te revuelcas en la hierba. Pon atención a ese hervor de vida que está emergiendo de ti. No todos los días nace un sueño que puede volar.

—Si una persona sueña sola, el sueño es un monólogo. Si dos personas sueñan la misma cosa, el sueño se convierte en una realidad —el alivio de la criatura fue grande cuando sacó las patas y la cabeza de la crisálida y sujetó con las patas delanteras un pedúnculo semejante a un globo desinflado—. Tengo mucha hambre, durante esta fase de la metamorfosis que me convirtió de larva en adulto me suspendieron todos los alimentos.

—¿Acabas de nacer y quieres ya comer? —él se sorprendió mucho.

—Te prometo que mañana me pondré a dieta — la mariposa recién liberada de su armadura, pero aún con el abdomen entumecido y las alas caídas hacia abajo, lo miró con cara conocida.

—Pero si eres tú, qué sorpresa, qué maravilla.

—Adentro de esa cosa estaba hecha una sopa de formas y colores y no me ayudaste a salir, eres un egoísta —ella se paró encima de su vestido desechado—. Hay gente que por tener comezón en las orejas busca quien se las rasque, ¿no te diste cuenta de mis picores?

—Mi amor.

Tomás se despertó, acababa de presenciar la transformación de Margarita en mariposa.

## 27. La Estética de París

Esa mañana Tomás despertó con la gata acostada sobre su pecho. Cuando abrió los ojos encontró los suyos mirándolo con fijeza. Todavía era de madrugada y, a diferencia de otras veces, ella no lo despertaba porque quería salir a hacer sus necesidades o porque tenía hambre. Simplemente, con los ojos abiertos, misteriosamente se le había quedado mirando, sin que él supiera si lo miraba porque veía algo en él que él no veía, como una enfermedad o una calavera en su cara, o por puro afecto.

Tomás, vestido y con los zapatos puestos, había dormido poco y mal durante la noche. El peso incómodo sobre su cuerpo no lo había rechazado, quizás por miedo a quedarse solo en una cama con una mitad fría y vacía.

Ya levantado, vio entrar un pichón a la cocina. No sabía de donde habían llegado tantos pichones que se comían la comida del perro. Dormido entre dos macetas, el can era indiferente al despojo de que era objeto. Pero a Tomás sí le importunaba esa plaga de aves que el diccionario definía como "Cría de la paloma casera". Sin inmutarse por su presencia, el pollo de plumaje azulino, como un obispo en procesión, ahíto de alimento se alejaba por el corredor.

El café lo tomó frío y de pie, atragantándose con un pedazo de pan con miel. *La Voz de Michoacán*, que alguien le había deslizado por debajo de la puerta, ni siquiera lo levantó del suelo, con su encabezado anunciando la inminente visita del presidente de la República al pueblo. En la calle principal se cruzó con un autobús atiborrado de gente. Una mujer asomada a la puerta le recordó a Margarita. Pero al mirarla de cerca, se dio cuenta que tomaba el cielo por la solapa y no había ninguna razón en comparar la muerte con el sueño.

La Estética de París, la peluquería de paisaje que había frecuentado desde niño, estaba en el centro de la plaza. Chon padre había sido reemplazado por Chon joven, pues en los últimos tiempos, corto de vista y tembloroso de manos, el viejo maestro trasquilaba más que pelaba. Las antiguas tijeras de jardinero habían sido reemplazadas por unas importadas de China. Desde el año pasado el establecimiento contaba con cubículos para hombres y para mujeres. Un título hechizo de la Academia del Cuero Cabelludo de Toluca, comprado en los portales de la plaza de Santo Domingo, reconocía a su hermana Irene Méndez Moctezuma como Maestra en Caireles, Calvicies, Guedejas y Trenzas. La Universidad de San Nicolás de Hidalgo de Morelia, acreditaba a Asunción Méndez Moctezuma como Maestro en las Artes del Cuerpo.

Cuando Tomás llegó, el joven Chon, con las tijeras en la mano izquierda y un peine rojo en la derecha, trataba de cortarle las patillas a Control, pero éste con las gafas negras puestas le sujetaba los antebrazos para que no se las quitara y descubriera sus ojos.

—La llave peluquera —el maestro peluquero inclinó hacia delante el asiento al músico de la banda de Los Venusinos y le alzó por atrás las gafas para hacerle el corte. Al cepillarle los pelillos, Chon vislumbró el tatuaje de una Santa Muerte que su cliente tenía en la espalda. Entonces, le mostró en un espejo de mano el corte que le había hecho, detalle que ignoró el músico ciego con una pelada de dientes que pretendía ser una sonrisa.

—Imagino mi pelambre negra, solamente la imagino —Control se levantó del asiento sin reparar en el espejo de mano. El rostro original y el rostro reflejado no se reconocieron. ¿Cuánto es?

—Treinta pesos.

—Una, dos —el invidente sacó de un apretado pantalón de mezclilla dos monedas de a diez, palpándolas como si contara oro.

—Dije treinta.

—Ah, creí que habías dicho veinte.

—¿Te vas hoy?

—¿De noche? Nunca. Bandidos en carretera. En Puerto de Medina un grupo musical fue atacado por hombre vestido de mujer.

—Gracias, Control, cuídate —Chon lo despidió con una palmada.

—Las gracias me las das mañana cuando me encuentre en mi camita descansando tranquilamente —la estrella de Los Venusinos, tanteando el aire con un bastón, enfiló hacia un banco donde lo aguardaban sus compañeros de ruta. Como sombras verticales, se dirigieron al mercado. Tenían hambre.

—¿Noticias de Aztlán? —Chon, en la boca un cigarrillo, con un humo que le subía por la nariz ganchuda, ajustándose la bata negra color cuervo, indicó un sillón.

—Ninguna —Tomás observó en la mesita el peine rojo. Irene en una silla hojeaba una revista de modas. Alzó la vista.

—Leí en una enciclopedia que el lugar mítico se localiza en una confluencia del río Colorado —Chon le ató las agujetas desatadas de sus zapatos nuevos. Le acostó la cabeza en el lavabo y empezó a lavarle el pelo con agua caliente. Lo secó con una toalla y lo examinó por detrás, de lado y de frente.

—Eso dicen.

—¿Qué ríos conoces?

—El Usumacinta, *Río de Monos*, el Papaloapan, *Río de Mariposas*. México está lleno de dioses, su geografía es una ciencia que se ocupa de la descripción de lugares sagrados. Su geografía es una mitología. Un viaje por nuestro espacio físico es como un viaje por el firmamento.

—Todos nuestros males vienen porque el país tiene forma de cuerno de abundancia. Por eso los extranjeros y los nacionales se la pasan robándonos. Me gustaría que el país tuviera forma cuadrada como un dado y que en sus caras en vez de puntos presentara ceros.

—Buena idea.

—El problema es que un individuo con iniciativa podría robarse el dado.

—¿No sería mejor que tuviera forma de canica?

—Sigo casado con el dado.

—¿Qué es un dios, señor? —Irene abandonó la revista sobre la mesita de vidrio y volteó del lado de Tomás la parte del biombo con un grabado de la torre Eiffel sostenida por esqueletos.

—En nue.tra época, un burro cargado de oro.

—Qué cosas raras dice, señor. ¿No cree que los Méndez Moctezuma descendemos en línea recta del último emperador azteca?

—Yo también pienso que ustedes descienden del gran tlatoani.

—Usted, ¿no sueña?

—A veces, ¿y tú?

—Sí, en casarme con un burro cargado de oro.

—Irene, deja la plática y tráeme las lociones —el maestro en las Artes del Cuerpo pedaleó el sillón ajustable subiendo a Tomás hasta el nivel de sus manos. Al tenerlo a su alcance, le enredó un cuello de papel y lo cubrió con un paño azul cielo. A cierta distancia, se puso a estudiarlo—. Pasamos las fronteras del mundo como puñados de cabellos que lleva el viento. A veces hasta pisamos nuestra sombras sin darnos cuenta que un día seremos como unos cuantos pelos perdidos en la calle.

—Tienes razón, Chon, somos como cabellos que lleva el viento y que la gente pisa en la calle —balbuceó Tomás con voz ahogada.

—¿Tienes alguna sugerencia o te abandonas al derrotismo? —Chon, sin preguntarle si quería ser rasurado o no, situó la bacía debajo de su barbilla para enjabonarla, le sacó filo al cuchillo de afeitar y arrasó con su bigote y sus barbas incipientes. Le cogió la punta de la nariz y le cortó los pelos.

—¿Desea manicure? —Irene dejó de barrer los mechones grises en el piso y vino con una palangana para lavarle los dedos.

—¿Qué?

—Si le corto las uñas —Irene le mostró las tijeras, los alicates y la lima, y se tapó la risa con una mano al notar su asombro.

—No.

—¿Qué le pasó en los lóbulos de las orejas? Están lastimados.

—Me saqué sangre.

—¿Desea rímel en las pestañas? ¿Le pongo compresas faciales? ¿Quiere loción, tónico capilar o lápiz de cejas?

—No.

—Pues si el señor no desea otro servicio, acabamos —Irene dio vuelta al biombo y el paisaje de la torre Eiffel quedó del lado de la peluquería de señoras.

Allá estaba esperando Elsa, la esposa del nuevo director de la Escuela Generalísimo José María Morelos, con su ropa que olía a alcanfor. Pues Elsa era una mujer temerosa de los virus y tomaba máximas precauciones para no ser contagiada. Cada vez que una persona cordial le extendía una mano examinaba antes su semblante en busca de señales de hepatitis. Y el saludo era breve. Y nada de besos en la mejilla. A causa de sus manías, ella se había convertido en un banco vivo de información sobre desinfectantes, antisépticos y todo producto enemigo de los microbios y las bacterias. En casa cambiaba maniáticamente las toallas, las sábanas, las colchas y no se ponía en los labios fruta o verdura que no hubiese primero higienizado. Al gato no sólo le pasaba la aspiradora encima para librarlo de los pelos dañinos, sino para neutralizar su saliva le daba chapuzones en un tinaco de agua. No es necesario decir que el felino escapaba de su presencia como del demonio. De manera tajante ella rechazaba cualquier invitación al sexo o la intimidad. Para no ensuciarse la boca llamaba al condón "cóndor" y "condominio". Nadie sabía por qué ella llevaba en su bolso frascos de sal marina.

—Listo, caballero águila —Chon lo peinó, le puso fijador y le sacudió los pelillos de la espalda con un cepillo.

Tomás pagó y atravesó la plaza. Iba muy ufano, como si le hubieran cortado pasto en la cabeza.

## 28. El presidente de la República

Lunes 4 de diciembre, día de santa Bárbara, hubo una reunión de la gente local con el presidente de la República. El lugar escogido fue la escuela Generalísimo José María Morelos. Para la ocasión, el nuevo director mandó pintar de amarillo la fachada, que era de anchos muros de adobe, y remozó las aulas. Con tapetes nuevos, vidrios en las ventanas, puertas en los baños y cortinas de terciopelo rojo en el salón de sexto año, convertido en salón de actos, se colocaron los pupitres en forma de herradura. Sillas, mesas y estrado fueron alquilados por los organizadores a una empresa de fiestas. En el patio de recreo instalaron mesas con cafeteras, bocadillos, bebidas frescas y arreglos florales.

Desde temprano elementos del Estado Mayor Presidencial controlaron la plaza principal, el mercado, la iglesia y las calles aledañas. Puertas, ventanas, balcones y azoteas fueron vigilados. En la escuela guardias vestidos de civil, con gafas oscuras y armados hasta los dientes, se apoderaron de los salones de clase y los corredores. En el patio los maestros concentraron a los niños y las niñas en uniforme para que a la llegada del presidente, a una seña, agitaran banderas y cantaran el himno nacional.

Pasado el mediodía, llegaron camiones de redilas con la trompa pintada de amarillo canario y la plaza se llenó de acarreados, hombres, mujeres y niños. Para la sed les dieron refrescos sabor manzana y uva. Para el hambre, tortas de jamón y gansitos Marinela. Otros contingentes fueron congregados en la plaza bajo un sol bochornoso. Durante horas los observó desde un árbol un zopilote cabeza roja. Hacia las tres de la tarde, los organizadores formaron vallas de campesinos fuera y dentro de la escuela. Acechados por agentes secretos, hasta para ir al baño tuvieron que pedir permiso. Para aliviar la espera, el presidente municipal se fue a comer a la fonda de doña Susana en el mercado los especiales del día, acompañado por el secretario particular y el tesorero. Mientras comían, la mesera le sacaba brillo a un candelabro.

En el salón de actos, las primeras filas fueron ocupadas por Teresa, Jessica y las estudiantes más atractivas del pueblo, pues al presidente le daba dolor de cabeza ver delante de sí mujeres viejas y hombres feos. Detrás de las adolescentes se sentaron el presidente de la Cámara de Comercio, el procurador general del estado, el secretario de Agricultura y Ganadería y varios senadores y diputados que venían en la comitiva. Más atrás, en orden jerárquico, el administrador de la oficina de Correos y el recaudador de impuestos de Hacienda, diversos funcionarios y burócratas municipales con sus señoras y, en los extremos, los secretarios particulares, quienes saludaban pomposamente a los presentes. En el pasillo se acomodaron los gemelos Luis y Carlos Puente, el director de la escuela y su esposa Elsa. Todos hablaban en voz baja, igual que si estuvieran en una iglesia. Tomás halló lugar junto a una puerta recién barnizada, debajo de un candelabro. El olor a thinner comenzó a embriagarlo. Asombrado pasó el rato mirando a los políticos, que por la gordura se veía que no la pasaban mal.

—¿A quién pertenecen los santuarios de Sierra Chincua? —preguntó el subsecretario forestal.

—A gente de Los Remedios —contestó solícito el presidente municipal.

—Podemos entonces conceder su explotación a la Compañía Maderera de la Sierra Madre.

—Déjeme sondear a la gente, sin problema llegaremos a un arreglo.

Más por aburrimiento que por interés en su físico, Tomás se puso a examinar a Elsa. En su indumentaria y maquillaje la mujer llamaba la atención por su falta de gusto: Vestido blanco con moños rosas; cejas, pestañas y labios pintarrajeados de diverso color; mejillas cubiertas con espesas capas de polvo color ladrillo. Una larga cabellera con rizos artificiales le cubría las nalgas en forma de pera. Molesta por su inspección, de repente ella lo confrontó:

—¿Qué me ve, baboso?

—No sé a qué venimos, si hay desempleo y pobreza en todas partes. No es necesario oír discursos de políticos, solamente basta con salir a la calle para darse cuenta de lo que está pasando —se quejó Carolina Pavón con Irene, la hermana de Chon.

—Sus comentarios están fuera de lugar, señora —el administrador de Correos la calló.

Se oyeron ruidos de helicópteros y de teléfonos celulares. Los guardaespaldas se movilizaron. Un Mercedes gris plata atravesó la calle principal. Lo seguía una caravana de automóviles, patrullas policíacas, motocicletas y ambulancias. Los maestros corrieron, los funcionarios se alinearon, el director de la escuela y su mujer se pararon junto a la pizarra de dos paneles en la que estaba escrito con grandes letras:

## BIENVENIDO, SEÑOR PRESIDENTE

—Pido a todos ustedes un aplauso para el señor presidente de la República, quien hará su entrada en este solemne recinto en cualquier momento —proclamó el maestro de ceremonias, vestido de negro, con corbata de moño y zapatos relucientes.

Los asistentes se pusieron de pie para aplaudir. Entró un hombre con cara de cuervo, mirar frívolo, con largas patillas y abultando el pecho como gallo. Vestía saco de lino italiano, pantalón azul marino inglés, camisa de seda china y zapatos Bally. Deslumbrado por los reflectores de la televisión, frunció el ceño. Acostumbrado al mando, ignoró a todos, ocupó el centro. Llevaba con orgullo sobre el pecho una gran medalla con la efigie del vendedor de patrias José Antonio López de Santa Anna. En vano buscó Tomás en el rostro maquillado del Jefe Máximo de la Nación un rasgo de amabilidad. Su expresión satisfecha le hizo pensar en su propia hambre y en que la gente lo había estado esperando horas bajo el sol.

Por unos segundos nadie se atrevió a hablar, hasta que un orador subió al podio y empezó el chorizo de elogios al Supremo Comandante de las Fuerzas Armadas y Presidente Constitucional de los Estados Unidos Mexicanos. Luego vinieron los ponentes. Cada uno habló cinco minutos, mientras él dibujaba caballos en un cuadernito. No levantaba la cabeza para ver a los oradores exponiendo proyectos y demandas. Al final, el maestro de ceremonias corrió a ponerle el micrófono a la altura de la boca:

—Porque la verdad, porque la verdad, aquí estoy para traer prosperidad al campo mexicano, desde ahora en adelante todos considérense ricos de promesas. A partir de mañana el único problema que tendremos será el de administrar la riqueza —el presidente de la República no miraba a nadie: todos lo miraban a él. En cada ademán le brillaban los anillos, en particular cuando gesticulaba y golpeaba la mesa con el puño enérgico y los fotógrafos y los camarógrafos de prensa se apresuraban a retratarlo y filmarlo.

—Capitán Ramírez, ¿quién dejó pasar a ese?, ¿no le parece sospechoso? —Pedro Pérez, el jefe de seguridad, se dio cuenta que Tomás no le quitaba la vista de encima al presidente.

—Yo me encargo de vigilarlo, mi coronel —Ramírez echó sobre Tomás una mirada matadora, mientras con la mano derecha lo señaló a dos escoltas.

—¿Qué hace? —le preguntó uno de ellos.

—Estoy fascinado por la nada.

—Porque la verdad, porque la verdad, hemos dotado de agua potable a esta región, garantizando el suministro del líquido para los próximos cien años.

—Señor, con todo respeto, quiero decirle que salve los santuarios, ya no hay árboles en los bosques y las mariposas se están muriendo —Tomás alzó la mano, la cara culpable, las piernas doblándosele como si fuera un escolar que interrumpe al maestro. Todos los asistentes parecían censurarlo por haberse atrevido a levantarse de su asiento y transgredir el orden de la sala.

—¿Quiénes están cortando árboles, seeññññoorrrr? —rugió el presidente.

—Los taladores de la Compañía Maderera de la Sierra Madre.

—Nombres.

—Los Chávez, y miembros de su partido.

—No tengo información.

—Cállate, buey —ordenó el capitán Ramírez.

—Es *El loco del Sol*, un idólatra, en tiempos de la Inquisición lo hubieran quemado vivo —clamó el director de la escuela.

—¿Quién te dio la palabra, amigo? —el capitán Ramírez encañonó a Tomás con una pistola que sacó de debajo del saco.

—Mi conciencia.

—Te pregunté, ¿quién te dio la palabra?

—Yo.

—Vente para acá, afuera platicamos —el capitán Ramírez y dos escoltas lo sacaron en vilo del salón de actos.

—Agitador desvergonzado —el director de la escuela blandió sobre su espalda una regla de plástico azul.

—El país entero está lleno de mendigos del poder como tú —alcanzó a decir Tomás, mientras le ponían en la boca una mordaza de manos.

—No se te ocurra regresar, pendejo —el capitán Ramírez y los escoltas lo arrojaron a la calle y cerraron la puerta.

Tomás se quedó sentado en la banqueta. El sol le pegaba de filo en la cabeza recién pelada. Afuera había hombres, mujeres y niños, quienes, sin poder entrar al acto político, esperaban a que saliera el presidente para pedirle empleo, entregarle un documento o rogarle que sacara de la cárcel a un pariente preso.

—A amigo que da la espalda, mano cortada —Tomás dijo al ex colega que pasó pretendiendo no verlo como si fuera espíritu.

—¡Pablito!

—¿Yo? —creyendo que había dicho Tomasito, preguntó a la mujer encinta con vestido zancón que venía hacia él.

—No, tú no, idiota —la mujer pasó de largo para encontrarse en la esquina con Rodolfo el Muñeco, canoso, desdentado y desorbitado.

—Porque la verdad, la verdad, les traigo la esperanza de una vida mejor, soy el portador del futuro —la voz del presidente salió de las bocinas colgadas de árboles y postes.

## 29. Adiós a Heliópolis

—Prepara tus cosas, nos vamos a Heliópolis —Tomás encontró a Andrés en la cocina, inclinado sobre un plato de carne deshebrada. Sobre la mesa de pino había un canasto con peras y manzanas, avellanas y nueces. Teresa, sentada en el otro extremo, bebía una taza de café. La gata en su plato devoraba atún de lata.

—¿A Heliópolis? —casi con temor Andrés dio una mordida al taco que le acababa de servir Zenobia.

—A la ciudad de Ra, el Sol, que los antiguos egipcios llamaban Iunu. Partimos la semana próxima.

—¿A ver ruinas?

—A ver templos.

—¿El Templo del Sol?

—La morada del gran Vidente.

—¿Cómo haremos el viaje?

—Primero en avión a El Cairo. De allí en carro a los suburbios. Aquí están los folletos para que te estudies los misterios de la materia amarilla.

—¿Cómo nos pagaremos el transporte?

—Vendiendo propiedades, pidiendo prestado, sacrificando ahorros.

—¿No sería mejor visitar Morelia? Está más cerca y se puede llegar en tren.

—No.

Por un minuto se hizo el silencio y sólo se escuchó el hervor del agua en una olla bajo el fuego. En una pared estaba la guirnalda de bodas de Zenobia. La vista de esas flores y esas hojas entretejidas hicieron sentir mal a Tomás, pues había ceñido la cabeza de su comadre cuando él había considerado seriamente casarse con ella, pero se la ganó Andrés.

—Siéntate, compadre, ¿qué te ofrezco? —Andrés le indicó con la mano una silla vacía—. ¿No te apetece un taco? Zenobia hizo unas costillas de cordero riquísimas, te las recomiendo.

Tomás echó un vistazo rápido sobre ese hombre de pelos blancos y cejas negras que llenaba las copas de tequila. Tendría poco más de cuarenta años. Era más bajo de estatura que él, pero más espaldudo y fuerte, con ojos negros astutos y delgados labios burlones. En su opinión, era una cruza lograda de criollo español y madre indígena. Probablemente no había dejado la mesa desde que se había sentado ese día. En el almuerzo solía comer huevos revueltos con chorizo y frijoles negros, tortillas frescas, jugo de naranja y café de olla, y alguna carne con frijoles Flor de Mayo acompañados de guacamole. "En la noche este hombre se convierte en una bomba de gases", le había dicho una vez Zenobia.

—No, gracias, no tengo hambre.

—¿Cuándo te trasquilaron?

—Hace unos días, en la Estética de París.

—¿Adónde se localiza esa boutique?

—En la plaza principal.

—Yo también he estado pensando en hacer un viaje —irrumpió Teresa, mostrando un folleto—. *VIAJE AL INFRAMUNDO. Quien descubre sus misterios conoce la resurrección. Quien conoce la resurrección no teme a la muerte. Quien teme a la muerte no teme a la vida.* Deben hojearlo, trae muy buenas fotos de la región de los muertos. Podríamos rentar o comprar algunos mausoleos. O compartirlos con un vecino, un pariente o un enemigo.

—Mejor ocúpate en apagar el fuego, ya está el agua hirviendo —replicó Zenobia.

—¿Te refieres al Inframundo egipcio o mexicano? Con sólo pensar en el más allá me dan ganas de estornudar piedras y polvo —Andrés puso salsa roja en su bistec.

—Cada hombre tiene su Sol. El Sol es la cosa mejor repartida del mundo —afirmó Tomás.

—Tu obsesión por el Sol empieza a parecerme una enfermedad, una posesión, no haces otra cosa que pensar en él, que hablar de él.

—Mamé el Sol en mi infancia, en la calle, en la casa, en el cerro.

—Yo cuando era joven soñaba con ciudades europeas llenas de mujeres voluptuosas. Me entraba una fiebre erótica tan grande que mis manos sudaban. Nunca temblaron con el objeto vivo.

—¿Sabes?, el Sol es el secreto más mal guardado del mundo: Todos lo miran y nadie sabe qué es.

—Me temo que Andrés está más preocupado en conocer quién fue su verdadero padre que en soñar con viajes al extranjero —Zenobia envolvió una chuleta de puerco en una tortilla.

—Pues resulta que mi padre no es mi padre sino un tal Carlos Puente. La putañera vida.

—La otra noche Andrés descubrió en una caja de zapatos una carta de su madre dirigida al señor Puente comunicándole que el fruto de sus amores había visto la luz y se llamaba Andrés.

—¿De allí el Andrés?

—De allí el engaño. Y los rizos. El nostálgico señor Puente, inconsolable por la muerte de su hija, cuando nací yo le pidió a mi madre que me vistiera de niña y me hiciera rizos en forma de bucles y tirabuzones. Hasta los siete años fui Andrea, no Andrés. Eso no se hace.

—El responsable fue un irresponsable llamado Carlos Puente —Zenobia estaba muy contenta con el descubrimiento.

—El muy carnitas, cada vez que me lo encontraba en la calle, mientras ahuyentaba a los perros callejeros con su bastón, me preguntaba por mi madre. Hasta que un día me confesó: "El hijo del cual te hablé, eres tú." Pero no le creí. Eso no se hace.

—Riquillo de pueblo, ese señor Puente era conocido por haber llevado eficientemente los negocios de su familia a la insolvencia. Por prestar sin tino, acabó sus días sableando al prójimo.

—Carlos Puente era gemelo idéntico de Luis Puente. Cuando estudiaron en el Colegio Valladolid se les conocía como los Hermanos Dualidad. Eran tan parecidos que Luis llegó a comprarse zapatos de suela doble para ser unos centímetros más alto que Carlos, pero cuando lo supo Carlos añadió cinco centímetros de suela a los suyos. Si alguien disputaba con ellos, no se peleaba con una mitad sino con la persona entera. Siempre haciendo negocios, Luis era conocido como "El señor de los ingresos" y Carlos como "El señor de los egresos".

—Se distanciaron por la posesión de la casa familiar, pues ese Carlos quería quedársela y poner a ese Luis de patitas en la calle. Donde esos dos se encontraban se peleaban. Muy orondos por haberse zaherido, se marchaban por direcciones opuestas. La pelea pasaba al día siguiente, y al resto del año, y uno se plantaba delante del espejo para insultar al otro. Tanto odiaban ésos su imagen.

—Uno de ésos fue mi padre, Zenobia. Espero que sus amores con mi madre no hayan sido de tiempo compartido.

—Una tarde, en la plaza, se arrancaron la camisa y los pelos. Se creyó que Carlos derrotó a Luis, pero en realidad Luis le ganó a Carlos.

—La gente decía que mi madre era una belleza. Si la veías de cerca, como la veía yo, qué malentendido: tenía los ojos descoloridos, los dientes de peineta y la sonrisa chueca. No obstante, tuvo un chorizo de enamorados. Quizás, por su gran cuerpo.

—¿Te has fijado, Andrés? En ese calendario los meses no tienen lunes. De los domingos pasamos a los martes. Y hay doble sábado.

—Qué novedad, Zenobia.

—Adiós a Heliópolis —profirió Tomás cuando un fuerte estallido hizo vibrar los vidrios.

## 30. La mariposa reina

Un fuerte estallido sacudió su casa. Tomás, acostado en la cama, con una almohada sobre la cabeza, escuchó otra explosión que hizo vibrar los vidrios. Sentado en la cama, oyó el triquitraque, semejante al de una sierra demoníaca, rajar la oscuridad. El ruido sacudía a su ser como una pequeña muerte. En su dormir deshecho, entre las astillas de los árboles volaban las mariposas espantadas. Sonó el teléfono.

—Padrino, los rapamontes están dinamitando el cerro. La compañía maderera tiene prisa por explotar los santuarios, pues hay grupos ambientalistas que están pidiendo al gobierno que se declare una moratoria a la tala. Hagamos algo.

—¿La joven guerrera quiere lanzarse contra la Compañía Maderera de la Sierra Madre?

—¿Qué cree, padrino?, ¿nos aventamos?

—No digas más, Teresa, en quince minutos nos vemos en la plaza.

Tomás bebió un café frío y se fue a encontrarla. Al verlo venir, ella corrió hacia él y lo besó en la mejilla. La gente los miró como si él fuera su padre y estuvieran cometiendo incesto. "Para el hombre que se case con ella Teresa será un lujo, en la calle y en la oficina", había dicho Zenobia. "El exceso de amor en un hombre de edad es más peligroso que el exceso de vino y comida", le había advertido Andrés. "¿Cuánto tiempo durará el espejismo de tenerla a mi lado?", se preguntaba él, mientras pasaban por una calle llena de casas a medio construir, con las varillas salidas como puntas de lanza o pararrayos.

El cerro gritaba su desgracia. El paso de los camiones indicaba que la temporada de deforestación se había iniciado. El traquetear de las motosierras cortando la cintura de los árboles sacudía el espacio. Los grandes oyameles al derrumbarse arrastraban con su follaje árboles pequeños. Los claros abundaban.

—Siempre estos caminos sin árboles y estos paisajes desolados, por qué no cambiamos la secuencia de las cosas, por qué no le ponemos un dique a la tristeza —Tomás iba subiendo por el cerro con los puños en los bolsillos y los ojos aguzados como un sastre que quiere enhebrar la aguja para coser los harapos de la desolación.

—Cuando los rapamontes cortan los árboles, las ramas al caer aplastan a las mariposas —señaló Teresa, mientras trataba de ajustar sus pasos a los de él.

A la entrada de la cañada hallaron huellas de llantas. Era una de las rutas que seguían los camiones que subían de noche con las luces apagadas y bajaban al alba con la madera cortada hacia los aserraderos. Seis peones sudorosos trataban de levantar un oyamel caído transversalmente en el camino. Teresa y Tomás le pasaron encima. Los peones, con las costillas visibles a través de la ropa, los ignoraron.

—¿Tienes agua?

—Una poca —Teresa sacó una botella de un morral.

—Dámela.

—¿Qué hace, padrino? —ella se dio cuenta con horror que Tomás vertía el líquido en el polvo.

—Las mariposas tienen sed.

## TALA ECOLÓGICA

—Así llama el gobierno a la deforestación. Me da pena reconocerlo, Teresa, pero mi demanda al presidente tuvo el efecto contrario —Tomás indicó el letrero burlón en la trompa de un camión estacionado en el claro del bosque. Las gotas de sudor humedecían su camisa, resbalaban por su frente y le cubrían los ojos. La mirada le sabía a sal—. Aún recuerdo las ramas de los árboles doblándose bajo el peso de las mariposas y los coyotes, los venados cola blanca y los zorros grises correr entre los matorrales. Ahora todos esos animales se han ido, incluso los zopilotes.

—La sombra del nuevo ingeniero forestal apesta. Sé que es un tipo malvado por el mal olor que despide su sombra. Huele a muerte —Teresa se paró entre un vivero, protegido por una alambrada, y la plantación de árboles jóvenes.

—Esta gente mide la vida de un árbol en metros cúbicos y en tablas y astillas. El bosque para ellos es sólo madera, una res muerta.

—A un lado, huevones —pasó entre ellos un hombre con una calva manchada de rojo, como si le hubiesen cocido un filete en la cabeza. Con ambas manos empujaba hacia abajo los árboles cortados—. Ni pregunten si hay plazas, porque no las hay, así que lárguense.

—Allá donde van las sombras de los árboles allá vamos todos —un capataz descolorido, vestido de negro, con lentes ahumados y una pistola vieja debajo del cinturón, numeraba los troncos. Exangüe, cadavérico, esgrimía una cuchilla circular.

Una detonación se escuchó a lo lejos. Salió humo de una cueva. Luego, bajo los rayos hirientes del Sol, todo se quedó silencioso.

—Si no ayudan, no estorben —un talador con un pañuelo rojo alrededor del cuello y una chaqueta con un solo botón, empezó a cercenar un morillo marcado con anterioridad.

—Avancen, avancen, sean lindos, cooperen con la Compañía Sierra Madre —el ingeniero forestal, quien examinaba los árboles y daba instrucciones para cortarlos, se dirigió a Tomás y Teresa con buenas maneras verbales—. Por favor, háganme el favor de no pararse allí. Por favor, amigos, quítense de ese sendero. Les ruego que faciliten nuestro trabajo. Sean amables, muévanse hacia la orilla del camino.

—El bosque es un matadero en acción, con martillos de hender, descortezadoras de troncos, calibradores, machetes, hachas, máquinas de mondar, tractores para arrastrar troncos y camiones de redilas —dijo Tomás, mientras vigilantes armados con carabinas, rifles de repetición, cuernos de chivo, escopetas de tres cañones y hasta con puñales de monte y cuchillos de caza de doble filo, escudriñaban los alrededores.

—¿Se les ofrece algo, amigos? Sírvanse hacerse a un lado. Qué amables son. No hay trabajo, pero si tienen la cortesía de inscribir sus nombres en la lista aquella que cuelga del árbol los tomaré en cuenta. Lo siento mucho, pero no se permite la entrada a personas ajenas a la empresa —amable, pero violento, el ingeniero forestal les impidió el paso.

—Mire, padrino, les están echando encima los camiones a las mariposas, las están aplastando.

—Chócala, profesor —para su sorpresa, el ingeniero extendió la mano a Tomás. Irreflexivamente Tomás se la cogió. El indeseable saludo pareció interminable a sus ojos aunque duró segundos—. Ahora tenga la bondad de llevárselas a todas, una por una, a Marte, si desea, pero aquí estamos muy ocupados y no tenemos tiempo para atender quejas. La compañía no se opone a la conservación, pero déjenos terminar nuestra tarea. Para serle franco, ya no joda. Esta petición incluye a su acompañante.

—Para mí los árboles son billete —un hombre forzudo los desafió, abultando el pecho perlado de sudor les mostró el brazo tatuado con un corazón humano. Una cabellera enmarañada le tapaba los ojos burlones.

—Si no se largan de aquí el judicial y yo les prenderemos fuego —el talador con el pañuelo rojo agitó un encendedor delante de la cara de Teresa—. De que se mueran mis hijos a que se mueran las mariposas, que se mueran las mariposas.

—Apártate, Palurdo, esta chamba no es para niños —el hombre forzudo le mostró a Tomás los puños terrosos.

—Desde hace tiempo nadie me llamaba así.

—Con que aquí andas, cabrón.

—El Jaguar.

—¿Te acuerdas del papel de estaño? Eran mis colmillos, Palurdo. Te tumbaré los tuyos para que veas lo que se siente —a la boca aguada del ex luchador le faltaban dos dientes.

En ese mismo momento, Tomás descubrió en una rama caída a una mariposa que relumbraba como una joya viva. Sus alas translúcidas estaban abriéndose. Aprendía a volar.

—Es la mariposa reina. Nunca antes nadie la había visto —susurró Tomás a Teresa—. Es más valiosa que una esmeralda.

—La matarán.

—O la capturarán.

—Mira, cuate, lo que está allí —El Jaguar la señaló al talador del pañuelo rojo.

Cuando la vieron expuesta, las otras mariposas trataron de ocultarla y protegerla, como si entre todas conformaran un solo organismo.

—Es nuestra, que no se escape —el talador del pañuelo rojo abrió las manos para atraparla.

—Es mía —El Jaguar cogió un hacha para partir en dos a la mariposa que palpitaba en la rama como un corazón.

—A un lado, imbécil —Tomás empujó al ex luchador.

—Pendejo —al asestar el ex luchador fuerte hachazo el dedo índice del talador del pañuelo rojo saltó por los aires.

La joven reina voló hacia un arbusto, del arbusto a un oyamel y del oyamel a la punta del cerro, hacia La Puerta.

—Me las pagarás, Palurdo, acuérdate de El Jaguar.

## 31. Andrés hambriento

Esa noche Tomás soñó que Andrés crecía desmesuradamente y rondaba el bosque con cara famélica, pechos de mujer, ojos rojos y brazos articulados de muñeca, sujetándose con manos encendidas unos ojos de hule que a cada paso parecían saltarle de las órbitas.

"¿Cómo estás?", le preguntó Tomás.

"A toda madre", su colmillo de oro destelló bajo el sol.

"¿Fuiste al dentista?"

"Cambié de dentadura, ¿no ves?", al abrir la boca, Tomás notó que la tenía llena de alas y abdómenes medio masticados.

"Hay gallina en casa, te invito a comer."

"No me interesa", la mitad de la cara de Andrés se torció en una mueca, mientras la otra mitad se quedó seria.

"Y sopa de hongos."

"Tampoco me apetecen", Andrés se aplicó un aceite propulsor en los tobillos y saltó hacia delante.

"De lo que te pierdes."

"En esta región, el exotismo mayor de nuestra comida es la mariposa monarca. La comemos en tacos con salsa borracha", Andrés agitó en la mano un *Libro de Gastronomía* con recetas para comerse a la naturaleza.

"Acuérdate de la leyenda indígena que dice que las mariposas son las almas de los difuntos que regresan al mundo en forma de mariposas, entonces te estarías comiendo en un taco el alma de tus parientes."

"No me importa comerme a mi abuela ni a mi madre, quiero mariposas, me muero de hambre —cloqueando como gallina, Andrés cogió de unas ramas un puñado de monarcas y se lo llevó a la boca.

"No seas canijo, no te las comas todas, vas a dejar los árboles pelones y el cementerio sin difuntos."

"Mariposas, quiero mariposas", entre más comía y limpiaba troncos y arbustos, Andrés parecía estar más hambriento, más desencajado, más desorbitado. Nunca en su vida Tomás lo había visto tan fuerte y ágil como esa vez, sus pies al andar no hacían ruido y tenía el poder de saltar y alcanzar las ramas altas.

"Te daré natas de leche hervida, chuletas de puerco, costillas de cordero, una cabeza de res y todo lo que quieras, si dejas en paz a las mariposas."

"Aunque me des natas de oro, no he de dejar una viva."

"Por favor, Andrés, contrólate."

"No me llames Andrés, mi verdadero nombre es Federico Comemariposas. Voy camino de La Puerta y sólo me detendré aquí para chupar unos cuantos abdómenes y beber unas alas."

"No digas disparates, vuelve en ti. Te apesta la boca por tantos insectos que has comido."

"Será por los canarios de Zenobia que me comí, estaban duros y rancios, por eso quiero mariposas, mariposas… Y ese puerco, ¿cómo se llama? Petronilo, me lo comeré vivo", Andrés, habiendo limpiado de monarcas las ramas, se echó a correr detrás del cerdo. Pero con nada más ver su expresión, Petronilo huyó por los maizales. "No sé por qué corre, si todavía no lo digiero."

Con manos enormes, Andrés se plantó delante de Tomás. Su piel tenía una coloración extraña, su papada era un buche rojo, su nariz estaba amarillenta. Resoplaba por dos agujeritos negros. Tomás sacó un espejo y se lo puso enfrente.

"Mírate en que te has convertido: en guajolote."

Por un momento, Andrés se escrutó a sí mismo con ojos dementes y sonrisa perversa, y una expresión desencajada que denunciaba los confines del hambre. En alguna parte del bosque se escuchó un gorjeó. Tomás se distrajo tratando de identificar el ave que lo había emitido. Cosa que aprovechó Andrés para tirar el espejo al suelo, en cuyos pedazos rotos danzaron brevemente las facciones de Tomás.

"Te veo forma de mariposa."

"¿No me reconoces? Soy tu compadre."

"Más cerca están mis dientes que mis parientes. Sin pesar, podría verte en un plato."

"Qué mañana tan agradable para dar un paseo, ¿no crees? Tranquilo, tranquilo", Tomás fue retrocediendo sin atreverse a darle la espalda. En el momento oportuno voló hacia un pino cercano.

"Serás mía", Andrés se transformó en calandria. Con el pico abierto voló hacia Tomás con la intención de picotearlo.

Rápidamente Tomás se llevó la mano al corazón y trató de esconder su cuerpo entre las mariposas emperchadas. Pero como todas volaron, lo dejaron expuesto a sus ojos famélicos.

Sintiéndose perdido, despertó aleteando los brazos.

Para sacarse el sueño de la cabeza, se lavó la cara con agua helada. Su rostro se quebró en los azules del frío. Luego salió a la calle. Pasó Andrés.

"¿Qué comiste anoche, compadre?", le preguntó.

"Nada."

"¿Cómo que nada?"

"Bueno, te diré, como me acosté sin cenar tuve tanta hambre que soñé que me comía todas las mariposas del bosque."

"¿No trataste de comerme a mí?"

"No, compadre, qué crees, tuviste una pesadilla. En cambio, yo tuve un sueño lindo."

## 32. La entrada del Inframundo

—Encontraron una máscara de oro que pertenecía a un culto solar —Andrés acomodaba su batallón de soldados de plomo en la vitrina.

—¿Dónde? —Tomás atravesó la sala—. Ya deja de jugar y dime.

—Lo supe por mi primo Víctor Hugo, el seudoarqueólogo. Desde hace tiempo no sabía de él, pero surgió de la nada para darme las nuevas. Quiere venderme la máscara. Se la robó de la tumba. Los policías judiciales andan pisándole los talones. Me habló el sábado.

—Hoy es miércoles.

—Puede tratarse de un hallazgo de enorme importancia.

—¿Podría hablar con tu primo?

—Anda prófugo y no tiene dirección fija, tampoco teléfono. Suele esconderse en San Cristóbal, un pueblo tan lleno de piojos humanos como un sarape viejo.

—Responde a mis preguntas.

—¿Tan serio es el asunto como para abandonar la batalla entre los xolos mexicanos y los mastines españoles? Los perros están listos para la batalla del siglo. La pelea histórica será a muerte, pellejo contra pellejo.

—¿Mencionó la entrada del Inframundo?

—¿No te animas a jugar? Aburre hacer la guerra solo.

—Cuando se trata de arqueología solar no hay tiempo que perder. Háblame de San Cristóbal.

—Está camino de Teotihuacan, a unas tres horas a pie de aquí.

—Partiré mañana.

—Mira, un mastín español se comió a un xolo. El perro mudo, suave como el muslo de una mujer, no se quejó.

—Si comió sombras, escupirá cenizas.

—La sequía empeora, el calor está en su apogeo, cuidado con una insolación.

—Llevaré sombrero y agua. Necesito localizar a tu primo.

—Te daré instrucciones. Grábatelas bien. Al llegar a San Cristóbal, yendo por la calle principal, pasas por una iglesia de adobe. Allí, por donde no hay viviendas ni nada, al toparte con una bugambilia morada, das vuelta a la derecha. Delante de unas ruinas, está la casa de mi primo.

Al despuntar el Sol, Tomás se dirigió a San Cristóbal. La ruta tomada por él pasaba entre dos cerros. Atravesaba un llano. Se hundía en un barranco. Desembocaba a una colina. Entre dos ejidos, separados por una barranca, surgió un potrero. Un caballo flaco pastaba tierra. Una casa de adobe servía de cocina, recámara y baño. La rodeaban desagües, criaderos de moscas y mosquitos. Un árbol sediento sobrevivía junto a un basurero. Una mujer preñada, seguramente compañera del cuidador, estaba en el corral vaciando un recipiente. Al oír a Tomás salieron tres perros flacos ladrando. Un sol blanco quemaba. No había huellas de agua.

San Cristóbal estaba más retirado de lo que había pensado y después de horas de andar aún no veía señales de su existencia. En una región donde las distancias no estaban indicadas en las carreteras se dependía del cálculo del individuo, siempre subjetivo, y de la velocidad con que se avanzaba. Además, las circunstancias no eran propicias para atravesar la sierra, el bochorno ubicuo hería los ojos y las cuestas eran accidentadas.

Finalmente, a eso de las dos de la tarde, en la punta de un cerro pedregoso él vislumbró un pueblo. Entró por la calle principal. Avistó la torre de la iglesia de adobe, bastante pequeña. Una imagen de la diosa de la Lluvia dominaba su altar. El curato era pura fachada. En el atrio, una cruz de piedra, con la forma de un hombre con los brazos extendidos, representaba al Padre Sol, el Hombre Perfecto. Hormigas negras iban y venían por las losetas. Una lagartija de escamas verdosas se asoleaba en una piedra. Sobre el caserío planeaba un zopilote, había localizado carroña. El puente en reparación se había quedado en eso, en reparación. Las casas no tenían puertas ni ventanas, eran sólo paredones de adobe. "Por lo visto, la localidad sufrió un colapso económico, los hombres se fueron al país del Norte, las mujeres a trabajar a las maquiladoras de la frontera. Aquí no hay de qué vivir. No hay agua, no hay nada, sólo ortigas peludas, sólo un delirio cachondo."

Tomás anduvo con la celeridad que sus piernas le permitieron. Tenía ganas de llegar y de irse. Las dos cosas al mismo tiempo. A su paso los órganos tocaban la Sonata del Verde, los helechos crecían más altos que los cactos. Desoyendo las instrucciones de Andrés, se fue por un callejón, que lo llevó a un cementerio de carros. Eran unas instalaciones abandonadas de la Volkswagen. Sobre una barda, una bugambilia se abrazaba a un níspero. Arriba de un coche sin llantas deliraban geranios rojos. Junto a la Volkswagen todavía estaban los restos de una escuela. Por una ventana sin vidrios podía observarse un blancor sucio llamado cielo. Sacos de harina vacíos, barriles de avena sin cinchos, botes de manteca agujerados y un molino de café, eran los recuerdos de una tienda de abarrotes. Sonaron ruedas de madera. Una carreta sin carretero pasó cargada de remolachas.

"Parece que todos se fueron de aquí, incluso el primo Víctor Hugo. En los umbrales de las casas sólo hay fantasmas sentados esperando el regreso de otros fantasmas. De otra manera no se explicaría tanta tristeza. No sé por qué no me advirtió Andrés sobre lo que encontraría en San Cristóbal", se dijo Tomás.

Por el agujero de una pared lo observó un perro negro. Incapaz de gruñir, le mostró los dientes. La cola enhiesta. Le llamó la atención una figura de cabellos blancos. Envuelto en una capa roja de plástico, llevaba un costal en las manos. Sus ropas estaban parchadas. ¿Era Víctor Hugo, el saqueador de ruinas arqueológicas más buscado del país o una mujer loca? Dudó de lo que sus ojos vieron. Era nadie, una alucinación. El perro negro se acercó a su pierna. Levantó la pata. Le orinó los zapatos. Tomás se alejó de él. Podría estar rabioso. Recogió una tabla con un clavo y lo amenazó. El perro se fue.

La otra iglesia, más importante que la anterior, era una ruina contemporánea, un monumento a una congregación desierta. Su techo estaba infestado por murciélagos. Su interior, quemado. En la torre, el gallo de la veleta carecía de cresta. Su altar era una mesa en forma de corazón humano. En el altar del Sagrado Corazón de Jesús se adoraba a la Santa Muerte. El bulto esquelético, con atuendos y penacho de un dios mexica, tenía como ojos incrustaciones de jade. Como una sacerdotisa sacrificadora, en la mano zurda mostraba una guadaña abollada. En el piso ardían veladoras rojas. También había ofrendas: tortillas secas, dientes de coyote, cabezas de pollo, botellas de tequila, un revólver, un puñal y un dólar. Debajo de las gradas apareció un letrero escrito con letras toscas:

ENTRADA DEL INFRAMUNDO.
MANTÉNGASE A DISTANCIA.
ASÓMESE AL ABISMO A SU PROPIO RIESGO.

Los cacareos de un gallo resonaron en la nave. Tal vez los dioses de la muerte lo oyeron, porque cuando Tomás fue a verlo había dejado de existir.

Del otro lado de la iglesia estaban las ruinas, la casa que buscaba. Colgada de la puerta había una placa con el nombre de Víctor Hugo. Tomás se introdujo por un boquete en la pared, pues la puerta estaba bloqueada con piedras. Parado sobre un tablón podrido, con cuidado para no astillarse, exploró el interior. Halló macetas quebradas, puntas de flechas, una calavera de la Santa Muerte, una planta trepadora atravesando el tejado, unas vigas carcomidas, una puerta cegada con tabiques y palos, un puerco hurgando en la basura. En el corral se pudría una gallina sin cabeza y con las patas atadas. Por un viejo

caño se oía correr el agua, aunque no corría nada. Tomás leyó
en el piso:

> Señor Jaguar, dios de la noche,
> animal de silencios, voz del monte,
> sustentador de mundos, devorador de soles,
> escúchame, soy yo, el jaguar humano,
> todos me persiguen, me matan, ayúdame.

En eso, vio a un hombre de cabellos blancos en ropas de mujer y la espalda cubierta con una capa roja de plástico. Supuestamente la llevaba para defenderse de la lluvia, pero no llovía.
Inclinada sobre un brasero, con manos granulosas arrojaba a
una cazuela hirviente puñados de obsidiana molida, polvo blanco, hojas blancas engomadas con resina, heces de murciélago,
chiles secos, matas de cabello, trozos de uñas y retazos de ropa.
El humo del copal oscurecía la luz. Tomás vio recargados en
una pared una escopeta de dos cañones y un machete.

—El hombre tecolote cuando aborrece a alguno, cuando desea su muerte, se sangra sobre él. El come-corazones, el
come-pantorrillas cuando aborrece a alguno, se sangra sobre
él.

—¿Está Víctor Hugo?

—¿Cuál Víctor Hugo? —el hombre lo miró con ojos amarillentos como huevos podridos.

—El primo de Andrés.

—No lo conozco. ¿Cómo llegaste hasta aquí sin tocar a
la puerta?

Tomás señaló con la mano el boquete en la pared.

—¿Quién eres?

—Las preguntas las hago yo.

—Te pregunté quién eres.

—La sombra de la muerte.

—¿Qué preparabas en esa cazuela?

—Cocino la flor de las tinieblas.

—¿Un hechizo?

—Necesito algo tuyo, un pedazo de piel, un jirón de camisa. Si pongo esas cosas junto a tu cama la oscuridad de la cueva entrará en tu alma.

Tomás lo reconoció.

—El Jaguar.

—Tu imprudencia le costó un dedo a mi compañero.

—Tú le diste el hachazo.

—Por ese dedo que corté perdí mi empleo en la maderera —al alzar el cuchillo de obsidiana, Tomás notó que tenía costuras en el cuello y un tatuaje de corazón en el brazo.

—Estás borracho de odio.

—Me echaron del trabajo. Por imprudencia laboral, dijeron.

—¿Por eso quieres matarme?

—Por eso me acuerdo de ti.

—¿Aquí has hecho tu escondite?

—Recorro los refugios de la secta. Acostado boca arriba, en las noches, miro tus ojos y quiero sacártelos.

—Baja el arma —Tomás lo hizo a un lado y salió de la casa.

—¿Te acuerdas de mis dientes, Palurdo? No me los arrancaste con la máscara, sólo me los dejaste flojos y un día me los comí en un taco de carnitas —le gritó El Jaguar a través del boquete.

—No fue intencional.

—Has visto la entrada del Inframundo, ya no vivirás tranquilo. A partir de ahora seré la huella de tus pasos. Nos veremos la cara en los altares de Nuestra Señora del Corazón Sagrado. A mi diosa le gusta la carne humana y anda siempre hambrienta.

Mientras se alejaba, Tomás volvió la cabeza para vigilar sus movimientos. No fuera a atacarlo por la espalda. A cierta distancia lo vio fuera de la casa, parado en el camino, vestido de mujer y con la cabeza cubierta por la capa roja. Le hacía señas obscenas con la mano y le mostraba la boca sin dientes. La Luna había salido.

## 33. Tentación de Teresa

Un resplandor sanguinolento refulgía en las ventanas. Los pedazos de vidrio de la barda reverberaban un color de alba espectral. De hecho, todas las casas participaban en ese concierto de luces y sombras. El mismo cuerpo de Tomás parecía fantasmagórico en la calle. A sabiendas de que Andrés y Zenobia estaban fuera, se dirigió a su domicilio. Teresa, que estaba hablando por teléfono, salió a abrirle y fugitivamente le dio un beso cerca de los labios.

En la sala Tomás se sentó en el sillón color oro viejo que Zenobia había colocado allí para romper la monotonía de los espejos. La gata estaba ovillada en un cojín, durmiendo. En un perchero colgaba un saco de Andrés. "Sin dinero en los bolsillos", pensó Tomás.

Mientras Teresa disparaba palabras ("Magnífico", "Seguro", "Sin falta", "Allá te veo", "¿De veras?", "No me hagas reír", "Estupendo") él se dedicó a explorarla. Sabiéndose observada se dejó observar. Consciente que le quitaba el aliento al padrino con su nueva indumentaria: minifalda negra, botas negras, camisa negra con diseño futurista, cinturones anchos, collares, pulseras, anillos y gafas de sol.

—Me asfixio en este pueblo. Reprimo mis emociones, sueño que hago y no hago, quiero ser y no soy —Teresa paró los pechos, mostró los muslos y sacó el trasero.

—¿Con quién hablas? —Tomás, un poco celoso al oírla hablar con tanta franqueza, observó sus piernas descruzadas.

—Con Odón.

—¿Cuál Odón?

—García, el maestro suplente de segundo año. Estuvo con nosotros en la marcha contra los taladores.

Tomás guardó silencio.

—Bueno, nos vemos a la entrada del cine —Teresa se despidió.

—¿Vas a ir al cine?

—Mejor con él que sola. El otro domingo se sentó a mi lado un molestador de menores. Puso un impermeable sobre su pierna y cuando se apagó la luz comenzó a tocarme. Me cambié de lugar, pero me siguió. Era mi tío. Lo soñé la otra noche. Con tu cara. Había entrado al baño de damas con una peluca de mujer para verme orinar.

—¿Lo soñaste con mi cara, Teresa?

—Cumplí años el quince de abril.

—Felicidades. ¿Se puede saber cuántos?

—Menos de dieciocho, más de dieciséis —al alzar el cuerpo para besarlo en la mejilla, ella oprimió su brazo con un seno.

—No me invitaste a la fiesta.

—No hubo fiesta.

—Si me hubieras dicho, te la hubiera organizado.

—A usted no le gustan las fiestas.

—¿Cómo sabes?

—No más con verlo.

—¿Cómo van las clases?

—No mal.

—Ven a visitarme una tarde, tengo fotografías y discos viejos. También tengo una maleta de Margarita llena de ropa fina, sin usar. Me gustaría regalártela.

—¿Contiene ropa íntima?

—Algunos calzones y sostenes.

—¿Grandes o de mi tamaño?

—Creo que de tu tamaño.

—¿Me cabrán?

—Tal vez.

—¿Aún es fiel al fantasma?

—¿A la difunta?

—¿Ha pensado alguna vez en rehacer su vida?

—Esas gafas, no te quedan bien.

—Estábamos hablando de la difunta.

—¿Te sientes segura si ves sin que te vean?

—Me siento protegida por ese antifaz de plástico. Padrino, no sé qué me pasa cuando estoy con usted, pero me siento distinta.

—Yo también me siento distinto cuando estoy contigo.

—Creo que aunque pretende no verme me está mirando.

—Quisiera ser irresponsable.

—¿Y cogerme en sus brazos?

—La otra vez mi perro se puso a olfatear tu vestido.

—¿Qué olía? ¿Mi feminidad?

—Dicen que cada perro se parece a su amo, pero el amo de Pancho es la calle. A los sueños desatados no los controla la razón, sino el deseo callejero.

—¿Podríamos decir, padrino, que los sueños son de los que los poseen? ¿O de aquellos que los cogen en sus brazos?

Se hizo un silencio. Tomás volteó hacia otra parte para no enfrentarse a su mirada. En el interior de la casa se oyó hervir el agua.

—Ahora vengo —Teresa desapareció unos minutos, que a Tomás le parecieron interminables. La gata arqueó la espalda y vino a restregarse contra su pantalón.

—Padrino, la otra vez lo sorprendí comiéndose con los ojos a Jessica, mi compañera de clases, ¿la miraba así porque su cuerpo se caía de maduro como un fruto del árbol? —Teresa se había puesto zapatos de tacón alto y se había pintado los labios y los ojos.

—Es atractiva.

—¿Más que yo?

—Tú, más.

—Cuando termine la escuela, me gustaría trabajar con usted.

—¿Haciendo?

—Puedo ser su asistente, ayudarlo en sus actividades. Si quisiera podría hallarme ocupación —Teresa se sentó delante de él. Consciente del deseo que despertaba en él, abrió las piernas con una expresión entre complaciente y cómplice.

—Decía un poeta que la juventud se pega por contagio, es cierto

Tomás trató de verle y no verle las piernas, los calzones blancos. Sentía el impulso de arrojarse sobre ella, de besarla y estrujarla.

—¿Le apetece algo?

Tomás balbuceó algo ininteligible, semejante al gruñido de un animal herido.

—Para la sed, padrino —ella dio un trago a su refresco.

—¿Adónde fueron tus padres?

—A El Oro, a buscar al primo Víctor Hugo, porque parece que se desvaneció en el aire. La cabaña donde vivía se quemó hasta los cimientos. O se la quemaron. Piezas arqueológicas, soles de piedra, cráneos atravesados por cuchillos, cuadernos, radios, sellos oficiales, todo desapareció. Nada quedó, excepto unos pantalones achicharrados. Y una credencial de elector con su retrato a nombre de Alejandro Dumas. Otra más a nombre de Miguel Zevaco con su retrato con barba postiza se encontró tirada en una taza de excusado.

—¿Sabes a qué hora volverán? —Tomás se mostró preocupado.

—Qué calor hace —Teresa se desabotonó la blusa, le dejó entrever los pechos—. Tarde.

Sonó el teléfono. Teresa corrió a contestar. Cuando llegó a la mesa habían colgado. Regresó a sentarse.

—¿Recuerda aquella tarde, padrino, cuando era niña y Margarita me metió desnuda en la bañera? Ella también se había desnudado y jugamos a hacernos cosquillas. Cuando usted descorrió la cortina, se puso rojo, muy apenado.

—Hará de eso cinco años.

—Enjabonadas nos divertíamos mucho.

—Las dos salieron de la bañera, encueradas. Se pararon delante del espejo, se examinaron el cuerpo. Tú tenías los pechos incipientes y las piernas flacas.

—¿Todavía piensas en eso, padrino?

—Margarita corrió la cortina.

—Y tú me seguiste mirando por el espejo —Teresa comenzó a tutearlo—. ¿Ha cambiado mi cuerpo desde aquella vez en la bañera?

—Bastante.

—¿Por qué no me dices lo que piensas, Tomás?

—Tu franqueza me desconcierta —él pensó: "¿Por qué no la abrazas y la besas?" Dijo: —¿Qué dijiste?

—Que tengo años esperando a que me digas lo que sientes cuando estás conmigo.

—Si te lo dijera, nuestra relación cambiaría.

—¿No quieres que cambie?

—Me voy, Teresa, otro día hablamos.

—¿Por qué tanta prisa?

—No sé, tengo que irme.

Parada a la puerta, ella lo vio partir cabizbajo, la mirada hacia dentro.

## 34. Las dos amigas

La melancolía del crepúsculo siempre se le metía dentro desde que era niño, cuando el Sol descendía entre los cerros como un rostro ebrio de luz sanguinolenta. La lluvia de la víspera se había convertido en lodo. El alumbrado encendido automáticamente parecía totalmente inútil sobre las hojas otoñales y las bugambilias moradas. Charcos tardíos reflejaban el rostro de Teresa. O al menos así lo creía Tomás, a quien impulsaba el deseo de escribirle una carta para contarle las cosas que no podía decirle de frente: "Te amo, pero nuestro amor no es posible por la diferencia de edades y por la amistad que mantengo con tus padres. Nuestra relación sería un incesto." Aunque hacía calor, él experimentaba una sensación de frío; aunque había gente en la plaza, él tenía la sensación de que no había nadie. Hasta que apareció Teresa.

—¿Adónde va, padrino? —ella estaba con Jessica Jiménez afuera de la heladería La Flor de Michoacán, un establecimiento frecuentado por adolescentes a espaldas del mercado y a un tiro de piedra de la presidencia municipal, el punto exacto donde convergían las arterias Avenida Melchor Ocampo y Calle Rayón. Según lo recordaba Tomás, los taburetes delante de la barra no eran muy altos, un tubo de luz neón estaba arriba del espejo que reflejaba a otro espejo en la pared de enfrente, las mesas y las sillas estaban pintadas de blanco. Las especialidades de la heladería eran la nieve de limón, las limonadas y los sorbetes de frutas. Teresa y Jessica tocaban en el aparato tragamonedas una canción de moda. En época de vacaciones, ellas venían diariamente a la plaza para ver y dejarse ver.

—Voy a jugar una partida de ajedrez con Patiño.

—Ah, mi papá también juega ajedrez —Jessica buscó en su bolso una cajetilla de cigarrillos. Sacó uno, lo encendió y redondeando la boca arrojó humo por los poros de la nariz. Tomás por primera vez notaba que su ex alumna se había convertido en una mujer esbelta de caderas anchas y muslos largos. Tenía barros debajo de la boca. Un suéter color rojo apretaba sus senos bonitos.

—¿Qué hacen? —Tomás sonrió a los ojos castaños.

—Nada.

—¿Nada?

—Iremos a una fiesta, ¿quiere venir? —la muchacha se recargó en la pared y lo miró con interés.

—No puedo, tengo esa cita.

—Antes de que te vayas, tómame una foto. Sola —Teresa le puso en las manos una cámara desechable. Rápidamente se aplicó lápiz labial rojo y sacó los senos.

—Párate junto a la puerta —Tomás enfocó su imagen. Por el visor vio su cara entregada y ganosa. Los redondos pechos se le caían de maduros. Sus labios se entreabrían queriendo decirle algo. Llevaba la sonrisa en los ojos. Le extendía la mano derecha. Él contuvo el aliento, escuchó latir su propio corazón—. Di, queso.

—Ahora retrátanos juntas.

—Jessica es una chamaca.

Las dos amigas se cogieron del brazo.

—No es tan joven como parece, tiene dieciocho años —dijo Teresa.

—Parece de catorce.

—Ahora, tómame a mí una sola.

—Ya.

—Con Jessica de nuevo.

—Enseguida.

—Tú, Jessica, tómanos una foto a los dos —Teresa fue a pararse a su lado. Oprimió la cadera, un pecho contra su brazo—. Otra más. Y otra más.

—¿Cómo van tus lecturas?

—Ya acabé *El cuaderno del Sol*, el libro que me prestaste.

—¿Te gustó?

—Algo. Lo que me pareció más interesante fue cuando el hombre-Sol iba en tren con la chica más linda de Ciudad Amiga y le quiere decir algo, pero en vez de declarársele se enrojece y se enrojece, hasta que entran en un túnel y todo se pone oscuro.

—Yo soñé eso. Cuando me desperté, estaba solo en el lecho. La chica más linda de Ciudad Amiga me recuerda a cierta persona que estoy viendo.

—¿A Jessica?

—A ti.

—Espero que las fotos salgan bien

—¿Quieres que te llevemos a alguna parte? Jessica trae el coche de su papá.

—Prefiero caminar.

—¿Para escapar de mí?

—Para encontrarte en mi imaginación.

—Siempre se sale por la tangente. Como se dice del amor, no me gusta por lo que eres, sino por lo que yo soy cuando estoy contigo.

Tomás no contestó. Ella lo siguió con la vista hasta que atravesó la plaza. Sobre la espalda parecía llevar una capa morada, pero no llevaba nada.

## 35. Perdidos en la noche

Cuando Tomás regresó a casa, después de jugar al ajedrez con Patiño hasta la medianoche, notó que junto a la puerta lo aguardaba Toño. Seguramente había dormido en el suelo con la ropa puesta porque tenía pajas en la camisa.

—Maestro, lo estaba esperando. Se trata de Pancho.

—Pancho está en la casa.

—No, se lo robaron.

Tomás abrió la puerta para buscar al perro. Lo buscó de cuarto en cuarto sin hallarlo. Salió a la calle de nuevo.

—Durante su ausencia se lo llevó una mujer de cabellos blancos en un costal.

—¿Podrías describírmela?

—Llevaba una capa roja de plástico. Caminando en círculo, murmuraba: "Perro amarillo sucio, perro amarillo sucio."

—¿Por qué no la detuviste?

—¿Cómo? Se fue deprisa, iba armada. Tamaño machete llevaba debajo de las ropas. Con parches aquí, parches allá, parches en las rodillas, parches en los codos, y debajo de los parches filos.

—Te daré una recompensa si me ayudas a buscarlo —Tomás le metió un billete en el bolsillo de una camisa tan delgada que parecía hecha de papel.

—Mejor deme buenas calificaciones cuando vuelva a ser maestro.

—Si no fuera por gente como tú, ya me hubiera ido del pueblo.

—En lugar de pensar en irse, piense en pagar los volantes anunciando la pérdida de Pancho.

—¿Adónde podremos hacerlos a estas horas?

—En la papelería de mi prima.

—Déjame buscar una foto del can.

—Quisiera fumar, ¿me permite?

—¿No que habías dejado el cigarro?

—Desde hace una semana lo intento. Pero no sé si pueda, todo el tiempo imagino un cigarrillo humeando entre mis dedos.

—Hueles a tabaco a diez metros de distancia. Tus ropas apestan a tabaco. Te acercas a la gente humeando. Es bueno que dejes de fumar.

—Hasta en el excusado fumo. Y cuando tomo una ducha, no se diga. Echo humo entre el agua. En los autobuses, me siento hasta atrás, humeando. Con el respeto debido a su persona, no sé si pueda tener la voluntad de echar los cigarros al agua.

—Ojalá que el respeto nos ayude a encontrar a Pancho.

—¿No que iba a traerme fotos suyas?

—Espérame aquí, ahora vuelvo —Tomás entró a la casa, salió a los cinco minutos—. Vamos a la fotocopiadora.

Camino a la papelería, Toño le dijo:

—En la terminal de autobuses me va mal. El jefe de los despachadores me tiene ojeriza, todo el tiempo me da órdenes estúpidas, como para hostigarme.

—Podría irte peor.

—Entraré por la puerta trasera de la tienda. Mi prima tiene la luz prendida, señal de que está trabajando todavía.

Mientras esperaba en la calle, Tomás vio a un perro callejero cruzar la calle. No era Pancho.

Salió Toño con los volantes.

—Los pegaremos en las paredes y los postes.

SE PERDIÓ UN PERRO QUE RESPONDE AL
NOMBRE DE PANCHO
RECOMPENSARÉ A QUIEN LO DEVUELVA.

—Debiste haber puesto mi nombre y dirección.

—Están al reverso. Aquí dice, Para informes llame al Sr. Tomás Tonatiuh.

—¿No tienes frío?

—¿Por qué lo pregunta?

—Estás tiritando.

—De emoción.

—Por qué.

—Porque dejo de fumar y no tengo miedo de recaer mañana. Nada más míreme los dedos amarillos.

—Andemos, no hay tiempo que perder.

Maestro y alumno enfilaron hacia el campo deportivo, espléndido bajo la noche estrellada.

—Ven, aparécete, patas amarillas —Toño se fue conjurando al perro por el terreno de juego, hasta llegar al círculo central donde los equipos adversarios comienzan los partidos. Se paró delante de la portería. Pateó una piedra como si fuese balón. Regresó—. Ni huella de Pancho.

—Hace años sobre aquella pared se asomaba una cabeza verde. Una enredadera le salía de la boca. Yo tenía miedo de que si me quedaba parado la vegetación se me metiera por debajo de los pantalones e invadiera mi cuerpo.

—Maestro, necesita ir a pelarse, está muy greñudo.

Ambos se dirigieron al mercado, cerrado a esas horas. Por las ranuras de la cortina atisbaron. Una rata corría por las naves. Se fueron a la presidencia. Dos focos alumbraban su corredor. Un preso se aburría en una celda. Con la mano les pidió que fueran a jugar póker con él.

—Ni locos —le gritó Toño.

—Vamos al cementerio.

—Entre dos truenos enterraron a mi madre. De un mes para acá se me aparece de noche. Por eso duermo con la luz prendida y fumo. Ah, allí está el mesón.

—¿Un mesón en esta parte del pueblo? No imagino quién es el dueño.

—Lo atiende Martha, la joven por quien suspiro yo.

—¿No sería ella la que se llevó a Pancho?

—Ni pensarlo.

—Hay rastros de un animal.

—Es su imaginación, maestro, son rasguños de pala.

—¿Oíste ladridos?

—La vista engaña, los sentidos son tontos.

—Se dice que si un perro ladra a un fantasma y cien perros responden el ladrido, el fantasma se hace realidad.

—Allá usted, maestro, pero el fantasma sigue siendo un fantasma.

—¿Un gato? Saltó por allá, a la derecha.

—Saltó hacia la izquierda, maestro, desde que dejó de dar clases no sabe de qué lado tiene las manos. Aquí paramos.

—¿Por qué?

—Porque aquí espanta Delfino.

—¿Cuál Delfino?

—Pues, Delfino.

—Mira, por allá pasaron sus gafas sin rostro… ¿Serán de Delfino? —Tomás señaló hacia un paredón. Toño siguió la dirección de su mano.

—No haga chistes, maestro. Quisiera sugerirle que regresemos, andamos perdidos en la noche —el muchacho se llevó a la boca un cigarrillo que no prendió.

—¿Oíste una tos seca?

—¿Será de Teresa?

—No digas barbaridades. ¿Nos vemos a las nueve de la mañana?

—Está bien, maestro, si eso quiere.

Movidas por el viento las hojas de un árbol proyectaban sobre la banqueta una danza de sombras. Parado a la puerta de su casa, Tomás vio a su ex alumno alejarse por la calle empedrada. En el bolsillo del pantalón empuñaba un cuchillo.

## 36. La flor de los cuatro pétalos

La víspera del equinoccio de primavera, Tomás abordó en la Central Camionera del Norte un autobús con destino a San Juan Teotihuacan. Iba a presenciar ese fenómeno astronómico que las muchedumbres habían convertido en una fiesta de culto solar. Como los hoteles de la región se llenaron de peregrinos solares, Tomás sólo consiguió hospedaje en El Espejo Humeante, un salón de actos cívicos habilitado como dormitorio o como piso compartido. La entrada de grava servía de cochera. En el vestíbulo los mosaicos negros se estaban despegando y los negros pasillos con linóleos grises parecían de funeraria.

—No hay cuartos individuales. Esa es tu bolsa de dormir. Si quieres almohada, enrolla tu chaqueta —la recepcionista lo tuteó enseguida.

—¿A qué horas es el desayuno?

La recepcionista indicó el letrero en la pared:

AYUNO INCLUIDO

El jardín del hotel estaba en obras. En el momento en que Tomás se dirigió a su habitación en común, por la hojarasca venía caminando una niña con tobilleras blancas y una mochila escolar. Pasó junto a él, sin verlo, hablando sola como si entablara un diálogo con alguien invisible.

—Siéntate conmigo un ratito —le dijo un hombre gordo que estaba sentado bebiendo una copa. Pero ella no le hizo caso y se metió por un corredor. De la cocina salió entonces una mujer con una cerveza oscura y un café en una charola y se puso a platicar con él.

Tomás tomó posesión de su camastro en un rincón de ese galerón de techo y muros altos que fue caballeriza.

—¿De dónde eres? —le preguntó una mujer desaliñada y bizca, su vecina de lecho.

—De Bolivia —le dijo Tomás.

—Dicen que el Titicaca es uno de los lagos más altos del mundo.

—En efecto.

—Se dice que los bolivianos no tienen salida al mar.

—En efecto —Tomás le dio la espalda inspeccionando la bolsa de dormir para ver si no había criaturas diminutas en su interior.

—Señor, para ocupar ese camastro tiene que hacerse chiquito y tener cuidado de no darse la vuelta rápido, porque si no se caerá al piso. Observe, los lechos sólo tres patas; la tercera es de tabiques.

—Veo que los muelles de la armadura andan sueltos.

—Sueltísimos. Además, pronto se dará cuenta que por los vidrios de la ventana corren lágrimas sucias.

—¿Dónde estará el servicio para caballeros?

—A la salida del dormitorio, pasando el de damas, hay una taza de WC sin asiento. No hay papel, así que lleve su periódico. Ah, y no se preocupe por el jabón que se está disolviendo en la jabonera, es de un cliente que se fue sin pagar.

Como el baño no tenía puerta sino cortina, que cualquiera podía apartar con la mano, cuando él estaba examinando su rostro en el espejo se dio cuenta que la mujer lo estaba examinando por encima del hombro. A través de la bata exponía crudamente sus pechugas, quizás para excitar al prójimo. En este caso, a él.

—¿Se fijó? El lavabo tiene un platito para los rastrillos usados.

—Tengo rasuradora eléctrica —él salió del baño, desdeñando sus atractivos.

—¿Oyó el concierto de perros? Comienza todos los días a estas horas. Se inicia con un ladrido distante que es relevado por otros ladridos que van acercándose hasta llegar al dormitorio. Los perros duermen afuera.

—Con permiso —Tomás, quien había viajado sin equipaje, al caer la noche salió del hotel con la intención de no volver nunca. Con una lámpara de baterías alumbró el sendero oscuro que llevaba a la puerta número dos de Teotihuacan. Ignoraba que desde la víspera las multitudes habían tomado las cuatro puertas de acceso o se habían apostado a esperar a que se abrieran las taquillas mañana temprano. A lo largo del sendero unos vendedores ofrecían pan, tacos, frutas, refrescos, aguas, sarapes, cinturones rituales, cintas rojas, cuarzos y piedras de obsidiana; otros anunciaban servicios de baños temascales, pláticas sobre el Mensaje del Maguey y sobre Filosofía Mexicana para el Tercer Milenio. O invitaban a experimentar temblores espirituales, sacudimientos místicos y trances en sesiones espiritistas. El año nuevo astrológico llegaría el día 21 a las 00:50. En la puerta los guardias lo detuvieron, pues estaban inspeccionando a los visitantes en busca de armas o de alcohol. Al fondo, como un monstruo fabuloso, surgió la masa pétrea de la pirámide del Sol. La estructura más antigua estaba encerrada en el pecho de la pirámide como un corazón.

Rodeado por turistas esotéricos, Tomás se fue por la Calzada de los Muertos. Subió a la pirámide de la Luna, cuya construcción era más antigua que la del Sol. "En años recientes, fueron halladas en su interior ofrendas con esqueletos de mujeres y hombres enterrados vivos con las manos atadas sobre la espalda. Sacerdotes y arquitectos astrónomos hicieron el trazo de Teotihuacan para que la ciudad estuviese regida por el Sol y orientada hacia las Pléyades. Para conformarlo al plano celeste, desviaron el curso de su río", recordó haber leído.

—Cada templo tiene su guardián, así que si siente que alguien lo acompaña no se asuste, es un espíritu que anda a su lado. Si se le echa sobre la espalda y no lo deja avanzar, vuelva a la entrada —un guía le ofreció sus servicios.

—No, gracias, prefiero andar solo.

—¿Aunque lo espanten?

—Aunque me sacrifiquen.

A la luz de la Luna, la pirámide parecía inmensa. Las escaleras blanqueaban de cultistas y el ascenso sería lento. Además, en la terraza superior había pocos espacios para pasar la noche, desde temprano los peregrinos solares los habían tomado para ser los primeros en vislumbrar la salida del Sol. Entre esos desconocidos, buscaría lugar Tomás. A diferencia de ellos, preparados para pasar la noche a la intemperie, él no había traído cobija ni chaqueta para el frío.

Tomás sabía de la existencia de una cueva en forma de flor de cuatro pétalos situada debajo del centro de la pirámide, pero como para visitarla se necesitaba permiso especial nunca había podido entrar. Para su sorpresa, esa noche la puertecilla al ras del suelo, estaba abierta.

Entró. Descendió unos siete metros por la escalera de metal. Anduvo por un túnel como si accediera al Inframundo. Sintió que se le retiraban los muros de las manos, tocó las paredes y el techo para orientarse en la oscuridad. El túnel zigzagueaba. Por eso lo llamaban "el camino de la serpiente". Al fondo estaba una lucecilla prendida y se agachó para pasar la puerta baja y estrecha. Delante de él, dos oquedades como hojas se abrieron. Había recorrido ciento diez metros de túnel y se encontraba en la cueva en forma de una flor de cuatro pétalos. Sobre esa cueva los antiguos teotihuacanos habían construido la pirámide del Sol, casi exactamente debajo de la punta setenta y tres metros arriba. Cada pétalo correspondía a una dirección del espacio: Este, Oeste, Norte, Sur. El Centro representaba tres niveles: Cielo, Tierra e Inframundo. Sin embargo, con una masa encima de aproximadamente un millón de metros cúbicos de peso, no sintió opresión, miedo ni claustrofobia. Apacible como dentro de un vientre materno cósmico, la humedad le resultó agradable. "Tal vez aquí se encuentra el lugar donde los hombres se convierten en dioses", se dijo. "Tal vez este es el lugar donde los dioses se sacrificaron para crear el Quinto Sol de las cenizas de los cuatro soles anteriores. Si es así, este lugar es muy sagrado."

De pronto se inquietó por estar viendo cosas sólo permitidas a los dioses y a los fantasmas, y emprendió el camino de regreso. Como los constructores originales, que pusieron siete retenes para poner obstáculos a los que se adentrasen en el túnel, con la intención de hacerles creer que sólo llegaba hasta cierto punto y no había un después, Tomás tuvo que agacharse y en posición fetal pasó la séptima puerta, estrecha y baja. Su salida al exterior fue un nacimiento.

## 37. La pirámide del Sol

Al alba se oyeron tambores y flautas. Los muros de los templos, igual que instrumentos musicales, repercutieron los sonidos. Las escaleras tocaron los trinos grabados en sus piedras: *Juíí o juíí u*. El eco gorjeante de los escalones reprodujo el canto del quetzal. El cielo, con la cabeza crestada de grises y el pico amarillo, y la cola cubierta de rojos, cambiaba con la luz de azul dorado a verde esmeralda.

—Delante de la luz cantan las pirámides —se dijo Tomás cuando el Sol apareció sobre la cumbre de los cerros viejos y los peregrinos solares, vestidos de blanco, con bandas rojas sobre la frente, se pusieron de pie con las manos en alto y las palmas abiertas.

—El eco es intencional, ya que los escalones fueron diseñados y construidos para reproducir la voz del ave sagrada maya, el quetzal —balbuceó un hombre a su lado.

—Lo habrá traído de Chichén Itzá a Teotihuacan un sacerdote maya —conjeturó Tomás.

—Soy David Lubman, ingeniero en arquitectura acústica, mucho gusto. ¿Está enterado de las particularidades acústicas de la pirámide de Kukulcán?

—Usted, ¿ha escuchado en la punta de aquel árbol las cuatrocientas voces del cenzontle, esa avecilla que imita la voz de otras aves y del hombre mismo? Tal parece que el cenzontle imita cada mañana la epifanía del Sol.

—¿Escuchó? Las piedras de los edificios más antiguos replican el sonido que hacen los rayos solares. Las piedras tienen voz.

—¿Vio? Sobre el Cerro Colorado, por donde está saliendo el Sol, un clamor de aves doradas propaga su canto visual por todos los confines del México antiguo.

—Será el quetzal mítico, el símbolo de Quetzalcóatl, el hombre dios, quien está barriendo el camino de los dioses de la lluvia. En la era Nahui-Ehécatl, Sol de Viento, la Serpiente Quetzal se convirtió en Sol. Aquí nos despedimos —el ingeniero empezó a descender.

—El Cerro Gordo y el Cerro Patlachique, montañas labradas por los dioses, son más viejos que los templos —gritó Tomás al ingeniero que se perdía entre el gentío de hombres y mujeres vestidos de blanco. Su aplauso era contestado por otro grupo más abajo y otro grupo todavía más abajo.

Un millón de personas había tenido la misma idea que el, y como él había acudido al centro ceremonial con la intención de recibir la luz del Sol matutino y de cargarse de energía cósmica positiva durante el equinoccio de primavera. Ese 21 de marzo, cuando el Sol en su desplazamiento anual a lo largo de la elíptica cruzara el Ecuador del hemisferio sur al hemisferio norte de la esfera celeste y el día y la noche tuvieran la misma duración, las multitudes, combinando ritos indígenas, ceremonias cristianas y cultos en boga, celebrarían el milagro del nacimiento de la luz cotidiana.

Cerca y lejos, Tomás observó los manchones blancos de los peregrinos ocupando todos los espacios del centro ceremonial. Los chorizos de coches particulares y autobuses alcanzaban varios kilómetros, aunque dentro se encontraban miles de visitantes y afuera de las puertas las colas eran largas. En su espera, los turistas de la Nueva Era eran acosados por vendedores que les ofrecían lo mismo incensarios, ídolos, espejos, cuchillos de obsidiana, falsas piezas arqueológicas que comida. Para contener a los miles de visitantes y evitar que algunos imprudentes se subieran a la vez a las pirámides del Sol y de la Luna, los responsables de la zona arqueológica habían instalado vallas de contención, sanitarios, tanques de agua potable, asistencia médica y centros de información para localizar a personas perdidas. Tres mil elementos de vigilancia, seguridad y rescate se habían movilizado. La entrada era gratuita, pero se controlaba el ingreso de alimentos, bebidas embriagantes y "objetos extraños".

—Es muy importante que las personas respeten la señalización y que cuiden el patrimonio que es de todos los mexicanos, a través de acciones como la de subir a las pirámides por los costados —solicitaba el coordinador de la zona arqueológica a los fieles del Sol.

Caminando sobre muros soterrados y entre nopales, pirules y ortigas, Tomás se fue por un sendero paralelo a la Calzada de los Muertos. Vistos desde allá, las pirámides, las plazas y los adoratorios estaban repletos de peregrinos solares con sus bandas rojas sobre la frente y sus pañuelos alrededor del cuello. Danzaban monótonamente bajo el sonar monótono de los tambores, las flautas y los caracoles. A esa hora en que el calor se convierte en delirio, parejas de novios, niños, curanderos, chamanes y masajistas, solitarios o en grupo, se congregaban en círculo para ofrendar ramas, piedras de cuarzo, copal y aceite de aromas. Unos se tendían bajo el arco iris alucinante de sus propias fantasías psicodélicas y de sus ebriedades musicales; otros ejecutaban bailes tratando de cargarse de energía y sanar las heridas de la vida, o formaban largas filas para hacerse limpias a manos de hombres y mujeres en traje de plástico imitando la piel del jaguar. Otros más, con las manos en alto recorrían el camino que lleva al lugar "donde los hombres se convierten en dioses", sin saber que ese lugar está en todas partes. Pero el espectáculo mayor lo ofrecían ellos mismos y el equinoccio resultaba sólo un afrodisíaco, una incitación al delirio, una carta abierta a las extravagancias de la Nueva Era. Tomás casi podía oír las carcajadas silenciosas de los dioses del Inframundo.

—La danza es una ofrenda. Es un acto de entrega y devoción, es una fiesta con el Creador. Es la búsqueda de un acercamiento con las fuerzas creadoras que dieron origen al mundo y que son dueñas del Sol, la Luna, las plantas y los animales —un joven danzante llamado Canek explicó el significado del saludo mexica: Yo soy tú, tú eres yo, los dos somos uno.

—Arturo Candado, lo espera su esposa en la pipa de agua. Maritza y Martha, Angelina y Lucrecia Contreras pasen a esta cabina, las está esperando su mamá. Daniel, lo espera su novia donde la ambulancia, frente a la plaza del Sol —se voceaba por un aparato de sonido, mientras en torno se entonaban plegarias, cantos e invocaciones en náhuatl, maya, zapoteco, español y en lenguas indígenas antiguas ininteligibles:

> *Ave de luz, disco de fuego vivo.*
> *Creador del desierto ardiente y de las montañas*
> *    de la alegría.*
> *Inspirador de la luz azul.*
> *Señor de los labios radiantes y de los ojos ebrios,*
> *de los mares verdes y de los encuentros de lo finito*
> *    y lo fortuito.*
> *Forma fluida del tiempo. Camino de los nacimientos*
> *    y los renacimientos.*
> *Rostro del hombre que se convierte en dios,*
> *    pero sigue siendo hombre.*
> *Del día que se vuelve noche, pero sigue siendo luz.*
> *Señor del presente infinito, sentado en la silla de la vida,*
> *en esta hora sagrada, en este momento irrepetible,*
> *en el que no hay sombra en ninguna parte,*
> *ábrenos las puertas del misterio.*

Entre las voces se escuchó el canto de la creación del Quinto Sol 4 Movimiento, proferido por un indígena de rostro enjuto y pelo blanco:

> *inin tonatiuh itoca naollin inin ye tehuantin totonatiuh*
> *in tonemi axcan*
> *auh inin inezca in nican ca inic tlepanhuetz in tonatiuh*
> *in teotezcalco in oncan in teotihuacan.*
> *ye no ye itonatiuh catca in topiltzin in toalla*
> *    in quetzalcohuatl.*
> *Y ynic macuilli tonatiuh 4 ollin yn itonal.*
> *mitoa olintonatiuh y pampa molini yn otlatoca.*
> *auh yn yuh conitotihui yn huehuetque, y pan inyn*
> *    mochihuaz tlalloliniz mayanaloz ynic tipolihuizque*

—Llegará el día cuando el Sol deje de avanzar hacia el norte y las criaturas vivas morirán de frío —advirtió un peregrino solar que tenía barba larga y alas escamadas como si fuera la Serpiente Emplumada.

—Por fortuna, ninguno de los aquí presentes estaremos vivos, todos seremos sombras en la Casa del Sol —un hombre lampiño se sacudió el polvo de las ropas blancas.

—Jaime, te voy a pedir que no me digas cosas que sé, como si nunca antes las hubiese oído, la Ciudad Celeste es el ombligo del universo y sanseacabó —una mujer, al quitarse las gafas de sol, descubrió unos ojos descoloridos.

Bajo el fuerte calor, Tomás se fue por la Calzada de los Muertos. Ocupada en cada ápice por gente, para él vacía. En medio de la muchedumbre respiraba libremente, como si se hallase solo.

—Esta es la clave —se dijo delante del jaguar rojo.

—Esa es la clave de nada —lo contradijo alguien que lo venía siguiendo. Era El Jaguar. Cuando quiso contestarle, se había ido.

A la salida del Palacio de los Jaguares, Tomás vio que en una nube se perfilaba el dios Huitzilopochtli con espejos sobre las sienes, rayas al nivel de los ojos, un soplo de sangre sobre la frente y un gorro de plumas de papagayo amarillo. Pocos lo vieron, pero durante un minuto o más su efigie dominó el cielo. Su sombra, proyectada hacia abajo, tenía forma de pirámide invertida.

Luego, parado en la terraza de la pirámide de la Luna, Tomás se dio cuenta que el Sol descendía en el horizonte y que los escalones de los templos refulgían. Un mar de manos con las palmas abiertas despedía a la estrella solar. La pirámide del Sol flotaba en una luz sanguinolenta.

Antes de ascenderla de nuevo, Tomás, con los dedos, trazó en el suelo la forma de un disco solar. Firmó: Tonatiuh. Enseguida, subió, con la sensación de que las piedras palpitaban y las vibraciones de la pirámide correspondían a las de su cuerpo. Una luz mortecina subía con él, se movía con él. Entre los soles, las galaxias y las constelaciones que existían en el universo, su cabeza también era un astro. El movimiento de los demás, no la altura, le dio vértigo. Vértigo de ruido, de cuerpos, de alientos, de transpiraciones. Sentado en un escalón, vio la multitud fantasmal que venía de abajo y de arriba, y lo rodeaba como una pesadilla material. La multitud tenía manos y dientes, llevaba ropas blancas, sombreros, gafas de sol, pelos sudorosos; comía, bebía y hablaba. Cuando el muro de cuerpos humanos se abrió, Tomás percibió a un hombre con un manto de plumas de guacamaya roja sobre la espalda. De los brazos le colgaban alas de quetzal. En los pies llevaba sandalias blancas y cascabeles atados a las piernas con piel de felino. Como insignia portaba en el escudo la espiral del viento. La figura pasó rápidamente agitando las alas. Casi impalpable, desapareció en la multitud.

—Lo curioso es que nadie más lo vio. ¿Era un espectro o un dios? —se preguntó en voz alta.

—Un espectro es una sombra tridimensional vista en perspectiva. Cuando el sol cae sobre su cuerpo la sombra se distorsiona. Parece la de un gigante o de un enano. Piense —el ingeniero Lubman recogió su pregunta.

—Un espectro es la imagen de alguien que trata de materializarse en el presente. Ese hombre trataba de volar, ¿lo notó? —replicó él, pero su interlocutor se había ido. Soplaba el viento. Los gorjeos del ave solar repercutían en los muros de las pirámides y las escaleras se llenaban de trinos apagándose. En vano gritó: Dígame, ¿por qué el dios del Fuego es tan viejo como el Señor de la Muerte?

Cuando los peregrinos empezaron a orar, Tomás sintió una nostalgia sin límites, como si las serpientes que devoraban al Sol en los eclipses totales devoraran también su alma. Y como si esa multitud condenada a la muerte formara parte de su propia muerte. A semejanza de un antiguo teotihuacano, comprendió que ya pertenecía al mundo de la memoria histórica y se dio por pasado, por sombra.

La Calzada de los Muertos oscurecía, cuando en la plataforma de la pirámide del Sol una pareja empezó a hacer el amor. Entonces, como salidos de la nada, hombres y mujeres con cámaras fotográficas, de video y televisión, se lanzaron a fotografiar y filmar los cuerpos desnudos que doraba el sol postrero. Pero nadie pudo captar en las imágenes electrónicas la sensación íntima de los amantes copulando. Nadie pudo registrar la energía cósmica que los impulsaba a amarse. No importa que las cámaras fotográficas montadas sobre trípodes improvisados siguieran momento por momento los movimientos de esos cuerpos unidos en un "abrazo solar", nadie pudo filmar el silenciamiento de la luz en su mirada ni el esplendor agonizante de sus rostros cuando el Sol se hundió en las fauces del jaguar nocturno.

*Ah tlamiz noxochiuh*
*ah tlamiz nocuic*
*in nocon ya ehua*
*zan nicuicanitl*
*Xexelihui moyahua*
*cozahuia xochitl*
*ye on calaquilo*
*zacuan calitic*

## 38. La Secta del Corazón Sagrado

Al anochecer, los peregrinos solares desalojaron Teotihuacan y las puertas se cerraron. Entonces apareció un helicóptero volando sobre el Cerro Gordo. Girando sobre la pirámide de la Luna, sobrevoló la Calzada de los Muertos y llegó hasta el templo de Quetzalcóatl. En la Ciudadela se dio vuelta y enfiló hacia la pirámide del Sol, convertida ahora en una sombra masiva. Quedó por momentos suspendido en el espacio, el ala giratoria del aparato cortando el aire, como si los patines de aterrizaje no hallaran un lugar firme donde posarse. Entonces, desde la Plaza del Sol varios reflectores apuntaron a la puerta del aparato. Un hombre emergió. Y una mujer. Vestía el caballero traje oscuro; la dama, vestido de coctel. Dos meseros uniformados los esperaban parados junto a una mesa puesta con velas encendidas. En una mesa anexa había botellas de vino, un florero con cincuenta rosas y una cubeta con hielo donde se enfriaba una botella de champán. En el carrito de servicio los platos estaban listos para ser servidos.

—Es el dueño del Banco Nacional que llega con su novia. Para festejar su cincuenta aniversario escogió la pirámide del Sol —dijo un guardia.

—Para la cena privada, los cocineros y los meseros transportaron la comida horas antes —dijo otro.

—Debemos irnos —una joven vestida de blanco, con bandas rojas sobre la frente, echó a andar junto a su amiga.

Tomás caminó hasta la terminal con ellas. El autobús estaba lleno de peregrinos solares. Se sentó hasta atrás entre los comerciantes de sarapes, figuras de obsidiana y piedras de cuarzo. El conductor prendió la televisión.

"Los celebrantes del equinoccio de primavera pasaron el día en Teotihuacan tendidos bajo el arco iris alucinante de sus propias fantasías sicodélicas y embriagados por la música de sus tambores. El espectáculo, más que las ruinas, lo ofreció la gente, hasta que el Sol se metió. En el crepúsculo apocalíptico, en el halo de la Luna se figuró la silueta de la gran ramera de Babilonia. Un cono de oscuridad sucedió a la revelación y por unos instantes dramáticos nadie vio estrellas en el firmamento. Para algunos, el miedo fue un afrodisíaco más, una incitación al relajo."

"Al amanecer, en el Castillo de Chichén Itzá, los adoradores del Sol tocaron sus instrumentos musicales mientras los viejos edificios replicaron los sonidos, magnificándolos como si sus paredes fueran cajas de percusión —reveló una reportera del noticiero de la noche—. Cien mil almas aplaudieron la 'aparición de Kukulkán' en el momento en que el cuerpo de la Serpiente de Luz descendía por la escalinata norte de la pirámide proyectando su sombra en el suelo."

"A lo largo del día, esta televisora captó imágenes de muchachas ofreciendo los pechos desnudos al Sol y de parejas abrazadas en la terraza de la pirámide solar en el momento en que el jaguar mítico estaba devorando el corazón del Dios Sol. Nadie pudo filmar el silenciamiento de la luz ni las sombras sanguinolentas que arrojaban los cuerpos. Tampoco la sensación de los amantes en el momento de la cópula, no obstante que las cámaras fotográficas y de video, que seguían paso a paso la histeria colectiva, se volcaron para captarlos."

"¿Estoy viendo y oyendo esto o me lo imagino?", Tomás vio pasar por la ventana del autobús las varillas de las casas apuntando al cielo como antenas agresivas. "Imaginar sobre la realidad me pasa con frecuencia, especialmente en los libros, cuando leo frases que no están en el texto. Al releer ciertas palabras, me doy cuenta que no se encuentran en la página, que han sido formuladas por mi mente."

En la Ciudad de México cambió de transporte. Ese segundo viaje fue más pesado que el primero, pues le resultó más largo. Tenía hambre y se moría por tomar un baño. Llamar por teléfono a Teresa para pedirle que se vieran mañana era una de sus prioridades al llegar a casa. También hacerse unos huevos.

Al bajar del autobús, notó que en la esquina estaba una patrulla sin nadie. Bajo la luz cetrina del alumbrado público creyó oír correr el viento por la plaza, aunque no había viento. En la avenida principal la luz roja de un semáforo estaba atorada como deteniendo vanamente el paso del tiempo. Las calles estaban desiertas como si hubieran sonado las trompetas del Juicio Final. La luz de la Luna daba a su cuerpo un aura como de extraterrestre. La idea no le desagradaba, a menudo se sentía un ser cósmico visitando la Tierra.

—Circulen, circulen —de su ensoñación lo sacó la voz de un policía parado junto al faro giratorio de su patrulla aventando destellos rojos a la oscuridad. Afuera del mercado había un gentío inusual para esa hora de la noche.

—¿Qué pasa? —preguntó.

—Mejor pregúntele al albino que descubrió el cadáver —dijo una mujer.

—Murió —afirmó el albino de mejillas pecosas, cabellos ralos y cejas y pestañas blancas. Los haces rojos de la patrulla le hacían cerrar los ojos.

—¿Quién?

—Está por averiguarse.

Por allí aparecieron los Hermanos Dualidad, Carlos y Luis Puente. Curiosamente no estaban disputando, aunque mediante demandas judiciales seguían peleándose por la posesión de la casa familiar. Tomás buscó semejanzas con Andrés. Carlos (¿o Luis?) estaba menos canoso que su amigo, tenía la cara más enflaquecida y los ojos más lánguidos. Luis (¿o Carlos?) se comía con la mirada a las muchachas, parecía agua hirviente en una olla express.

—En uuna cuecueva hahallaron peperro sin cocorazón —el ayudante del Ministerio Público señaló a un animal inerte.

—¿Noticias de Aztlán? —Chon apareció con su bata azul cielo.

—Ni una —Tomás fue lacónico.

—¿Quién fue el perricida? —preguntó Control desde un portal.

—No que estabas de gira —replicó el peluquero.

—Nadie contesta a mi pregunta: ¿Quién fue el parricida?

—La Sesecta del Cocorazón Sasagrado —tartamudeó el ayudante del Ministerio Público.

—Hechos, necesito hechos —el agente del Ministerio Público sacó las manos de los bolsillos de su chaleco verde botella para dar un trago a una botella de tequila. Escupió el líquido.

—Se enencontró un niniño sasacrificado. Le sasacaron el cocorazón a tratravés de la cacamisa.

—¿Dónde ocurrió el evento?

—En Sansan Criscristóbal. El teteléfono está sosonando.

—Bueno, bueno —el agente del Ministerio Público se llevó el celular a la oreja—. No sé qué pensar, alguien llamó y colgó.

—Una mumujer prepreguntó por ususted.

—¿Su nombre?

—No sé.

—Entonces, ¿para qué me la pasaste?

—Por sinsincero.

—Obra de narco-satánicos. Lleva su firma —Control encendió un cigarrillo. La cerilla casi le quemó los dedos. Detrás de sus gafas oscuras Tomás columbró sus ojos. Estaban mirándolo extrañamente. Pero antes de que pudiera verlos mejor, se los engulleron las tinieblas.

—Habremos de averiguarlo.

—¿Pistas?

—Cucuchillos de oooobsidiana. *Cuacuauhxicalli* con cocorazones huhumanos. Deideidad bebeber sasangre de vícvíctima.

—Evidencias, quiero evidencias —el agente del Ministerio Público se llevó a los labios un cigarrillo que no encendió. Era candidato a diputado por el partido oficial y en muchos postes y paredes estaban sus retratos.

—¿Puepuedo esestirar las piepiernas? Se me aaacacalambraron.

—El próximo lunes tendrás vacaciones permanentes para estirarlas.

—En una sesemana de serservicio: Vioviolaciones, rorobos, cricrimenes. Nenecesito desdescansar.

—¿Qué más?

—Hahallóse disdisco sosolar con rosrostro Totonatiuh. En un mumuro papalabras esescritas con sansangre. *Yóyólotl.*

—¿Trabajas en la Compañía de Fantasía Ilimitada o qué?

—Cincinco cocorazones ververdes.

—¿Sellaron el lugar? —el agente del Ministerio Público se echó un puñado de nueces a la boca.

—Pupuños cecerrados, rosrostros fafamélicos.

—¿Puedo ver el cuerpo del delito? —el agente del Ministerio Público se asomó a un costal.

—Aquí —el ayudante le mostró un animal tieso.

—Mi perro —Tomás se puso lívido.

—¿Esa cosa es tu perro?

—Puedo identificarlo.

—Cuando Tomás era maestro, el perro venía a esperarlo a las puertas de la escuela. Cuando lo despidieron, venía a esperarme a mí —Patiño se rió. Jugaba con la mano dentro de la sotana con un manojo de llaves.

—Ahora recuerdo, siempre estaba ladrando delante de la ventana. Parecía que iba a abrirla con el hocico y salirse —dijeron los Hermanos Dualidad.

—¿Qué andas haciendo aquí, Patiño?

—Lo mismo que tú, Tomás. Pero no estoy solo, vengo con Miss Universo —el cura señaló a Carolina Pavón apoyada en la puerta de un coche negro.

—¿Qué ha pasado contigo? ¿Te dejan o te trasladan?

—Gracias a las influencias de nuestra amiga, el obispo de Morelia ordena que se posponga mi traslado a Tzitzio. Un año.

—Ese perro lanzaba mordidas al aire, estaba loco —dijo Luis (o Carlos) Puente.

—Más de una vez me entraron ganas de darle carne con veneno —añadió Carlos (o Luis).

—Mi perro era bueno —protestó Tomás.

—Ah, usted es una de esas personas que defienden encarnizadamente a su can, aunque muerda al prójimo; y que en vez de dejar que el perro se eche a sus pies, usted se agacha para acariciarlo.

—Hasta los criminales le parecen a mamá corderos.

—Su perro era malo, hasta que no demuestre lo contrario.

—Se me antoja un café, ¿alguien sabe dónde tomar un café en este pinche pueblo muerto de tedio a las once de la noche? —el agente del Ministerio Público estaba visiblemente irritado.

—Penpensé que era un cocoyote ememplumado, pepero era un peperro —el ayudante se rascó la cabeza.

—¿Oí un ladrido? —Tomás se volvió hacia el bulto inerte.

—Este es el fin del mundo, no soporto tanta desgracia —Carolina entró en su coche para marcharse.

—Te lo prepresto, me lo dedevuelves —el ayudante le ofreció a Tomás el costal con el perro adentro.

—¿Necesitas ayuda para sepultarlo? —los ojos de Patiño parecieron salírsele de las órbitas.

—Yo mismo le haré un agujero… junto a mi árbol favorito.

—¿Te presto mi pistola para ejecutar al asesino?

—No, gracias.

—Te invito la cal, la vas a necesitar para matarle los gusanos que le saldrán de adentro y las moscas que vendrán de todas partes.

—Tengo unos kilos en casa.

—La fiesta ha acabado, todo el mundo se va, incluso yo —Patiño señaló a los hermanos Puente y al albino, tapándose con un sombrero de paja los cabellos blancos.

—Yo también parto.

Los dientes de Patiño brillaron en la oscuridad:

—¿Después de que lo entierres jugamos una partida de ajedrez para celebrar que no me cambian?

—Cuando quieras.

—Peón cuatro rey.

—Peón cuatro rey.

Camino a casa, con el costal sobre la espalda, Tomás oyó sonar el teléfono en el coche de Carolina.

—¿Está Carolina? —preguntó Andrés.

—Soy yo.

—Te espero en el campo deportivo.

## 39. Los libros de Margarita

Una semana después, cuando Tomás volvió a casa, a la puerta halló cuatro cajas de cartón. Durante su ausencia alguien se las había traído. Eran tres cajas santas con Mezcal Santa Misericordia, Tequila Santa Compasión y Galletas Santa María. Cada caja tenía escrito con crayón rojo el nombre de Margarita.

"Saludos del pasado. ¿Por qué ahora?", impresionado, Tomás midió el tamaño de las cajas y calculó cómo las podría alzar o empujar. Había pasado todo el día fuera y casi no había comido, de manera que la ansiedad se le juntó al hambre.

No necesitó prender las luces, ya estaban prendidas. Y empezó a meter las cajas. Una, en particular, era muy pesada. Podía contener sombras comprimidas. Toneladas de sombras. Kilómetros de sombras. Sombras de hombres y mujeres. Sombras de muerte. Así que la levantó con ambas manos, recargándola contra su pecho, para dejarla caer en su recámara junto al lecho matrimonial. Del lado frío, aquel en que solía dormir Margarita. "Allí pueden reposar esas cosas hasta la eternidad", se dijo.

Volvió a la entrada. Observó de nuevo las cajas. Coligió que podían contener pertenencias de su difunta esposa. Ahora recordaba que todavía soltera, ella las había guardado en casa de su madre, quien más de una vez le escribió un correo electrónico pidiendo que las recogiera, que le faltaba espacio, que el cuarto donde las guardaba lo necesitaba para rentar. Como Margarita no le había contestado le envió otro correo, diciéndole que si no iba por ellas regalaría el contenido a gente necesitada y a una biblioteca. Ahora le llegaban como un presente póstumo.

Pero no se decidía a abrirlas. Las examinaba y las examinaba. Les daba vueltas con el cuerpo y los ojos. Pensaba: "Qué flojera, volver a la congoja de antes. Qué pereza, vivir con esas cajas de contenido oculto. Si las abro, van a brotar las olas del recuerdo, van a salir los perros de la muerte otra vez."

Recordó su hambre y pasó a la cocina. Allá, el panorama de platos y ollas y cubiertos sucios lo impulsó a lavarlos antes de sentarse a comer, pensando en las cajas. Sonó el teléfono. Se apresuró a contestar, creyendo que podría ser Teresa, mas cuando cogió el aparato habían colgado. El teléfono sonó una segunda vez y oyó la voz de Andrés:

—Vente a cenar con nosotros. Todos están aquí: Patiño, Carolina, Zenobia, Teresa y varios vecinos, estamos tomando unos tragos y escuchamos sones de tierra caliente.

—No puedo. Estoy muy cansado. Tengo que hacer.

—No seas así, todos quieren verte. Patiño, en particular, te está esperando para jugar una partida de ajedrez y Carolina, Carolina te quiere hablar de un trabajo que cree te va a interesar mucho.

—No creo que pueda ir. Discúlpame.

—Estarás aquí en cinco minutos. No necesitas cambiarte. Ven con la ropa que traes puesta.

Zenobia cogió el teléfono.

—La cena está lista, Tomás. Te esperamos para sentarnos. Todos quieren verte, hace días que te escondes.

—Otro día, Zenobia, además, me voy a acostar.

En efecto, Tomás se fue a acostar, pensando en las cajas. En cuál podría ser su contenido. Si debería abrirlas o no. Ponerlas en el cuarto de triques o devolverlas al remitente, la señora, su suegra. Cerró los ojos, con la sensación de que las cajas tenían patas, cambiaban de lugar, se le acercaban. Mas no. Cuando los entreabrió, estaban en el mismo sitio.

Al día siguiente, se atrevió a desatar las cuerdas. En la primera caja, envuelto en un periódico de diez años atrás, encontró un retablo sobre lámina del Santo Niño de Atocha. El infante milagroso llevaba vestido rojo, sombrero con pluma roja, flores, báculo y sandalias de caminante. Le habían puesto grillos en los pies para que no se escapara de noche y se fuera a buscar a otros fieles que le demandaban favores. "Lástima que sea un bueno para nada. Si lo vendo, podría comprar unos libros sobre el Sol o hacer un pequeño viaje. O, lo mejor, deshacerme de él." Debajo del retablo estaba la ropa de soltera de Margarita: blusas, faldas, pantaletas, medias, chanclas, demasiado grandes o tan usadas que sería difícil encontrarles heredera. Entre las prendas había espejitos, bisutería y una muñeca de trapo mazahua. Nada de anillos de oro, aretes de plata, fotos artísticas de época o cartas con estampillas valiosas. Había un álbum con dibujos de Margarita: leones con cinco patas y actrices con cuatro tetas, tres ojos y dos bocas.

Abatido, se sentó en un sillón y se quedó mirando el contenido en el piso. Se sirvió un trago, que no bebió. Se puso en la boca un cigarrillo, que no fumó. Volvió a sentarse en el sillón. Miró a su alrededor. La casa, con todas las luces prendidas, estaba vacía.

De la segunda caja sacó libros. En la primera página todos llevaban el nombre de Margarita escrito a mano, y la fecha de lectura. Todos eran sobre mujeres: *Emma, Medea, Antígona, Anna Karenina, Lolita, María, Santa, Hedda Gabler, Nietochka Nezvanova*. Este último volumen, con tapas rojas, llevaba en la portada el dibujo de una muchacha mirando desde un tejado por una ventanilla. La protagonista tenía dieciocho años, como Teresa.

> En este libro (Dostoyevski) nos presenta un espléndido retrato de mujer. Una infancia y una juventud doloridas, los anhelos de un corazón femenino que se encuentra, desde su llegada a la existencia, y sus primeros contactos con los otros seres, rodeado de tribulaciones y de maravillas.

Tomás leyó el pequeño texto que traía la aleta de la camisa, como si al leer esas palabras se le revelara la intimidad de Margarita. O como si pronunciando las letras pudiera pasar por una puerta secreta hacia una cámara que encerraba a una criatura desconocida, ella. Pero las letras no lo transportaron a la difunta, sino a más letras, a un papel reseco. Se dijo: "Ella habrá comprado esos libros en una librería de viejo de la calle de Donceles o en un tendidillo de La Lagunilla donde lo mismo se venden botellas de coñac adulterado, perfumes hechizos, videos piratas y cajetillas de cigarrillos de contrabando. Me sorprende que nunca haya recogido las cajas, gustándole tanto la lectura."

Delante de los libros, Tomás recordó el día en que ella le regaló *Los tigres de Mompracem*, de Emilio Salgari. Con el libro en la mano se paró delante de la ventana que daba a la calle. Vio las luces de la sala de la casa de enfrente prendidas. Tenían una pequeña fiesta. "¿Por qué no apagan la televisión y conversan? La televisión habla por ellos, qué pobreza mental", se dijo. Por lo demás, no hacían mucho ruido. De regreso al sillón, abrió el libro. Como si abriera el pasado. En la primera página halló su dedicatoria: Para Tomás. Páginas después, se topó con un párrafo marcado:

> Ya no era el mismo hombre de antes: su frente estaba borrascosamente fruncida, sus ojos despedían sombríos destellos, sus labios, separados, mostraban los dientes convulsamente apretados, y sus miembros se estremecían. ¿Dónde están los caballeros de antaño, los Aquiles, los Quijotes, los Magallanes? Los hombres actuales se bajaron del caballo y del barco para correr en automóvil por las autopistas. El hoyo negro de la vida material se tragó a los soñadores. ¿Están dentro de nosotros con sus molinos de viento muriéndose de tedio delante de un escritorio?

A Tomás le entristeció constatar que a través de sus labios podían vérsele los dientes amarillos, y que sus miembros se estremecían, sus músculos eran fláccidos y sus piernas débiles; y que tenía patas de gallo, el cuello arrugado, las sienes grises y los ojos sombríos.

En aquel momento era el jefe de los feroces piratas de Mompracem, el hombre que desde hacía diez años ensangrentaba las costas de Malasia, el hombre que en todas partes había sostenido terribles batallas, el hombre a quien su extraordinaria audacia e indomable coraje le habían valido el apodo de Tigre de la Malasia. El famoso pirata podía ver de frente al sol. Pero esto no le bastaba, siempre estaba de alguna manera insatisfecho, siempre sentía que le faltaba algo: Ella.

Tomás se dio cuenta que estaba haciendo dos lecturas, y que a las líneas de Salgari agregaba las suyas.

—Me gusta ese Sandokán, pero es una novela para adolescentes —le había dicho aquella vez a Margarita.

—Por algo se empieza —había sonreído ella, ese miércoles en la tarde, cuando cerrados los comercios del pueblo por descanso obligatorio, los dos habían salido a dar un paseo, cada uno con un libro. Casi siempre ella se ponía a leer sentada a la sombra de un árbol. Casi siempre él hacía trampa y pretendía leer, pero en realidad la estaba observando o miraba los efectos del sol en las nubes. Ahora como entonces, él sentía fascinación por esos tomos llenos de palabras alineadas en renglones que se sucedían mágicamente unos a otros para describir un lugar, una persona o contar una historia. Algunos libros, que no habían sido tocados desde la muerte de su esposa, tenían el papel húmedo o las páginas cerradas. Como una virgen. De ese tiempo era su "Poema escrito en un papel de estraza":

*El amor es como una mariposa en la mano.*
*Si la aprietas demasiado, la matas.*
*Si no la aprietas, vuela.*

En la tercera y la cuarta cajas halló discos y videos, programas de un ballet y de un concierto de música clásica, notas de re-

misión, un despertador, diarios de adolescencia, un viejo tocadiscos, un calentador portátil, un cenicero de vidrio envuelto
en las hojas de una revista de gastronomía.

Lo que perturbó a Tomás fue descubrir en las guardas de
un volumen un sueño de Margarita. Pues cuando en las cenas
se hartaba de carne animal y su boca olía a vaca muerta, solía
tener pesadillas y despertaba gritando. A esas pesadillas ella las
llamaba "El grito". "Tuve el grito." "Me dio el grito." "Me ata-
có el grito." Despierta, temblando, ella le confiaba su sueño a
él o a un cuadernito que tenía siempre a su alcance. Por eso,
ese día, Tomás no quiso leer el sueño que había tenido Margarita antes de conocerse, porque era eso, un sueño de Margarita, y no podía hacer nada para cambiar su pasado. Además,
meterse en sueños ajenos era como abrir una puerta cerrada y
sorprender a una persona sentada en el cuarto de baño. No se
sabe lo que uno va a ver o a saber. Mejor cerrar las puertas del
libro.

## 40. Hortensia se va de viaje

El 23 de marzo, día de San Fidel, millones de mariposas iniciaron su retorno hacia los Estados Unidos y Canadá, después de haber pasado el invierno en los bosques de la región oriente de Michoacán. Igual que si partiera un pariente suyo, Tomás se dirigió a Las Pilas para decir adiós a las monarcas. Los meses transcurridos entre la llegada y la partida del lepidóptero habían sido un parpadeo. Las mariposas, como las almas de los difuntos que se convertían en ellas, tomaban la dirección del ayer.

Tomás conocía bien esos caminos, la disposición de las casas, las cercas de piedras, la inclinación de los tejados, las ventanas con macetas de geranios. Había pasado por allí muchas veces. Atravesó el corral de una casa de adobe, con la tierra apisonada. Tal vez alguna vez había servido de cochera. Tomás sabía que allá, en esa curva de la carretera, crecía un árbol. Un árbol solo. Un fresno esplendoroso. ¿Y los habitantes de esas casas silenciosas? No recordaba haber visto a ninguno últimamente. Quizás desde hacía tiempo se habían ido a los Estados Unidos. O a Ciudad Moctezuma.

Cuando él era niño, esa carretera era de tierra, durante la estación de lluvias los carros se atascaban y había que sacarlos del lodo con yuntas de bueyes. Ahora estaba pavimentada y corrían automóviles a todas horas del día y todos los días del año. Siempre de prisa, dejando atrás una cauda de inexistencia. Sólo el árbol parecía igual a sí mismo, verde y lleno de pájaros. Como entonces. Pero no era cierto, porque estaba más viejo, más decrépito y alguien le había dado un hachazo.

Semejantes a ríos aéreos las mariposas venían hacia sus ojos, se posaban en su pelo y sobre sus hombros, y se alejaban de su cuerpo, rumbo a los cerros. El ruido del agua de un arroyo acompañaba el sonido de las alas como una brisa.

Tomás se paró a la orilla de la carretera para pedir con las manos a los automovilistas que no fueran tan rápido, que tuvieran cuidado, que el aire estaba lleno de mariposas, pues al venir a toda velocidad provocaban que éstas se estrellaran contra los parabrisas. Los coches transitaban por ambos carriles hacia Morelia o hacia la Ciudad de México. Los conductores comían papitas fritas o bebían refrescos. O escuchaban música a todo volumen, sin importarles las mariposas embarradas en los cristales. Sin hacer caso, seguían su marcha como si él fuera invisible. Y si no invisible, insignificante, desechable.

—Hey, cuidado, el aire está lleno de mariposas —gritó a un camión de carga con trabajadores agarrados a las redilas, las ropas infladas por el viento.

—Apártate, buey —le contestó el chofer del camión sin detenerse.

Afuera de la caseta de cobro, Toño checaba si los autobuses estaban a tiempo. Su cara era un tablero de horarios.

Cuando cayó la noche, unos grupos de monarcas ya se habían perdido en la distancia, mientras otros se habían emperchado en los árboles.

Al borde de la carretera unos músicos invidentes cantaban moviendo la cara a derecha e izquierda. Como si tuvieran un gran público delante, con los instrumentos sobre la espalda, agitaban un bote para recoger monedas:

*Una mirada es la que puede salvar al pecador.*
*Una mirada...*

Eran Los Venusinos.

Cuando acabaron de cantar empezaron a pedir aventón a los vehículos que iban a la Ciudad de México. Haces de luz les daban en la cara ciega. Nadie quería recogerlos, por desconfianza o porque eran tres, a pesar de que Eréndira hacía la parada.

Los dientes de Caltzontzin rechinaron al oír los pies de Tomás pisar la grava. Ladeó la cara, en estado de alerta:

—¿Nos conocemos? —aventuró a la oscuridad.

—Creo que sí.

—¿Circunstancias?

—Tocaron en mi boda.

—¿Se le ofrece otro servicio? ¿Quiere que le cantemos una canción religiosa? Dígalo, porque nos vamos de aquí.

—¿Adónde van que más valgan?

—Ah, eso es confidencial. Lo único cierto es que dejamos este pueblo de Pelagatos para irnos a la Chingacapital.

—Cantaron en el sepelio de mi esposa.

—¿Satisfacción completa o media satisfacción?

—Media.

—Despedidas no son agradables, son bien deprimentes, ah, allí viene el limosín, adiós —por lo sucio de su ropa, el baterista Control daba la impresión de no haberse cambiado la playera negra desde la última vez que Tomás lo había visto. La luz larga de un camión que transportaba puercos lo iluminó. A través de las gafas negras, Tomás percibió dos ojos mirándolo. ¿Estaba ciego realmente o se estaba haciendo?

El autobús no se detuvo.

Un camión con árboles frutales, uno con caballos, otro con cervezas, un carro cisterna, todos siguieron de largo. Todos los dejaron atrás con la mano extendida.

—Chin chin tu santa madre —Caltzontzin y Control mascullaban insultos a los conductores de los vehículos.

—Delante de los coches te quedas lela, apendejada, despierta amiga, saca el pecho, para las nalgas, más iniciativa compañera —Caltzontzin con ambas manos sacudió a Eréndira.

Eréndira reaccionó al regaño y ante su demanda de parada, un autobús rojo incendio de la línea Flecha Roja se detuvo.

El conductor abrió la puerta.

Los tres ciegos corrieron para abordarlo.

En el interior, Tomás distinguió a Hortensia. Sus miradas se encontraron sin afecto. La prima se iba del pueblo. A su lado estaba Petronilo, con pasaje de persona. Desde su boda con Margarita él no la había buscado. Tampoco Hortensia había hecho esfuerzos por mantener la relación. No sólo eso, algunas veces le había reprochado por terceras personas que no le mostrara más agradecimiento, pues gracias a ella se habían conocido. "A mi pesar fui alcahueta", le reclamó una noche.

—¿Nos llevas gratis, carnal? —Caltzontzin se aprestó a subir la guitarra.

El conductor cerró la puerta en sus narices.

—¿Qué pasa, carnal, no eres creyente?

El autobús arrancó entre tronidos y humo. La banda se quedó parada al borde de la carretera a esperar el próximo vehículo.

—¡Chin! —le gritó el guitarrista ciego—. Después de todo no eres mi carnal.

## 41. El dios de la luz cotidiana

Bajo un sol despiadado planeaba un zopilote. En el pico llevaba un corazón animal. Al verlo Tomás pensó en los dioses del sacrificio humano del México antiguo, los cuales habían abandonado la piedra de los sacrificios para instalarse en la tierra, el aire y el mar del México moderno, reemplazando sus habitantes el asesinato ritual por el canibalismo moral. Los templos de la muerte ahora no tenían muros y se hallaban lo mismo en las calles, en los caminos y en la violencia nuestra de cada día del espacio doméstico.

—Sol, señor nuestro, otórganos los rayos de tu luz viva, de tu luz vivificante —Tomás, con un sombrero de plumas de águila, encendió copal en un viejo quemador de barro negro. Su ofrenda a Tonatiuh, "El que hace caminar al día". De un tiempo para acá le había dado por sangrarse las piernas y los lóbulos de las orejas con una aguja.

Luego, de pie en la cocina, bebió una taza de café frío y se preparó unos panes con crema de cacahuate, miel y queso para el camino. Cogió una navaja suiza, algunas naranjas y una botella de agua. Mochila al hombro, partió hacia La Puerta.

Partió con un paso tan frenético que al poco rato tuvo que detenerse para descansar. Ya no se encontraba en buena forma y las cuestas le quitaban el aliento. El motivo de su viaje era hallar la hipotética pirámide de la luz, una edificación supuestamente más vieja y monumental que la pirámide del Sol en Teotihuacan. Según había leído, cuando un amanecer Alexander von Humboldt presenciaba una salida del Sol desde el Valle de México, la vio fulgurar entre los volcanes Popocatépetl e Iztaccíhuatl. El arqueólogo Alfonso Caso, por su parte, en su estudio "La pirámide de la luz estaba dedicada al culto solar" aseveraba: "En la geografía sagrada del México antiguo hay noticias de una pirámide de luz en forma de ojo triangular que se quedó inconclusa por razones misteriosas. Después de cubrirla con lápidas jeroglíficas los constructores la abandonaron. Tal vez esto sucedió en el siglo IX, cuando una catástrofe terrible hizo que sus pobladores partieran del lugar y la olvidaran. Dicha pirámide pudo haberse encontrado a medio camino entre Teotihuacan y Monte Albán. Los famosos efectos de luz y sangre que producía a la hora del crepúsculo pudieron haberse debido a que fue hecha con la piedra volcánica tezontle." "Herida por la luz del amanecer, en sus paredes de cristal de roca escuché las cuatrocientas voces del cenzontle", relató fray Bernardino de Sahagún en su *Historia General de las Cosas de la Nueva España*.

Después de andar un kilómetro o dos, Tomás se topó con el puente de piedra de la vieja carretera México-Querétaro por donde pasaba el carruaje del emperador Maximiliano. Por allí una ladrillera rebajaba cada día el terreno de una presa y ennegrecía el paisaje. A falta de sombras, un sol matador caía de filo y aquí y allá una máquina color rojo tumbaba todo. Detrás de ella un ejército de hombres furibundos venía cortando árboles. En la Cañada del Pintor gente desconocida había escrito nombres y corazones sobre los petroglifos de coyotes y venados que ancestros anónimos habían trazado sobre las rocas. Según coligió Tomás la roca que cerraba el paso a los curiosos no era simplemente una piedra, sino la escultura de un *tzitzimitl* ciego, monstruo del crepúsculo. La entrada de la cueva era tan pequeña y estrecha que había que introducirse de vientre sobre las lajas. Lo disuadió la posible presencia de víboras, alacranes y arañas. Además, la exploración no valía la pena: el interior había sido saqueado.

Al seguir su camino, Tomás tuvo la impresión de ir internándose en un planeta desconocido; semejante a un extraterrestre, descubría los secretos de una Tierra novedosa. Sus oídos encantados gozaban tanto del gorjeo de los pájaros como del zumbido de los insectos. Pero a punto de caer en una trampa para animales, se agarró de unas matas. Abajo, el desfiladero era bastante profundo y la maraña ramificada y leñosa casi impenetrable. Silbó un tren. Tomás lo buscó en el llano amarillento.

En la punta del cerro estaría La Puerta. Nadie conocía sus límites. Podían hallarse más abajo o más arriba, a la izquierda o a la derecha de donde él se encontraba. Como el cerro tenía forma piramidal, supuso que La Puerta podía ocultar la pirámide. De repente apartó con las manos unos matorrales. Y un pasadizo y la boca de una cueva aparecieron. Sobre unas ruinas crecían raíces de árboles. Entonces, descendió por una escalera de piedra. Con la lámpara de baterías alumbró su paso por un túnel zigzagueante que como una víbora se internaba en la oscuridad. Pronto encontró que el acceso estaba bloqueado por un peñasco. Tomás se deslizó por un costado, hasta toparse con un muro de tierra. La penumbra era ambarina. Según una leyenda, la vieja madre de los dioses, con sus cabellos blancos, su túnica bordada y su jícara de agua, habitaba la cueva. Enseguida, Tomás atravesó cinco túneles estrechos. Al cruzar la última puerta, accedió a una galería. Dos cristales de roca estaban envueltos, tenían una flecha encima. "Los cristales de roca son seres misteriosos, muertos o vivos, que a una orden del astrólogo vienen volando por el aire como pajaritos blancos que se cristalizan con el tiempo", recordó una leyenda huichol.

En un fresco en el muro se representaba una procesión de jaguares. Al fondo, en un trono, se sentaba un sacerdote con facciones felinas. Inmóviles, con las uñas pintadas y los ojos ávidos, los animales se dirigían al Inframundo para devorar al Sol. En las fauces llevaban el signo de la palabra, el rugido del corazón de la montaña. En medio del silencio, Tomás oyó un gemido. Pero era nadie, era su imaginación. Lo que sí oyó claramente fue un croar de ranas. En alguna parte de la oscuridad había un estanque con anfibios. "¿Tonatiuh o Tláloc?", se preguntó, pisando agua. Una enorme rana que cazaba insectos saltó rozándole la cabeza.

Poco después, a Tomás no le fue posible saber si el recinto por el que se adentraba era una tumba, un observatorio o la matriz mítica que parió a los dioses y los hombres. Él sólo iba tanteando paredes. Hasta que se topó con un disco de piedra que tenía esgrafiadas las cinco eras del mundo. En el corazón de la cueva estaba recargado un esqueleto. Delante tenía gran cantidad de ofrendas: objetos de concha, madera, obsidiana y collares de cristal de roca y jade. Era el entierro más rico que había visto en su vida.

"¿Ese esqueleto pertenecerá al sacerdote arquitecto que construyó esta cueva sagrada o a un rey sacrificado? ¿Cómo habrá sido físicamente, qué idioma hablaría y de dónde habrá venido? ¿Seré yo el primer hombre que se aventura en este lugar desde que fue construido? ¿Hay alguien aquí además de mí o me encuentro solo? ¿Debo continuar explorando este lugar o salir de inmediato? El miedo debe estar subiéndoseme por los pies porque los tengo helados." Tomás guardó silencio, sólo para continuar reflexionando. "Quizás hace tiempo este hombre se hizo las mismas preguntas que yo. Quizás en otra existencia yo fui él. O lo que es lo mismo, en la humanidad colectiva que subsiste más allá de los egos y los cuerpos, de los días y los soles, él es yo."

Tomás desembocó en el corazón de la cueva. En su centro una escultura de piedra representaba un rayo de luz. Alrededor, docenas de esculturas también representaban rayos solares como si formaran todos juntos un bosque dedicado al culto del Sol. Las esculturas eran himnos de piedra. El oído podía escucharlos. Para asombro de Tomás, los artistas prehispánicos habían materializado algo tan inasible, tan inefable como un rayo de sol y él lo estaba viendo, oyendo.

Hoy, como hace mil años el sacerdote innominado, un hombre podía mirar por la cúpula abierta del santuario el paso del Sol por el cenit. Hoy, como hace mil años, un hombre, él, podía ver a través de ese tubo vaginal la energía solar penetrando al Inframundo.

Entonces Tomás, hincado, con una mano en el suelo, examinó el círculo de luz que iluminaba la tierra. Mientras a unos metros de distancia, una figura con pechos de mujer y genitales masculinos, mentón puntiagudo, lengua de fuera, piernas dobladas y brazos cruzados, lo observaba a él con ojos de piedra. Sobre su cabeza, un disco rojo simbolizaba la salida del Sol. Era el dios de la luz cotidiana.

## 42. Los dedos fugaces de la lluvia

La primavera llegó como una borrasca. Las noches parecían tinieblas bañadas. Los días comenzaban como un concierto de verdes y acababan mojados. Desde la noche del lunes, el halo de la Luna anunció tormenta. El martes por la mañana, el viento sacudió los árboles del jardín, derribando una bugambilia sobre sus propias flores. Por la tarde, las mujeres recogieron la ropa de los tendederos y los hombres guardaron sus animales y levantaron diques en la presa con troncos, piedras, sacos de tierra y muebles viejos. Para mejor ver la lluvia, Tomás se apoyó en el pretil de la terraza, hasta que su camisa, su cara y sus calcetines estaban empapados. A juicio de Tomás, sólo la lluvia era capaz, sólo la lluvia dotada de razón y de pasión, podía caer y caer día y noche, con creatividad e imaginación, y mantenerse esplendorosa. Pero aun así, nadie podía soportar mucho tiempo la visión de algo tan bello y hasta para ver la lluvia era necesario tomarse un descanso, el cual, Tomás no se tomaba, fascinado por una tormenta que a cada momento era más interesante.

Hacia el mediodía del jueves, el viento dobló alambradas, derribó cables de luz, tumbó arbustos y alzó el vestido de las señoritas. La hojarasca llegó hasta la puerta de su casa, mientras mil manos diminutas, coléricas, golpeaban su ventana. Desde el otro lado de la acera, Teresa vio a su padrino asomarse. Tomás vio a la joven mirarlo. Pero al ser descubierta, se alejó por la calle. Tomás salió detrás de ella, cuando había dado vuelta en la esquina. Entonces, a través de las nubes, fulgió el ojo solar empañado por grises. Luego, la luz se electrificó, como si la naturaleza estuviera al borde de un ataque de nervios. Los pájaros se movilizaron. Bajo la descarga de los rayos, los perros se metieron debajo de la cama. Parado en la penumbra, observó los dedos fugaces de la lluvia.

El viernes, la lluvia hizo caminos en los vidrios, de los canales del tejado cayeron alacranes. En el pueblo las calles no tenían desagües y al crecer las aguas la gente empezó a refugiarse en las plantas altas. Los techos se llenaron de goteras, los desvanes se convirtieron en charcos. Delgadas cortinas de agua separaron las luces del alumbrado público, pero cuando la luz eléctrica se fue sólo quedaron los relámpagos. Aquí y allá tabletearon rayos.

A medianoche los chubascos inundaron barrancas y desbordaron arroyos. Rotos los diques, pedazos de madera, piedras y sacos de arena fueron arrastrados. En segundos, las calles se volvieron ríos, las cunetas lagunas, los caminos cauces de agua; corrientes, pardas de mierda, se metieron en los cuartos, sacaron a la calle televisores, radios, gallinas, gatos, nidos de pájaros, arañas, ratones, víboras pequeñas, zapatos y cunas; animales ahogados se mezclaron a plantas descuajadas. La lluvia cubrió lo mismo carcachas que cacharros de cocina, chivos, gallinas, árboles y hierba rastrera. Después de unos minutos de tregua, la lluvia volvió con fuerza y azotó las piernas azules de los cactos, granizos del tamaño de pelotas tamborilearon sobre automóviles y tejados.

El sábado, Tomás tuvo que sacar agua de la biblioteca, que se estaba inundando. En los álbumes familiares se dañaron algunas tomas del eclipse de junio, dos fotos de su madre y tres de su boda. Del buzón sacó un periódico viejo, dos folletos, tres cartas. El diario mojado hablaba de un país mojado. Sobre una mesa desplegó las páginas blandas, las letras deslavadas, las imágenes de la lluvia se rompían sin dificultad y en silencio. Ociosamente trató de leer un artículo sobre el cambio climático y entre sus manos un jugador de basketball se partió en dos mitades. Cortó en pedazos la sección de deportes, la de sociales, la de crímenes. "¿A quién se le ocurre matar con tanta lluvia?", se preguntó, cepillándose los dientes. "En el país no hay nada de mayor interés que la lluvia. La lluvia. La lluvia", dijo el radio.

Llovía a cántaros. Llovía por pueblos. Por kilómetros. Por cerros. Bajo la lluvia el firmamento se deshacía en vapores, la vegetación brillaba como una esmeralda ebria, el aire vestido de agua golpeaba ventanas, traspasaba vidrios, mojaba cortinas, tapetes y paredes. El tamaño de los granizos era increíble, parecían cristales de roca arrojados desde una pirámide de luz enfurecida. Todo lo envolvía la lluvia, como si quisiera llevárselo todo, borrarlo todo, olvidarlo todo. "¿Qué mejor momento para escribir sobre la lluvia que cuando está lloviendo, que cuando uno está influido por el tableteo de los rayos y por la euforia de las plantas entregadas al éxtasis", se dijo.

El domingo, Tomás dejó de cerrar puertas y ventanas, y de vaciar las cubetas que rebosaban de agua. Empezó a tenerle sin cuidado que la lluvia mojara sillas, camas, cómodas, papeles, mesas. Al contrario, ante esa tormenta desmesurada que bañaba todo, se dejó empapar el cuerpo, con zapatos y ropa. Él mismo quería dejarse llover, adentro y afuera, ser como la lluvia, ser sin ser, diluido en miríadas de gotas, convertido en un organismo de manos líquidas fluyendo a través de la música resbaladiza del tiempo. Sobre los tejados, los cerros y los llanos caía la lluvia. Una lluvia de mil manos, sin manos, una lluvia de mil rostros, sin rostro. Una lluvia desubicada, pero ubicua. Una lluvia sin filos que picoteaba el otra agua, en los recipientes y los estanques. Nadie venía a la puerta. Nadie llamaba por teléfono, como si la gente se hubiera recogido en un silencio acuoso. Parado delante de la ventana, con la cara mojada, Tomás veía llover. En sus oídos el tiempo fluía bajo su ritmo y todo se confundía con su sonsonete, mientras los relámpagos gritaban que no existía otra cosa en el mundo que la lluvia, la lluvia, la lluvia.

El atardecer del domingo, Tomás se dio cuenta que el cuadro de un eclipse solar y un retrato de Margarita, con sus arreos de novia, estaban chorreados. El pelo se le había corrido hasta el mentón y sus ojos no tenían pupilas. Ese rostro deslavado era lo que quedaba de la difunta. Entonces, prendió el radio. Un trío cantaba. En la barriga mojada de la guitarra los dedos de la lluvia rasgaban las cuerdas. Entre las voces de la lluvia sonaron voces humanas:

Reloj, no marques las horas
porque voy a enloquecer.

Como si nunca hubiese visto llover, Tomás se paraba delante de la ventana de la sala para presenciar la lluvia corriendo por la calle, bajando las escaleras con las rodillas dobladas. Él no solía entusiasmarse con esa música sentimental, pero en esos momentos los cantantes lo sacudieron:

Reloj, detén tu camino
porque mi vida se apaga.

El timbre humano se mezclaba con los ruidos plateados de la lluvia, mientras una corriente de frescura recorría los cuartos de la casa. Los cantantes invisibles, insistían:

Detén el tiempo en tus manos,
haz esta noche perpetua.

En su mente, la caja de la guitarra, con su agujero central, su puente fijo con cuerdas y clavijas, se llenaba de agua… al tiempo que los matorrales, borrachos de olores, se cubrían de semillas blancas. La lluvia santa todo lo enlazaba y lo ensalzaba como una tonalidad descendente: Interiores y exteriores, pasado y futuro, muros y raíces, sentimientos y charcos, pensamientos y piedras, ausencias y presencias. Cuando la canción terminó, Tomás descubrió que los rayos de sol alumbraban las paredes como si los relámpagos se hubieran metido dentro; que afuera, los árboles del jardín se habían hecho visibles. Y allá arriba, el Sol como un inmenso templo flotaba en el espacio. Debajo de una nube blanca descendían rayos como columnas melosas. Después de tantos días de lluvia, la luz era una epifanía.

## 43. Ofelia

Él conocía esas ventanas. Se había recargado bajo sus repisas muchas veces. A ciegas podía señalar la disposición de las puertas y decir el color de las paredes. El pueblo lo llevaba en la mente como una memoria presente. Sus habitantes los conocía de nombre y facha, y acudían a sus recuerdos naturalmente como aparecen las figuras de una pesadilla. Se habían ido las lluvias, pero se habían quedado los charcos. Detrás de un árbol con los brazos abiertos una pareja se besaba. El hombre, de espaldas, sujetaba a una mujer de la que sólo se le veían las pantaletas rojas. No lejos un niño orinaba, mientras su madre luchaba por ponerle un collar a un perro empapado. En la distancia los cerros tenían forma de piña y hocico de puerco. Tomás llevaba en el bolsillo la carta póstuma que le había escrito a Margarita. Para ir al correo se había puesto el traje negro de su hermano Martín, vestido como si fuera a casarse de nuevo. La camisa blanca no le cerraba por la parte de la barriga. El saco le apretaba y el pantalón no se le abotonaba. Visiblemente había engordado. Los zapatos negros sí le cabían, aunque la corbata ancha con platillos voladores estampados se notaba más ancha. El saco le cabía bien. "¿Para qué guardo esas ropas? ¿Para que después de muerto las use otro? ¿Para alimentar polillas? Debo regalarlo todo." Sacó la carta y, antes de entregarla al buzón, leyó.

Sol mío:
Vivo como en un sueño. Un sueño que tiene movimiento, lengua y ojos propios. Un sueño que piensa en ti y extraña tu cuerpo.
Tomás.

P. D. La otra vez, en la calle, yo miraba entre la gente la cara de una muchacha hace tiempo desaparecida, porque donde los otros ven las cosas pedestres yo percibo la existencia fantasmal del ser amado.

Tomás reflexionó: "El pueblo ya no puede contenerme. La idea de abandonarlo se me ha vuelto una obsesión. Debo vender la casa, irme a vivir a San Juan Teotihuacan. O podría partir a Egipto o Grecia. No me decido. Lo importante es irse. Hacer maletas y cerrar puertas." Hacía semanas había comprado en Morelia una guía turística del mundo y visitado una agencia de viajes. Heliópolis le seguía atrayendo por haber sido un centro de astronomía y de culto al dios solar Ra. "Si no me voy de aquí me moriré de tedio", suspiró.

En la calle ya se sentía ir por Madrid. Por la acera angosta venían mujeres con bolsas de compras que si no fuera por su tipo local hubiera creído que eran madrileñas. El cielo profundamente azul, y el clima maravilloso, ya no eran un aliciente para retenerlo aquí. El paseo era una despedida. No sólo del presente, sino de su pasado. Yendo por los portales imaginaba su próximo lugar de residencia y el tipo de personas que frecuentaría. Delante de la vitrina de la Joyería Maldonado examinaba los anillos de boda, como el de Margarita. Y los brazaletes de piedras preciosas que la propietaria enseñaba a Jessica, la amiga de Teresa, ahora preñada y a punto de casarse con Federico, el sobrino de los Puente.

—Mil quinientos pesos te cuesta la sortija —Martha Maldonado le dio el precio y Jessica lo saludó con la cabeza.

Enfrente de la zapatería Florencia, Tomás examinó los últimos calzados de dama. En la Boutique del Barrio Latino, la peluquería de señoras de Irene, independizada de Chon, doña Elsa tenía la cabeza metida en un lavabo como si la fueran a decapitar. "Qué lástima que no sea cierto", pensó él, mientras un jet plateado por la luz atravesaba el cielo dirigiéndose al país, posiblemente, donde quería vivir. Nunca había volado, pero no temía volar. Desaparecido el avión, quedó el azul vacío.

En ese momento, en la nevería La Flor de Michoacán se oyó una canción de moda. Dos señoritas asomadas a la puerta la escuchaban. Las dos habían sido sus alumnas. Las dos lo ignoraron. Entonces un perro callejero, amarillo sucio, moviendo la cola empezó a seguirlo. Tomás andaba y el can andaba. Tomás se detenía y el can se detenía. Por eso entró a una carnicería para comprarle pellejos y se los dio. Con eso se lo ganó de por vida. Desde la ventana de un segundo piso, un gendarme con una metralleta vigilaba el traslado al camión de mudanzas de un refrigerador blanco. En el mercado, un letrero anunciaba:

GRAN VENTA DE MANGOS

En la tienda de Mauricio Mendoza le llamó la atención un aviso.

SE BUSCAN VOLUNTARIOS PARA PROGRAMA
DE REFORESTACIÓN EN RESERVA DE LA
MONARCA.
Informes en el interior.

—¿Qué se te ofrece? —le preguntó el ex empresario de lucha libre, sentado en el mostrador entre la balanza automática y la caja registradora, ahora calvo como una rodilla.

En un rincón yacía un altero de periódicos viejos, el acontecer nacional convertido en papel para envolver. Las secciones de Sociales, Internacionales y Vida Criminal eran para el azúcar. Las páginas de Deportes, Espectáculos y Política para las telas. Las fechas no tenían importancia: lo mismo daba el ayer que el hace un año.

—Mauricio, vengo a solicitarle información.

—Tomás, se acabaron los informes.

—Cómo es posible, si tiene una pila de volantes en el piso.

—Me sirven para los abarrotes.

—¿Y esas cajas de cartón?

—Para los cascos de cerveza.

Tomás cogió un volante. Leyó:

> El Bosque de Oyamel, que se reforestará en la región
> Oriente del estado de Michoacán, se localiza entre los
> 2,400 y 3,600 metros sobre el nivel del mar. Ocupa
> una importante extensión del subsistema montañoso
> y las partes altas del eje neovolcánico. En este lugar pre-
> domina el árbol *Abies religiosa*, que constituye el hábi-
> tat principal de la mariposa monarca.

—Mauricio, me quita el sueño lo que está pasando en el santuario —Tomás se acodó en el mostrador.

—Tomás, no existe el sueño quieto. Te recuerdo que el
mostrador es de vidrio, no lo vayas a romper.

—He sabido de incendios.

—No ha habido incendio alguno —mintió Mendoza,
jugando con sus gafas, mientras su mirada inquisitiva buscaba
examinarlo, penetrarlo.

—¿No le han dicho los biólogos que se quemaron cien
hectáreas?

—No tengo contacto con los biólogos —el tendero le
tendió un papel.

> Las áreas más perturbadas del Bosque de Oyamel, ade-
> más de las zonas núcleo y de amortiguamiento, son las
> laderas, donde se desarrolla un estrato arbóreo inferior
> con presencia de dicotiledóneas como *Quercus*, *Alnus*,
> *Arbutus*, *Salix* y *Prunus*. El programa de reforestación
> estará a cargo de la Compañía Maderera de la Sierra
> Madre.

—Es como confesarse con el diablo.

—Cambiando de tema, ¿se murió tu mujer?

—Hace años.

—No me habías dicho nada.

—Todo el mundo lo supo.

—¿Heredaste propiedades, acciones de bolsa, vajillas, automóviles, algo de valor que puedas venderme?

—Heredé ilusiones.

—Ese perro allí afuera, ¿es tuyo?

—Pertenece a la santa calle.

—Desde que se me murió un muchacho de un golpe en la cabeza, y casi me meten a la cárcel, dejé de organizar luchas. Si no te molesta, te vuelvo a pedir que no te recargues en el mostrador.

—No concibo que nadie quiera hablar de lo que está pasando en el santuario —Tomás paseó la mirada por los casilleros con latas de leche condensada, cartones de jugo de fruta, botellas de aceite, bolsas de azúcar en polvo, paquetes de pastas, cafés y chocolates solubles, cajas de aspirinas y de Alka-Seltzers, frascos de chiles jalapeños, latas de atún y de sardina. En el suelo había sacos de harina, maíz, frijol y arroz. Del techo colgaban tiras amarillentas con moscas pegadas. La tienda le pareció más pequeña que antes, y la trastienda, también. En una pared había un póster de la película *La Red* con la actriz italiana Rossana Podestá evidenciando los pechos desnudos a través de una blusa mojada.

—Tomás, sí hubo incendios, y muchos —apareció una mujer al fondo de la tienda. Era Ofelia, esposa de Mauricio y hermana de Elsa. Aún joven, tenía el busto lleno, caderas anchas y muslos esbeltos. Llevaba el pelo atado hacia atrás y las uñas de los dedos esmaltadas. Al contrario de su marido, mostraba hacia los arroces y las telas indiferencia total como si el vender abarrotes estuviera por debajo de su dignidad. Mientras hablaba, la silueta negra se fue acercando—. Después de la visita del presidente de la República comenzó la deforestación en serio. Peor que antes. Debe venir la orden de talar de muy arriba, porque todos están callados. Los camiones bajan madera día y noche.

—Ofelia, ¿te has fijado? Las naranjas que nos trajeron hoy están podridas. ¿Qué hacemos? ¿Las vendemos o las tiramos? —Mendoza se puso las gafas para mirar hacia la calle—. Vamos a cerrar la tienda, no hay clientes.

—Mauricio, el estado del bosque no está reñido con la tienda.

—De todos modos —Mendoza procedió a bajar la cortina, con Tomás adentro. Para mostrar que quería despedirlo, le estrechó la mano.

—Buenas tardes —Tomás se agachó para salir a la calle. Hacia el perro que lo esperaba con afecto. Dentro se quedó Ofelia, con las manos enrojecidas colgando fuera de los bolsillos del vestido como cabezas de conejo. En ese momento Tomás supo que nunca llegaría a Heliópolis.

## 44. El puesto del mando militar

Partidas las mariposas, llegaron los talamontes. El golpe de las hachas y el caer de los árboles fueron el ruido constante que Tomás escuchó cada día. Los empleados de la Compañía Maderera de la Sierra Madre habían invadido el bosque y se lo estaban acabando. Así que una mañana, Andrés, Tomás y gente del pueblo se dirigieron al cerro para bloquear los camiones que descendían cargados de árboles rumbo a los aserraderos.

—Necesitamos organizarnos para impedir la tala —dijo Odón García, el maestro suplente de segundo año y organizador de huelgas.

—Con este calor, el sol se siente como si tuviera calentador triple —Andrés se limpió el sudor con una servilleta blanca.

—¡Fuera, fuera! —Odón y Teresa alzaron una manta:

### ALTO A LA TALA

Ante la determinación de los manifestantes, los taladores se retiraron a su campamento. Entonces el ingeniero forestal, con un cigarrillo apagado en la boca, vestido de gris y con botas hasta la rodilla, salió a su encuentro.

—Ah, ustedes de nuevo —exasperado aplastó el cigarrillo en el suelo y se puso a hablar por celular con algún superior—. Al explotar el bosque les damos empleo, pero unos cuantos revoltosos quieren perjudicar la fuente de ingresos de los pobres ejidatarios.

El superior dijo algo del otro lado de la línea.

—¿Esas son las órdenes? —el ingeniero colgó y se plantó delante de Odón, Tomás y Andrés—. Mañana vendrá un representante legal de la Secretaría de Agricultura para hablar con ustedes.

—No le creemos.

—Lo prometo, pueden retirarse.

La mayor parte de la gente del pueblo se fue, pero Odón, Teresa, Andrés y Tomás y una docena de campesinos acamparon en el santuario, pasaron el resto de la tarde recorriendo las áreas deforestadas. La noche pasaron haciendo guardia, vigilados de cerca por miembros de seguridad de la empresa.

En la mañana no apareció el representante de la Secretaría de Agricultura. Ni en la tarde. En cambio, hacia las cinco, los manifestantes fueron rodeados por soldados del Batallón de Infantería del Ejército, policías judiciales y elementos de la Procuraduría General de la República. Venidos en carros artillados y helicópteros blindados, se habían posicionado al pie del bosque.

—El gobierno otorgó a la Compañía Sierra Madre el derecho exclusivo de compra y explotación de madera en la región oriente del estado y va a cumplir su compromiso —les informó el capitán Ramón Ramírez.

—¿Qué quiere decir con eso? —Odón García tenía un palo en la mano.

—Que habrá cortes de encino, pino y oyamel en los setenta predios de la reserva.

Casi al mismo tiempo, disparando al aire, los militares se lanzaron a dar a los manifestantes culatazos y golpes en el estómago, la espalda y la cabeza para disolver la protesta.

—Qué se creían esos pendejos, ¿que íbamos a dejar de trabajar? Tenemos metas que cumplir —aseguró el ingeniero forestal.

En la confusión que siguió a Tomás le desgarraron la camisa, le sangraron la boca, le patearon las costillas, lo jalonearon y lo llamaron ¡Perro!, ¡Hijo de la chingada!, ¡Pendejo! y otras cosas. Como pudo, él se deslizó de entre la bola y se ocultó detrás de una pila de troncos. Huyó cuesta abajo, rodando sobre las piedras y las hierbas hasta alcanzar la cañada. Le dolía todo:

los puñetazos, los insultos, la humillación. Durante la trifulca, Teresa y Odón se perdieron de vista y aparecieron cinco horas después en una calle del pueblo.

De regreso a casa, Tomás se acostó y se metió un termómetro en la boca, porque se sentía con fiebre. En el radio y la televisión se daban las noticias del día: un grupo de guerrilleros en colusión con narcotraficantes de Sinaloa habían tratado de apoderarse de la Reserva de la Biosfera Mariposa Monarca y habían sido repelidos por el ejército. También se dio una noticia de última hora que alarmó a Tomás: "La policía halló en una cueva a un niño sacrificado. El sacrificio humano se lo imputaban a Tomás Martínez Martínez alias el Tonatiuh y a Andrés Correa Morales alias El Glotón. Guiados por el ex luchador apodado El Jaguar, los agentes judiciales habían descubierto un altar en el que se adoraba una imagen del dios Huitzilopochtli y una vasija repleta de corazones humanos. El dios con gorro de pluma de papagayo amarillo y orejeras de azulejo tenía en la frente soplos de sangre fresca. En una mano sostenía una bandera de plumas y en la otra un cuchillo de sacrificio."

Por estar escuchando el radio, Tomás no oyó el ladrido de los perros de las casas vecinas que anunciaban la presencia de gente desconocida. Tampoco percibió el ruido de zapatos en la grava, en la cocina, en el comedor y delante de su puerta, hasta que un soldado con botas altas y facciones verdosas le alumbró el rostro. Otro más, quien después de bajar el volumen del radio, le apuntaba con un rifle, le dijo:

—Levántate, amigo.

Sacado del lecho, los intrusos comenzaron a tutearlo:

—Soy Pérez, acompáñanos.

—Soy Gómez, anda cabrón.

—Tenemos a tu cómplice, está fuera.

—En el cuartel confesarán sus crímenes.

—Muy valientes, arrancarle el corazón a un niño.

Mientras se lo llevaban, Tomás miró que en el comedor un policía judicial había abierto los cajones de la cómoda y registraba los estantes del librero en busca de armas, drogas y dinero. No halló pruebas contra él, pero se embolsó un collar y unos aretes de oro de Margarita.

—Tranquilo —el policía judicial fingió sacar la pistola.

—¿Encontraron algo comprometedor? ¿Piedra? ¿Mota? ¿Coca? ¿Objetos de culto? —preguntó Gómez a Pérez.

—Objetos robados. Y soles en las paredes, soles en las mesas, soles hasta en el baño, las obsesiones de un loco.

—¿Esa computadora? ¿Con qué ojos la compraste? —Pérez confrontó a Tomás.

—Fue regalo de mi esposa.

—No que estaba muerta.

—Me la dio antes de morir.

—Nos llevaremos los disquetes como evidencia.

—Los disquetes guardan información sobre unas investigaciones que estoy haciendo.

—¿El perro asesinado era tuyo?

Tomás se puso pálido creyendo que lo acusaban de matar a su propio perro.

—Sí, lo amaba mucho.

—¿Te comiste su corazón?

Afuera llovía a cántaros. Andrés estaba empapado, sangrando de la frente como si le hubieran dado un cachazo. Lágrimas de coraje brotaban de sus ojos. Casi inaudiblemente, profirió:

—La putañera vida.

—¿Qué dijiste, asno? —un relámpago de violencia iluminó la cara del soldado con gorra verde y manga de hule que lo custodiaba.

—Nada, hablaba conmigo mismo.

—Fíjate en lo que dices, porque la próxima vez te rompo la madre.

En un descampado estaba un camión militar con las luces altas prendidas. El soldado con gorra verde abrió la portezuela.

Gómez dio vuelta a la llave y encendió el motor. Andrés y Tomás fueron subidos. El asiento sin colchoneta era de metal frío.

El vehículo salió del pueblo aplastando plantas y hierbas. Al borde de la carretera los soldados saltaron. Fusil en mano los bajaron.

—Obedezcan, cabrones —les gritó el capitán Ramírez.

—Le quiero pedir un favorcito —Andrés se acercó a Pérez.

—Qué.

—Permítanme orinar.

—Cuando me dé la gana.


Al día siguiente, en la cárcel local, el capitán Ramírez les comunicó:

—Tomás Martínez Martínez alias el Tonatiuh y Andrés Correa Morales alias El Glotón están acusados de realizar en secreto asesinatos rituales de niños, además de posesión de armas de uso exclusivo del ejército y de delitos contra la salud. Señores, durante un cateo en los domicilios de ambos los agentes federales y los soldados les hallaron cinco mil dólares en efectivo, medio kilo de cocaína y un equipo de comunicación. Las armas decomisadas fueron las siguientes: dos rifles de asalto, cuatro revólveres Colt 38 especial. También se les hallaron dos cuchillos de sacrificio humano y una calavera de obsidiana negra.

—Todo un arsenal para tomar por asalto el gobierno —Gómez los señaló con las carpetas que traía debajo del brazo. De estatura regular y cara larga, en su aspecto no había nada de raro, salvo que en todo se parecía a sí mismo.

—Fotografíenlos con el arsenal y los objetos de culto —ordenó el capitán Ramírez.

—No son míos —Tomás rechazó el cuchillo de obsidiana y los punzones que le querían poner en las manos.

—Pronto sabrás qué se siente que te arranquen el corazón a cuchilladas —se mofó Pérez.

—No he visto esas armas y esas cosas en mi putañera vida. Ustedes las plantaron —chilló Andrés.

—Corren rumores de que se está organizando un movimiento armado y que un tal Pablo el Perfumado es el cabecilla, ¿es cierto? —les preguntó Ramírez con aliento alcohólico.

—Ni idea, pregúntele a otro más informado que yo —replicó Andrés.

—No te quieras pasar de listo, mano, porque te irá mal, mano. Otra vez, mano, ¿dónde se oculta Pablo el Perfumado? —lo jaloneó Pérez.

—¿Quién?

—¿No ves? El capitán Ramírez tiene colgados en las paredes de su oficina como trofeos de guerra los bigotes, las barbas y las cabelleras de gente arrestada o muerta por él. Creció en el Campo Militar Número Uno y lo adiestraron en West Point, así que calcula de lo que es capaz —le dijo Gómez.

Las protestas de inocencia no les valieron a los compadres. En plena luz del día, los coche patrulla hicieron girar sus faros, desparramaron ruidos y destellos azules mientras los trasladaban al puesto de mando militar.

—Recomendamos a la gente que se retire si no quiere tener problemas con la justicia… Recomendamos a la gente que se retire si no quiere tener problemas… —anunció Gómez por un altavoz.

En Ciudad Hidalgo los tuvieron tres días. Allá fueron interrogados y torturados y recibieron amenazas de muerte y golpes en la nuca, la espalda, el estómago y los testículos. El lunes al mediodía, el Ministerio Público les tomó la declaración y la confesión en las instalaciones militares en presencia de testigos de la empresa.

—¿Qué quieren que digamos? —preguntaron los detenidos.

—Que se dedican a la siembra de estupefacientes, actividades guerrilleras y son miembros de un culto que practica los sacrificios humanos. Por la gravedad de los delitos los acusados serán internados en el Centro de Readaptación Social de Morelia, donde no alcanzarán libertad bajo fianza.

—Escriban.

## 45. El Chachalaca

Eran las seis de la mañana del domingo, Toño, parado junto a un autobús Herradura de Plata recogiendo pasajeros, vio venir una camioneta *pick-up* con las luces apagadas. Como aún no se distinguían claramente los caminos, el vehículo le dio la impresión de avanzar por el aire. Subidos los pasajeros, el autobús arrancó como si fuera a internarse en el vasto horizonte color perla.

La camioneta se detuvo a la orilla de la carretera, exactamente junto a un enorme charco que había dejado el aguacero de la víspera. Bajo la dudosa luz matutina, el muchacho vio saltar dos figuras negras de la parte trasera de la *pick-up*. Bultos verdosos los encañonaban con fusiles. Una de las figuras parecía llevar sobre el hombro derecho un fardo pequeño, tal vez una chaqueta. La otra figura mantenía las manos arriba, como si tuviera miedo de bajarlas. Ya en el suelo, las figuras parecieron dudar sobre su próximo movimiento, si quedarse allí parados o echarse a correr.

—Hasta la vista, amigos —les dijo uno de los bultos verdosos, corpulento, pelón y con cara de maldito.

Mientras la camioneta se alejaba, las dos figuras debatieron:

—Vámonos antes de que se arrepientan.

—Qué tal si nos disparan.

—O nos arrestan de nuevo, si nos quedamos aquí.

—Podrían venadearnos si corremos.

—Cuando la camioneta se pierda de vista nos movemos.

Tomás y Andrés empezaron a andar, primero lentamente, luego más aprisa.

—Henos libres después de siete meses de cautiverio, con la misma ropa que llevábamos cuando nos arrestaron, solamente más barbones, más greñudos y oliendo a chivo.

—Nos soltaron, estoy seguro, porque una asociación defensora de derechos humanos le pidió al presidente de la República investigar el comportamiento de las tropas militares y su relación con la Compañía Maderera de la Sierra Madre en el encarcelamiento de dos hombres inocentes (nosotros). No se hizo investigación alguna, pero nos liberaron, dijeron, por falta de pruebas.

—Los disquetes que me quitaron la noche de mi detención me los devolvieron en una bolsa de plástico.

—Mientras estábamos en la cárcel, El Chachalaca me dijo que unos judiciales arrestaron a un hombre vestido de mujer apodado El Jaguar. El travesti se aprestaba a sacrificar a un niño.

—¿Confesó que era asistente del Gran Nagual de la Secta del Corazón Sagrado? Esa secta venera a los dioses del sacrificio humano y está relacionada con los brujos de Catemaco y los naguales de Puebla.

—El Jaguar se les rebeló: "¿Arrestarme a mí, que he vivido cuatro veces en el mundo: una durante la civilización olmeca, otra cuando llegaron los españoles, otra bajo el imperio de Maximiliano y la última en esta época?"

—¿Llevaba los brazos tatuados con corazones humanos?

—Presumió ante los policías que con sólo desear la muerte de alguien, o con sangrarse sobre una de sus prendas, o con escribir en la pared su nombre con tinta roja, lo haría morir.

—Andemos, que el pueblo está lejos.

—¿Qué te parece si antes de ir a casa visitamos la fonda de Susana?

—Te acompaño.

En el mercado, los compadres atravesaron la nave, mirados por los clientes que estaban allí como si regresaran del país de los muertos. Antes de sentarse en la mesa del rincón, Andrés saludó a algunos de lejos con la mano.

—No se vayan a resbalar, el piso está trapeado —les advirtió doña Susana—. Supongo que estarán hambrientos, ahora les mando a Lupe a limpiar la mesa.

—¿Quieren los señores el menú del día o pedirán a la carta? —en el momento en que los reconoció, la mesera vino a recitarles los especiales del día—. Sopa de hongos silvestres, tacos de barbacoa, carne a las brasas estilo Sonora, enchiladas rojas, chilaquiles verdes, mole negro.

—Para mí huevos con jitomates, huevos con frijoles refritos, huevos con chiles jalapeños, huevos con tortillas calientes, y café de olla. Quiero un almuerzo estilo Zenobia.

Allí continuaron la conversación.

—¿Qué tal te fue en la cárcel, Tomás? —Andrés se alisó el pelo hirsuto.

—Más o menos, amigo.

—¿Te importaría caer de nuevo en el bote?

—Mentiría si te dijera que no. Hace frío allí. Los anocheceres, pero más los amaneceres, son helados; la prisión es sucia y aburrida, y por cualquier cosa te maltratan. Lo peor es que no sólo tienes que aguantar la presencia de los carceleros, sino los humores de los otros presos. Su presencia hedionda.

—Deberíamos ir más seguido a la ciudad.

—No me tienta divertirme.

—¿Aún piensas en Margarita?

—Cierta calle, aquel coche estacionado, esa zapatería, la tienda de cacharros, y hasta el cero en el anuncio me la recuerdan.

—¿Sabes cuál fue mi mayor tormento en la cárcel? Imaginar desnuda a Zenobia parada entre una pierna de jamón y una pierna de pavo. Todas colgadas de un garfio. Digo, las piernas, no Zenobia.

—Andrés, mi secreto es penoso. El sábado antes de que nos soltaran, durante la noche un custodio abrió la puerta de mi celda y me aventó a una mujer en cueros. Era Juana la Púdica, la hermana de El Chachalaca. Con manos frías cayó sobre mí y sin darme tiempo a reaccionar me jaló hacia un rincón, como si me arrastrara a una madriguera sexual. Allí, como una víbora, se enredó a mi cuerpo. Se me despegó una vez. Y eso para gritarles a los presos que estaban haciendo ruido en las otras celdas: "¿Tienen la bondad de callarse? ¿Tenemos que copular con este estrépito?" Una vez satisfecha, se me vino encima a los puñetazos. Y sólo después de romperme el hocico, se marchó de la celda. Sentado en la cama, sin poder dormir, me quedé pensando en sus jadeos sibilantes, su piel escamosa y sus ojos hipnóticos de gata-víbora. No estaba seguro de lo que me había pasado.

—Aparte de la comida nauseabunda del Centro de Readaptación Social de Morelia, lo que voy a echar de menos es a El Chachalaca.

—¿Echas de menos a ese sádico cobrador de rescates que cortaba orejas y dedos a los secuestrados para mandarlos a los parientes cuando se mostraban renuentes a pagar la suma demandada?

—Él sólo raptaba a grandes empresarios. Su hermano el Tragafuegos era el que cortaba los miembros de los cautivos con la complicidad del procurador de justicia y los policías judiciales del estado de Morelos. Como tenía un labio leporino se había dejado crecer un bigote estilo Emiliano Zapata. Su hermana Juana era la encargada de cuidarlos en la casa de seguridad.

—El Chachalaca me dijo algo sobre los comerciantes que mutilaba y las mujeres que violaba. No estaba consternado por encontrarse en la cárcel ni por la lágrima ajena, lo que le dolía eran los centenarios de oro que la policía le había decomisado.

—Él y yo compartimos celda, comida, licores y mujeres de paga. En secreto me enseñó a hacer puntas: con alambres de sillas, con pedazos de madera y con trozos de hierro. Esas puntas las metía en el drenaje para impregnarlas con bacterias y las convertía en armas letales.

—Ahora sólo falta que tú me secuestres para exigirme que te dé mi colección de fotos del Sol.

—Mujeriego hasta el crimen, El Chachalaca se enamoró de una joven secuestrada, hija del industrial Napoleón Núñez.

Eso fue su ruina. Por ella lo agarraron, no dejaba de seguirla después de que la familia pagó el rescate.

En la plaza los dos se despidieron. Tomás atravesó la calle color vinagre sin volver la cabeza para ver a su compadre que lo observaba alejarse desde la esquina de Venustiano Carranza y Pancho Villa.

Al llegar a casa, Tomás se encontró con la novedad de que durante su ausencia trabajadores de la Comisión Federal de Electricidad habían venido a cortarle la luz por falta de pago. Los trastos que había dejado en el fregadero estaban sucios. Al fondo de una olla negra yacía la misma mosca que cuando se fue, pero ahora más seca y más negra. Del grifo del agua salió un soplo. También le habían quitado el agua.

El jardín estaba lleno de pichones zumbones y rechonchos. Habían invadido tejados, árboles y paredes. Tenían vigías en la terraza. Tomás palmoteó y pataleó para ahuyentarlos. Los pichones volaron hacia diferentes direcciones, dejando atorada en una alambrada una cabeza sin cuerpo. Con los ojos cerrados el pichón yacía tranquilo en su muerte. Lo peor vino cuando entró a su recámara y descubrió en la desocupada cama matrimonial un pichón gordo de plumaje azulino. Se había metido por una ventana abierta y caminaba sobre la colcha como obispo en procesión. Al tratar de sacarlo, el pichón se aventó contra una pared y un espejo. Tomás lo cogió y lo sacó por la ventana del jardín. Al hacerlo, se dio cuenta que los otros estaban de regreso. Exhausto, con ropa y zapatos, se tiró en la cama.

## 46. Fuga de Teresa

Ese jueves, mientras Tomás estaba parado delante de la puerta de su casa vio pasar el autobús Herradura de Plata rumbo a la Ciudad de México. No vio, o no le interesó ver, a los viajeros detrás de las cortinas grises y los vidrios ahumados. El vehículo dio vuelta en la esquina y luego se cruzó con un entierro. Los deudos llevaban el occiso al cementerio con música de banda. En el vacío de la calle apareció Toño. De prisa, pues tenía que alcanzar el camión que salía a Charandan el Grande a las ocho de la mañana. En las manos el ex alumno traía tablas de horarios, talonarios de recibos y fajos de billetes que entregaría al conductor. Más tarde, Elsa y su marido, el director de la escuela, pasaron en taxi hacia la estación. Pretendieron no verlo.

"Margarita cumpliría cincuenta años hoy", Tomás se puso a imaginar qué hubiera pasado si su mujer hubiera vivido hasta ese día. En su mente se la figuró viniendo por la calle vestida de amarillo, con zapatos negros en la mano, las uñas de los pies esmaltadas de rojo y el cabello color tierra. Cediendo a su visión, estuvo a punto de extenderle los brazos para recibirla, pero se contuvo: Todo lo que veía: Margarita, el autobús, Toño y el taxi eran parte de la misma alucinación. Entró a su recámara y se puso a hojear la *Guía del Cielo Nocturno*. Sonó el teléfono.

—Teresa se fugó esta mañana —le comunicó Andrés.

—¿Con quién?

—Con Odón García.

—¿Cómo fue?

—Se citaron en la terminal y se fueron en un autobús de la Herradura de Plata. La huida fue preparada con anticipación. Ven y te explico.

Tomás se quedó mirando a la pared como si en ella estuviera escrita la traición de Teresa. Pero mientras más pensaba en su huida más se enojaba y más celos le entraban. Arrojó el directorio telefónico al piso. Sentimientos de venganza lo embargaban. "Habrá que notificar a la policía para que busquen y arresten a este garañón de quinta que raptó a mi ahijada." Según él, Teresa era una niña inocente que quería comportarse como mujer. Y él, un estúpido, teniéndola a su disposición, nunca le puso las manos encima. Se sentía molesto consigo mismo por haber desoído sus palabras cuando le confió: "Padrino, estoy asfixiándome aquí. Este pueblo me mata. Tengo que encerrar mi pasado en un baúl y marcharme. No de vacaciones, sino de manera permanente. Necesito cambiar de ambiente, de cuarto, de gente, quiero darme de baja en la escuela, en la familia, en las amistades, despertar bajo otro cielo, ser libre. Hasta ahora no he hecho otra cosa que soñar en lo que puedo hacer y no hago, en lo que puedo ser y no soy: una mujer con pensamientos propios, una doctora, una abogada, una pintora, una activista, una maestra. Esa puerta a la libertad me la cierra el tedio."

Tomás salió a la calle con ganas de atacar todo aquello que manifestara la vida del hombre: los comercios de ropa y de comestibles, las oficinas y los bancos, las unidades de los autobuses, las placas de los carros, las farmacias con medicinas infames que prolongaban la vida del hombre, el notario con traje y corbata que atravesaba la plaza muy orondo. Si no fuera por su temperamento pacífico le hubiera gustado darle de puñetazos al primer varón con que se topara en el camino. Pero se fue a casa de Andrés. El compadre estaba sentado a la mesa de la cocina llenándose los cachetes de comida y tomando un trago a esas horas de la mañana.

—¿Qué pasó?

—Nos dieron calabazas.

—¿Odón García?

—El mismo.

—Ese —recalcó Zenobia.

—A Odón, cuando le preguntaba con qué medios contaba me respondía con los que no contaba. Cuando le preguntaba sobre las condiciones en que se hallaba su relación con Teresa me hablaba sobre las condiciones en que no se hallaba. Cuando le preguntaba a qué cine la llevaría me daba el nombre del que no iría. Hace una semana se me apersonó, me dijo: "Señor, me revienta tener que pedirle un favor." Respondí: "A mí me revienta que me lo pidas."

—Tienes que hacer algo.

—¿Qué quieres que haga?

—Podrías ir a buscarla.

—El país es muy grande. No tengo dinero.

—Te presto.

—Ella volverá cuando quiera.

—¿Por qué rumbos se fueron?

—A la Ciudad de México, me dijeron en la terminal.

—Desde hace meses empezó a salir con él —aclaró Zenobia.

—Nunca me lo dijeron.

—¿Por qué te preocupa tanto el asunto? —Andrés lo miró con suspicacia.

—Teresa es mi ahijada.

—El celoso ve todo a través de las puertas cerradas.

—Andrés estaba en babia. Una vez los sorprendí en la calle. Ese maestro la abrazaba. Tenía ojos de buitre. Su risa era fea —Zenobia dio un trago a su café frío.

—¿Dónde estaban cuando se fue? ¿No vieron maletas, preparativos?

—Hoy en la mañana salió como siempre, llevaba blusa blanca, pantalones de mezclilla, zapatos tenis. Nada raro. Solamente me dijo: "Al rato vengo, papá." Regresará esta noche, nunca ha dormido fuera de casa.

—Ella no volverá hoy ni mañana.

—Saqué de su cuarto eso: revistas de mujeres, discos, fotos, un viejo chal, ropa interior de mujer —Zenobia señaló los objetos apilados en un rincón, husmeados por la gata. Tomás miró sobre una mesa la *Respuesta a Sor Filotea* de Sor Juana Inés de la Cruz, epístola en que la poetisa defiende con pasión el derecho de las mujeres a pensar—. Ese libro se lo regaló Patiño. Teresa siempre quiso estudiar.

—Esa carta de Odón, ¿qué hace allí?

—No puedes leerla, Tomás, la leeré yo primero, puede revelar cosas íntimas que no conviene que se sepan —Andrés rompió el sobre. Puso la carta sobre la mesa—. Ah, trae unos versos de "La canción de la vida profunda":

> *Y hay días en que somos tan lúbricos, tan lúbricos,*
> *que nos depara en vano su carne la mujer:*
> *tras de ceñir un talle y acariciar un seno,*
> *la redondez de un fruto nos vuelve a estremecer.*

—Mejor cállate —Zenobia le arrebató el poema.

—Mi interpretación de los versos son estos versos —replicó Tomas:

> *Tu talle, tus muslos, tus senos, tus frutos, Teresa.*

—Andrés sabía del cortejo, no hizo nada.

—¿Qué querías que hiciera? El noviazgo fue una sorpresa. Odón parecía un hombre derecho. Su padre trabajaba en los baños del Hotel Regis antes del terremoto de 1985. Murió aplastado por una tonelada de escombros. Es la única vez que fue rico, cuando tuvo en sus manos un cheque al portador de mil kilos de tierra.

—Teresa volverá preñada.

—No te preocupes, los casaremos.

—Casarlos es mala solución.

—¿Ya está el lechón, Zenobia? Venga pa'dentro.

## 47. La revuelta

En septiembre del año en que Teresa se fugó una revuelta estalló en la región. Un domingo al mediodía, en el mercado del pueblo irrumpieron hombres enmascarados con pasamontañas disparando rifles al aire. En unos cuantos minutos el grupo armado logró su propósito: espantar a la gente y darse a conocer en todo el país. Los noticieros de radio y televisión difundieron que rebeldes locales, apoyados por elementos de origen desconocido, habían tomado cinco poblaciones de la Sierra Madre. En su acto, los alzados repartieron volantes del Ejército Popular Socialista Coronel Rolando Vera.

El lunes, algunos diarios independientes revelaron que Rolando Vera había sido un revolucionario muerto en Chiapas en los levantamientos de 1994. Los periódicos oficiales lo desacreditaban arguyendo que era un militar asociado al cártel del Pacífico. Baleado durante una trifulca entre narcotraficantes en un burdel de Tijuana, había sucumbido a siete heridas en la cabeza, los pulmones y el vientre. En las ciudades fronterizas, Los Pericos del Norte, afamados narco-baladistas, con acordeón, batería y bajo propagaron sus hazañas. Su historia se cantó en tres corridos: el de su nacimiento en Sinaloa, el de su boda en Mazatlán y el de su muerte en Tijuana.

Expertos en los movimientos subversivos elaboraron un perfil delictivo del coronel Rolando Vera, aunque en su conclusión ponían en duda la existencia real del Ejército Popular Socialista que llevaba su nombre, porque no figuraba en los archivos de inteligencia de la Secretaría de la Defensa Nacional ni en los de la Secretaría de Gobernación de los últimos cinco años. Aseveraban que como el origen del grupo guerrillero Rolando Vera era bastante oscuro, la insurrección podría deberse más bien a un intento del cártel del Pacífico, comandado por un Roberto Vela, de distraer la atención del ejército, que lo estaba diezmando en Acapulco y Tijuana. "Como otros grupos armados que aparecen haciendo proclamas de reivindicación social o de propaganda revolucionaria", concluían los expertos, "lo más probable es que después de lograr su cometido de distracción el EPSCRV se disuelva en una oscuridad total. Seguramente sus miembros no merecerán una investigación acuciosa, mucho menos una persecución encarnizada de la Procuraduría General de la República, la cual debe estar ocupada en desmantelar cárteles más violentos y en resolver casos más peliagudos." Otros analistas barajaron la posibilidad de que este acto teatral pudiera ser una estratagema del gobierno para poner bajo control militar la zona de la reserva Mariposa Monarca con fines posteriores de explotación maderera. Sin embargo, la tarde del primer martes de octubre los alzados tomaron con las armas en la mano los ayuntamientos de dos gobiernos locales, interceptaron vehículos en las carreteras secundarias de la zona de la reserva y llegaron hasta las inmediaciones del Valle de las Pilas; para sorpresa de unos arqueólogos subacuáticos un comando del EPSCRV subió hasta el cráter del Nevado de Toluca y a las orillas de los lagos del Sol y de la Luna plantó la bandera insurgente. El jueves en la mañana, otro comando se dio a conocer en el Llano de las Papas a unos excursionistas (dos hombres y tres mujeres). Éstos, habiendo dejado su camioneta para dar un paseo por el santuario, al oír gritos y disparos encontraron al chofer herido de un balazo en la pierna derecha. Su asombro no acabó allí: cuatro hombres emboscados detrás de unos árboles les apuntaron con metralletas y los secuestraron.

El domingo siguiente, en Charandan el Grande, los guerrilleros interrumpieron un evento religioso en la Gran Plaza del Mundo organizado por las Hermanas de la Caridad bajo el patrocinio de la Compañía Maderera de la Sierra Madre. Desde el sábado habían llegado cuatro camiones cargados de monjas y de niñas católicas para celebrar ejercicios espirituales ese fin de semana. Cuando la almidonada Madre Superiora les estaba diciendo a sus fieles, concentradas en el atrio de la Catedral Metropolitana: "Queridas amigas, la prosperidad viene del cielo… y la felicidad terrestre de la paz interior", Pablo el Perfumado, autoproclamado comandante del EPSCRV, apareció en un caballo blanco, y la contradijo: "Castísima señora, discúlpeme usted, pero la prosperidad no viene del cielo ni la felicidad terrestre de la paz interior, sino del reparto justo de la riqueza y de la igualdad exterior." Carlos el Risueño y Luis el Peludo, apoyados por un sacristán revolucionario, repicaron las campanas y se llevaron de rehenes a la Madre Superiora y a dos hermanas de la Caridad, las más agraciadas del rebaño femenil cristiano. En vano sonaron las sirenas de las patrullas policíacas apostadas afuera de la residencia del alcalde.

El capitán Ramón Ramírez, quien aseguraba que las batidas en cerros y arboledas, barrancas y cuevas no eran contra los habitantes locales sino contra los bandidos, salió en su persecución. A la vez, los rebeldes juraban que sus acciones no eran contra el pueblo, sino contra el gobierno corrupto. Ramírez, un militar conocido por su tratamiento duro, no se andaba con que no se puede con los rebeldes que arrestaba: Para ahorrarse trámites y saliva, les aplicaba la ley fuga o los suicidaba en sus celdas.

No obstante que el miércoles fueron soltados las cautivas y los secuestrados del Llano de las Papas, Ramírez intensificó los operativos contra los rebeldes. Inútilmente, porque cundieron los levantamientos con violencia en los lugares más inesperados. Después de su liberación, la Madre Superiora y las dos hermanas guardaron un piadoso silencio sobre lo ocurrido durante su cautiverio y sobre su relación con los raptores. Por lo demás, nadie hizo preguntas.

Como las autoridades manifestaban un nulo interés por el bosque, Tomás intensificó sus cuidados y se impuso la tarea de vigilar el crecimiento de los árboles pequeños aportándoles agua y abono cada día. A sus ojos, los crepúsculos de octubre eran los más bellos del año, y la Luna de ese mes, también. Así que no fue extraño que a comienzos de noviembre se haya topado en la Cañada del Pintor con el comandante Pablo el Perfumado, apodado así por su costumbre de despojar a las señoras secuestradas de sus perfumes más finos para ponérselos él. Flaco, con pómulos salientes y ojillos agudos, barba y bigote negros, Pablo tenía la mala fama de que era capaz de matar a una persona por el delito de que fuera fea o sangrona. Tendría unos treinta y cinco años, aunque parecía de cuarenta. Vestía ropa café oscuro con tonos de hojas marchitas. En el momento del encuentro con Tomás, estaba sentado en una piedra y se tapaba la cabeza con una sombrilla rota. A sus pies una víbora de cascabel, que había matado la víspera de un machetazo, yacía cubierta por moscas fosforescentes.

—¿Qué te trae por aquí, amigo?

—Mis pasos, comandante.

—No te hagas el pacheco, no eres campesino ni obrero, ¿puedes decirme qué puta madre andas haciendo por estos territorios libres del gobierno de la opresión? —Pablo el Perfumado escupió el palillo con que se limpiaba los dientes y dio una patada al suelo, que espantó a los pichones—. Los compañeros te sacarán la sopa si no dices la verdad.

—He venido a darles agua a las mariposas.

—¿A las monarcas?

—No hay otras.

—¿Nombre?

—Tomás Tonatiuh.

—Cómo hay chiflados en esta tierra —el comandante soltó una carcajada y aventó la sombrilla al suelo asustando a las moscas posadas sobre la víbora.

—¿Puedo continuar mi paseo?

—Un momento, amigo, estás cogiendo la ruta equivocada.

—Alto o te quiebro —Luis el Peludo le cerró el paso. Le faltaba la mano derecha pero era diestro en disparar con la izquierda.

Tomás se paró en seco.

—Ven con nosotros, necesito hacerte unas preguntas —apuntándole con una metralleta, Carlos el Risueño lo examinó de los pies a la cabeza e hizo que lo siguiera.

Los lugartenientes de Pablo el Perfumado lo sentaron en una piedra y lo acosaron con preguntas:

—¿Qué andabas haciendo por aquí?

—¿Quién gobierna estas tierras?, ¿el general Mondragón? ¿Vive ese cacique todavía o lo mataron?

—¿Qué sabes de nosotros? ¿Quién te mandó a espiarnos? ¿Quién te paga? ¿Quién te vio venir hacia acá? ¿Quién es tu jefe?

—Como secuestrable vales un rábano. No tienes en qué caerte muerto.

—¿Ya cenaste? —Pablo el Perfumado dio un manotazo a una mosca que estaba sobre la víbora.

—¿Por qué me lo pregunta?

—Tienes cara de famélico.

—¿Puedo irme?

—Hasta que yo lo diga. ¿Quieres un tequila?

—No bebo.

—Cenarás conmigo esta noche. Allá entre aquellos pinos está el comedor.

—Quiero ver la puesta de Sol.

—¡Poesía! —Pablo el Perfumado descargó un golpe contundente sobre las moscas posadas en la víbora de cascabel—. ¿Conoces ese poema de Rubén Darío que dice?:

> *Yo, Rufo Galo, fui soldado, y sangre*
> *tuve de Galia, y la imperial becerra*
> *me dio un minuto audaz de su capricho.*
> *Eso fue todo.*

—¿"Metempsicosis"?

—Llévenlo a la colina, muéstrenle dónde va a dormir, y me lo traen para la cena.

Luis el Peludo y Carlos el Risueño acompañaron a Tomás hasta una tienda levantada entre dos rocas. Sobre la cobija en el suelo dormía un gato.

—Por consideraciones de Pablo la vigilancia será mínima. Lo único que te pedimos es que estés disponible para venir a conversar con él, de noche o de día, según se le antoje.

—Acuérdate nada más que cuando Pablo sufre de insomnio habla precipitadamente, pero no lo interrumpas. Sus bostezos pueden convertirse en cachetadas.


Otro día, mientras escudriñaba los alrededores el guerrillero tuerto, Carlos el Risueño y Luis el Peludo desde un peñasco le hicieron señas para que se les juntara a jugar a los naipes. Pero Tomás les dijo que no, pues no traía un centavo en los bolsillos.

No obstante, le pidieron que los acompañara, al menos para ver, y allí se enteró por ellos que Pablo el Perfumado había burlado durante lustros el asedio de los militares mexicanos y de sus asesores norteamericanos, escondiéndose en las cuevas de Mil Cumbres y en los altos parajes donde sólo transita la lluvia y vuela el pájaro. A pesar de su fama de secuestrador y de asesino de comerciantes de todos los tamaños y todos los sabores, el pueblo menudo consideraba al comandante un héroe porque ayudaba a los desvalidos. Le contaron también la anécdota de la noche en que estranguló en la cuna a su hijo de meses porque lloraba mucho y con sus chillidos iba a atraer la atención del ejército y poner en peligro la vida de sus hombres.

La ignorancia de Tomás acerca de Carlos el Risueño era imperdonable porque su foto había salido en los noticieros de televisión y en los periódicos nacionales por haberse llevado a punta de pistola del tocador de su estudio a Lorena Carranza, la cantante más popular de Latinoamérica, burlando los sistemas de seguridad de la empresa de televisión y la persecución masiva de la policía.

—¿Por qué me secuestras? —le había preguntado la tal Lorena a Carlos el Risueño cuando la llevaba en su auto.

—Para verte en vivo.

—Tengo muchos compromisos artísticos, me harás perder miles de dólares.

—Aquí tendrás solamente dos compromisos. Uno, cantarle "Las Mañanitas" a Valeria en su cumpleaños. Dos, pagar el rescate.

—¿Cómo saldrás vivo de aquí?

—Tú serás mi salvoconducto.

—¿Por las calles?

—Y por los retenes del ejército.

—¿En mi Suburban blindada?

—En mi Volkswagen rojo.

—¿En la ciudad?

—Y en la carretera.

—Todos los noticieros difundirán mi foto. Seré reconocida en cualquier rincón del país.

—Como dos buenos amigos pasaremos las revisiones de la policía.

Durante el viaje que siguió por calles laterales, caminos secundarios, brechas y cuestas, mientras Carlos el Risueño le manifestaba sus resentimientos sociales envueltos en argumentos morales, ella, la cautiva, desdeñosa y altanera, lo interrumpía cada vez que empezaba a hablarle de la burguesía política que se había apropiado del país:

—Ajá, que ni te pase por la cabeza que voy a ser tuya y mucho menos la madre de tus hijos apestosos… Ten paciencia, me digo, para no darte de bofetadas, porque vas manejando como un cafre y valoro mi vida… ¿Dónde despacha tu jefe? Pareces el mozo… Ignoro tu nombre, ¿cómo dices que te llamas? Pero no me lo digas, se me olvidará de nuevo, eres tan poca cosa… Juegas al bandolero para existir, de otra manera ni los perros se fijarían en ti… Ahora, escucha mis necesidades: para mi higiene y mi dieta me comprarás cierto tipo de productos, los cuales cuestan. Para establecer contacto con mis asistentes y secretarias requiero de dos teléfonos celulares.

—Vamos a ver —escuchaba él con cara de perro que recibe puntapiés verbales.

—Ahora me voy a dormir, ¿tienes algo en contra? Nada más no me mires libidinosamente mientras ronco en el asiento. Me despiertas cuando lleguemos, me aburre tu compañía… ¿Viste esa lagartija que acaba de esconderse? Eso eres para mí.

De pronto, él protestó:

—Oye, hablas como si estuvieras en condiciones de imponer condiciones. ¿No te interesa memorizar la ruta que llevo? ¿No quieres saber qué vas a tragar hoy en la noche y en qué petate echarás tu cuerpo de diva? No te preocupes por tu dieta, tenemos la despensa repleta de hierbas para vaca. Para acomodar tu trasero sagrado te daré una silla de piedra.

—¿Para decirme esas idioteces me despiertas? Atención, tú no eres mi marido ni tienes derecho alguno sobre mí. Sólo eres un secuestrador de mierda.

—Te guste o no, te mostraré la realidad.

—Tu realidad de rata.

Para exacerbar su enojo, a los pocos días a Lorena le dio diarrea y a cada rato tenía que visitar los matorrales. Alguien que se aproximaba a ellos, recibía vituperios.

Cuando llegó Tomás, a quien ella tomó al principio por otro guerrillero en el campamento, aún llevaba los zapatos de tacón alto, el vestido rojo y el maquillaje del día en que se la llevaron de su estudio, lo cual aumentaba su incomodidad. No obstante que sus custodios le habían conseguido un frasco de shampoo y un cepillo de dientes, les daba órdenes como si fuesen sus criados. Cuando los oía platicar, les gritaba:

—Parecen loros parloteando, váyanse a otra parte.

## 48. Los Venusinos

—Mis puertas siempre estarán abiertas para ti, todo el aire que hay aquí es tuyo —Pablo el Perfumado le estaba mostrando a Tomás sus dominios, cuando apareció Alfonso el Tuerto, encargado de la vigilancia, arreando por una cuesta su pesca del día: dos hombres y una mujer.

—Entre los matorrales oí toses secas, señor. Me dirigí al lugar de donde procedía el ruido, encontré a estos sospechosos. También le informo que se ha establecido un puesto militar a unos diez kilómetros de aquí.

—¿Policías?

Control peló los dientes en una especie de sonrisa.

—Si vuelves a reírte de esa manera te romperé el hocico.

—Es muy desagradable que una se tienda sobre una roca para tomar el sol como una lagartija y de pronto aparezca un hombre picándole las costillas con un fusil —Eréndira apenas abrió la boca, pues se había puesto mucho lápiz labial—. Si una viviera en un país donde hay justicia colgarían a este hombre, pero aquí, ni madres.

—Antes de retirarme, señor, quisiera informarle que los secuestrados y los secuestradores están conformando un cuerpo social en el que ya no se distingue quién es quién, comenzando porque sospecho que la tal Lorena mantiene relaciones íntimas con Carlos el Risueño.

—¿Lo dices por mi interés o por celoso?

—Nosotros, respetuosamente, deseamos hacerle una pequeña aclaración, señor comandante: nosotros ser los famosos músicos de la banda de Los Venusinos —el guitarrista Caltzontzin ladeó la cara—. Nuestra reputación ha atravesado las fronteras norte y sur. Somos tan buenos artistas que nos sacamos los calcetines sin quitarnos los zapatos.

—Hay dos clases de ciegos, los pícaros y los patéticos, ¿a qué clase pertenecen ustedes?

—Ni a los unos ni a los otros, nosotros somos honrados, alegres y propositivos. La pregunta ofende.

—Aquí el que decide qué es ofensa o no soy yo.

—Andábamos por aquí ensayando las canciones que tocaremos en la feria de El Oro —Control tanteó el aire con una mano.

—El reporte dice que estaban escuchando los movimientos del campamento.

—Creímos que el compañero era un soldado. La prudencia popular dice: Soldados ser violadores de mujeres y de derechos humanos. Ponerse el Sol, empezar enfriar, teníamos prisa por llegar a destino —Control se quitó las gafas oscuras, se las volvió a poner.

—Si mienten, les rompo el espinazo.

—Andábamos tanteando las piedras y los árboles en busca de comida.

—Anoche en carretera íbamos con instrumentos sobre la espalda con el fin de pedir aventón a vehículos. Al filo de la medianoche un camión de cervezas se detuvo. Chofer malora nos llevó por ruta desconocida. Nos bajó aquí —Eréndira peló los dientes.

—Aclarado el asunto nos despedimos, tenemos que andar mucho antes de que anochezca —Caltzontzin dio un paso al frente.

—¿Adónde van, cabrones?

—Oh, poderes de la oscuridad, a casa nuestra.

—¿Adónde dijeron?

—Oh, jefe santo, no hemos hecho nada malo, somos gente hambrienta, jodida, necesitada y sin domicilio fijo.

—¿Saben tocar?

—De maravilla.

—Toquen. Dos minutos, no más.

—Necesitamos beber algo. Hace mucha sed.

—¿Tequila?

—Doble, por favor —Caltzontzin bebió la copa de un trago.

Los músicos empezaron a cantar el corrido de Rosita Alvírez. Pablo el Perfumado los calló:

—Suficiente.

Se hizo un silencio. Los ciegos se escucharon uno a otro resollar.

—Más —Caltzontzin tosió sobre la copa vacía.

Tomás sintió una mano hurgando en su bolsillo. La sujetó.

—Control.

—¿Nos conocemos? —el músico ciego paró las orejas, olía a fulminante quemado—. Señas de identidad, *please*. ¿Quién eres?

—Tomás Tonatiuh.

—No *recollection*. Hasta la vista, amigos.

—No te pases de listo porque te puedes ir de hocico a la tumba —Pablo el Perfumado descargó un golpe a las moscas sobre la víbora de cascabel como si lo descargara sobre él.

—*Sorrrry, sorrrry*, no comprender costumbres guerrrrilleras.

—Luis, llévatelos hasta donde no pueda verlos más, su fealdad me irrita.

—Yo creer en milagros, yo presentir que nos darás libertad. Yo prometer irnos quietamente.

—Yo ser un ciego fenomenal —Control tosió al aire.

—¿Nos permite darnos de comer a estas altas horas de la noche? ¿Nos permite lavarnos la *face*? —Eréndira abajó los párpados superiores, entreabrió la boca y entreabierta la dejó después de hablar.

—¿Qué se te antoja comer, mamacita? —Luis el Peludo se le plantó enfrente.

—Camarones al ajillo, pescado a la veracruzana, carne a las brasas, vino blanco italiano.

—¿Nada más?

—Nada de grasa, estoy a dieta.

—Ahora se lo notifico al cocinero. Caminen.

—¿Puedo decir algo? A causa de mi ceguera mi olfato es sensible, ¿desde hace cuánto no se baña? —la cara de Eréndira se torció en una mueca de disgusto.

—Anda, camina a la zahúrda, jovencita.

—Inútil tratar de retenernos, tarde o temprano escaparemos hacia el informe México —Control peló los dientes en una risa que se volvió tos.

—Hablas cuando te diga.

—Ya veo.

—Atrás, atrás, se están yendo por la dirección equivocada. Ahuequen el ala, rápido —Luis el Peludo los picoteó con un rifle.

—Eréndira es una dama, te prohibo empujarla. Si la empujas, no desearás su trasero en vano, tiene contrato con nosotros.

—Avanza.

—Ya veo.

Con dignidad camino, con dignidad obedezco. Hay una ley: cuando lleves a un ciego a parte oscura, devuélvelo al lugar donde lo hallaste.

—¿Qué dijiste?

—Nada —Control se agachó para lavarse las manos en una cubeta. El agua reflejó su rostro. Con la cara mojada se plantó delante de Tomás—. Ya me acordé de ti. Ya sé quién eres. Cantamos en tu boda. Te tomamos el pelo, te cobramos de más. Nos fuimos media hora antes del tiempo convenido. También me acuerdo del entierro de tu mujer. Ya sé quién eres.

A pesar de la hora hacía calor. Eréndira, sentada en una piedra con los labios entreabiertos parecía aspirar los hedores de una barranca por la que corrían aguas negras. Pablo el Perfumado salió de entre los matorrales como una víbora agitando sus cascabeles. Se acercó en silencio y le puso la mano sobre el hombro. Seguramente ella sabía quién era él, porque cuando le bajó la mano al seno no protestó sus caricias.

—Disculpe que lo interrumpa, señor —en ese momento se plantó Alfonso el Tuerto delante de Pablo el Perfumado. El pelo de las sienes prematuramente blanco le daba un aspecto de zorro plateado.

—Joder, ¿a qué se debe la impertinencia?

—Vengo a comunicarle, señor, que se encuentra entre nosotros la compañera Valeria. Acaba de llegar.

—¿La escultórica, la bella, la impredecible, la imponderable Valeria Valdez? Imagino cómo burló los retenes del ejército para venir a pasar su cumpleaños con nosotros.

—Esa señorita no es universitaria, es ramera —expresó el Tuerto cuando Valeria despertó el contento de los rebeldes—. Cinco años en la Sierra Madre han embotado sus sentidos, señor.

—Ella estudia Filosofía y Letras y tienes que creerlo. También te voy a pedir que no te refieras a ella como lo acabas de hacer, porque si me agarras de malas te quiebro —Pablo el Perfumado le apuntó con un rifle.

—Ojalá que pudiera irse en una semana, su presencia nos pone en peligro a todos —el Tuerto se alejó con la cola entre las piernas.

—¿Quién es ella —preguntó Tomás a Carlos el Risueño al día siguiente, cuando la vio tomando un baño de sol sin sostén, tendida sobre una gran toalla roja y con una ametralladora al lado.

—Es Valeria.

Esa vista se repitió cada mañana durante varios días. Hasta que Pablo el Perfumado se cansó del número creciente de espectadores que tenía y le prohibió desnudarse en público con el argumento de que provocaba que los rebeldes descuidaran sus deberes.

—No me gustan esos invidentes, habría que deshacerse de ellos lo más pronto posible, son unas fichas —le dijo Valeria a Tomás, ambos sentados en una piedra contemplaban el crepúsculo. Ella, con los pechos desnudos.

—No te preocupes, en el primer descuido de los guardias escaparán.

—He oído que nada más que pase mi cumpleaños nos iremos a un lugar más escondido de la Sierra Madre. Allá nos dispersaremos por un tiempo para reaparecer en otra parte.

—Ja-ja-já —cerca de ellos, entre los matorrales, se escuchó una risa siniestra.

—¿Quién anda allí? —pistola en mano se levantó Valeria.

—Buenas noches —replicó desde la oscuridad una voz ronca.

—Pregunté quién anda allí.

—Yo.

—¿Quién es yo?

—Control.

## 49. *Strip-tease*

El gusto de la compañía forzada de Lorena Carranza no le duró mucho tiempo a Carlos el Risueño. Al caer la noche de un
sábado de fines de noviembre, aduciendo que tenía que ir de
urgencia a hacer sus necesidades detrás de unos matorrales, se
escapó. Carlos el Risueño la estuvo esperando recargado en un
árbol hasta que después de un rato comprobó su ausencia. En
vez de ella, figuras verdosas atravesaron la oscuridad perlada,
exploraron el terreno y se posicionaron entre las rocas. Las
fuerzas armadas de tierra y aire del gobierno, conducidas por
el capitán Ramón Ramírez, abandonaban el negro camino y
rodeaban el campamento de los rebeldes. Otros elementos del
ejército, en vehículos y cuadrúpedos se aproximaron sigilosa-
mente y los coparon.

—¿Son venados o soldados? —preguntó Tomás en medio de la música, escuchando el motor de una motocicleta que
ascendía al monte.

—Es tu imaginación, compañero. Es tu cruda y cobarde
imaginación la que te hace oír ruidos —sonrió el comandante
cuando él se lo notificó. Pablo el Perfumado, como los demás,
estaba engatusado por el baile de Valeria, la guerrillera universitaria nacida bajo el signo de Libra que ese día cumplía años.
Su signo zodiacal era Sagitario y compartía con el jefe guerrillero la afición por los horóscopos, que contactos externos traían
al campamento periódicamente.

> *Me importas tú y tú y tú*
> *y nadie más que tú.*
> *Ojos negros, piel canela,*
> *que me llegan a desesperar.*

Eréndira, Caltzontzin y Control cantaban poniendo los ojos en blanco. El Loco Durán tocaba la batería como si realmente estuviera loco. Dos guerrilleros danzaban alrededor de una fogata, cada uno con una botella en la mano. Ese crepúsculo sería para siempre recordado por Tomás por sus tonos sangrientos y su blancura color perla. "Es idóneo para un apocalipsis de breve duración: O para un terremoto o una erupción volcánica también de breve duración. Entendido." Sólo faltaba que cayeran del espacio bólidos de fuego.

A eso de las diez de la noche, animada por el alcohol y la música, Valeria comenzó su *strip-tease* por la cabeza: se quitó el bisoñé pelirrojo que ocultaba su pelo negro. Enseguida se deshizo de una blusa negra que ocultaba una blusa roja. Se desató el sostén y se bajó las pantaletas, que envolvían un cuerpo despampanante no desnudo del todo: se había dejado un cinturón de plástico negro, con el cual jugaba. Tomás la contempló de espaldas, de frente, de costado a sólo unos cuantos centímetros de sus manos. Le fascinaban sus corvas, sus rodillas, aunque sus muslos eran impecables, con un lunar negro debajo del glúteo derecho. Prefería verla por atrás, ya que la telaraña negra de su sexo le incomodaba un poco. Ella era como la Venus de Botticelli naciendo de la concha de la noche. La distracción que causó la desnudez de Valeria fue total. Nadie quiso saber nada de nada, solamente deseó meterse con ojos fálicos en la concha vellosa de la universitaria. Peor aún, el ron, el tequila y el mezcal habían corrido con irresponsable generosidad y habían hecho estragos en los reflejos de los rebeldes.

—¿Te gustan sus tetas? —Carlos el Risueño sondeó a Tomás.

—No están mal, parecen soles.

—Ten cuidado que te gusten demasiado, es advertencia.

—¡Pablo! —gritó alguien en la oscuridad.

Carlos el Risueño escrutó con la vista los alrededores esperando que la voz se materializara en un cuerpo, los vigilantes se volvieron a la barranca, pues el llamado parecía provenir de allá, pero no hallaron ningún movimiento sospechoso. Así que el jefe rebelde se puso a bailar con Valeria, sin dar importancia al hecho de que alguien hubiese proferido su nombre. La voz no volvió a oírse. Al menos de la misma manera, porque minutos después un haz de luz le dio de lleno en la cara a Valeria haciéndola cerrar los ojos. Ella, ocupada en bailar, al abrirlos apenas vislumbró el rostro de un desconocido que la miraba por encima de la lámpara.

—Quítame esa luz de encima, cabrón.

—Cómo no, señorita, ahora mismo —el desconocido apagó la lámpara.

Mientras cuerpos de formas vagas emergían de diversas partes de la colina, una ráfaga de metralleta atravesó tableteante las tinieblas. Los senderos negros se confundieron con la barranca. Un bulto humano que trataba de apagar la fogata con una cobija cayó sobre los leños encendidos cogiendo las llamas con las manos. El bulto acostado sobre el fuego recibió una fusilada en la espalda y las costillas. Ya no se movió. Alguien aulló en la oscuridad. Control.

—Soy Ramírez —el militar se presentó a sí mismo como una voz, no como un cuerpo, sólo como una voz amenazante.

Parecía una visión en la noche, con su pelo untado de vaselina y raya en medio. Su chamarra negra de piel, sus pantalones verdosos moteados y sus botas recién lustradas contrastaban con las mancuernillas de calaveras de plata en la camisa. Lorena Carranza estrechó la mano de la visión. Se paró a su lado.

—Por este operativo serás general —le dijo.

"Pasó un ángel", pensó Tomás por la breve tregua. "Se retiran."

No. Sierpes humanas empezaron a disparar desde sus madrigueras. Alfonso el Tuerto se tambaleó. Sin parche y con la nariz ensangrentada, los labios colgándole de la boca como si alguien se los hubiera jalado, se fue a rastras por el suelo.

Entre los árboles hubo fuga de sombras, entre ellas la de Valeria buscando sus ropas. Sólo unos segundos, porque como fichas de dominó una tumbó a otra. Helicópteros sobrevolando el área acometieron a los rebeldes desde el aire. Vehículos camuflados hicieron sonar las sirenas. Los fugitivos, sin armas, cayeron como borrachos de las cuestas o como sacos de papas en las barrancas. Entre alaridos de furia, insolencias verbales, ruidos de moto y de *jeeps* subiendo por las laderas, el tiroteo se hizo más intenso.

—Muérete —gritó un Control jubiloso a un enemigo invisible.

Pasó el Loco Durán empujando la batería con las manos. Atorado el instrumento de percusión en la maleza, lo aventó hacia abajo. El platillo grave perdió el soporte y el tambor gordo repercutió en las piedras. En eso, el músico descubrió a Tomás. Creyendo que era un enemigo le apuntó con el rifle que momentos antes llevaba en la espalda. Pero el arma no tenía balas y lo agitó sólo para espantarlo. Entonces, alguien le dio un balazo en la garganta. Resistiéndose a sucumbir, dirigió el fusil hacia unos ojos negros flotando sobre los árboles. Mientras se debatía, monedas salieron rodando de su bolsillo. Sus ojos angustiados fulguraron extrañamente antes de caer sobre los zapatos de Tomás. Una luz mustia destelló sobre su pelo teñido de verde.

Pablo el Perfumado, comprendiendo que era una emboscada y resultaba inútil resistir, dio órdenes ambiguas de atacar y de retirarse al mismo tiempo. Su grito ronco atravesó la balacera y pocos hombres lo oyeron. Sin embargo, armado con una pistola y un machete, se lanzó al ataque ciego contra cualquier bulto, contra cualquier silueta. Hasta que su brazo derecho retornó a él incompleto. Había perdido una mano.

—Hey, tú, ven aquí —le gritó a Tomás—. Llévame cargado al otro lado de la barranca.

—No seas patético, no eres mi jefe, no me des órdenes. ¿Por qué quieres usarme de bestia de carga si no pertenezco a tu ejército, si soy un secuestrado?

—Silencio —le suplicó el comandante rebelde, y sin saber si corría hacia su salvación o hacia sus enemigos, se echó a correr entre los peñascos.

A unos metros, recargada en un árbol, Tomás vio a Valeria semidesnuda intentando quitarse los zapatos de tacón alto, con los que había hecho su espectáculo, y ponerse unas chanclas, que se le escapaban de las manos.

Una alfombra de botellas rotas ondulaba como una piscina seca llena de filos. Ese había sido el lugar de la borrachera.

No lejos, resbalando en la oscuridad, los músicos invidentes se desbarrancaron con sus instrumentos para ponerse a salvo. Otros guerrilleros menos afortunados cayeron abatidos. Luis el Peludo fue alcanzado por una ráfaga de balas que le llovió de arriba, de abajo y de los lados, perforándole la panza, las rodillas, los brazos y la cara. Antes de desplomarse, con gesto desesperado buscó las facciones de Lorena Carranza, más y más empequeñecidas en la remota Luna.

Carlos el Risueño columbró a Luis quebrarse por la fusilería. Pálido, sonriente, buscó estrechar su mano, aunque su compañero estaba más allá de los saludos, no tenía manos para defenderse de los proyectiles.

—Acércate —le pidió a Tomás.

—Voy —pero mientras Tomás avanzaba hacia él alguien le roció gasolina y le prendió fuego. Carlos el Risueño corrió entre los árboles como un hombre alumbrado, la cabeza como una corona de fuego. Tomás escuchó una risa estentórea. La risa de Control.

—¿Dónde está Valeria? —Pablo el Perfumado, ahogando sus gemidos, con la mano rota y las falanges de los dedos colgando, iba y venía en la oscuridad reconociendo a los muertos, a los heridos. Aquí y allá se paraba para palpar rostros, escuchar plegarias, demandas de auxilio. Las balas silbaban junto a su cabeza como si recibiera una ducha de plomo. La había conocido en la universidad y la había convertido en su protegida política y su amante—. ¿Dónde está Valeria?

—Cayó en manos del capitán Ramírez —Caltzontzin se asomó por atrás de un árbol.

—¿Qué haces aquí? Te suponía peleando.

—Ja, ja, ja —Caltzontzin desapareció detrás del árbol.

—Será terrible si la agarran viva —estaba diciendo Pablo el Perfumado cuando su pie fue mordido por una trampa que él mismo había colocado hacía semanas. Contraído por el dolor, intentó tocarse la pierna con la mano perdida.

Control rió detrás de él.

Casi al mismo tiempo, un perro negro le saltó encima al Perfumado, mordiéndolo malamente. Para no atraer la atención de los soldados, contuvo sus quejidos aunque el can lo desgarraba. Y no fue hasta que le dio una cuchillada en el pescuezo que pudo librarse de su acoso.

—Los lugartenientes del comandante rebelde están finados —el capitán Ramírez aluzó sus cuerpos con una lámpara. Tomás reconoció los cadáveres desnudos pendiendo de un árbol. Bajo la escasa luz parecían pavos degollados. Eran Carlos el Risueño y Luis el Peludo. Ramírez los había mandado colgar. Luis hacía señas grotescas. A sus pies estaban aplastadas las gafas de Control. Cerca de Ramírez un sargento disparaba riéndose.

"¿Por qué el capitán habrá colgado sus cuerpos? No creo que sea necesario profanarlos", se preguntó Tomás.

De repente, una flecha humana emergió de las sombras y acuchilló al sargento. La silueta, una furia viva, quería vengar las muertes de sus compañeros en un solo enemigo. Pero rápidas manos la cogieron y la sacudieron hacia delante y hacia atrás. Descargas de metralleta la quebraron en dos. Aventado a las rocas, Alfonso el Tuerto gruñó como un puerco.

Tomás rodó por una barranca. Cuando dejó de caer tuvo la sensación de que el espacio estrellado estaba abajo y que las ramas de los árboles crecían de sus manos. Como si la sangre le bajara de la frente, la vista se le obnubiló. Limpiándose las gotas, se dio cuenta que era sudor. Se revisó el cuerpo, sintiendo que le entraban lagartijas de diez metros de largo y arañas de cien patas. Estaba intacto. Delante de él pasó un guiñapo. Llevaba una pistola en la mano y un brazo cortado. Iba tan cuidadoso de no hacer ruido que parecía pisar sobre el aire. Era urgente elaborar una estrategia para alejarse de los rebeldes que lo habían secuestrado y de los soldados que lo habían liberado, en quienes confiaba aún menos. El trayecto de un árbol a otro era peligroso, así que aguardó a que una nube tapara la Luna para arrastrarse unos metros. Su plan era avanzar hasta llegar a la estación y tomar el tren nocturno. El problema era que había pasado el último y no habría otro tren hasta mañana, y con horario inseguro. Entonces, invadido por la fatiga sintió el impulso de dejarse atrapar. Pero, con los labios apretados, se tendió sobre una piedra a esperar. No sentía miedo ni cólera, sólo hambre, un hambre tan grande que parecía tragárselo entero. Bajo su vientre registró movimientos telúricos. Para colmo, estaba temblando.

Pablo el Perfumado pasó de nuevo, pero ahora con expresión siniestra y con las ropas del sargento muerto puestas. Un chillido involuntario le salió de las entrañas cuando halló los zapatos de tacón alto de Valeria. Seguramente el capitán Ramírez se los habría quitado y los habría aventado hacia la noche. Habían caído allí, conjeturó.

Los heridos eran trasladados brutalmente a camiones militares. Los muertos los dejaban *in situ*. No había ninguna prisa para recogerlos. Tomás se enteró luego que Pablo el Perfumado, acosado por docenas de militares y de perros, pudo matar a varios de sus perseguidores. Sin una mano y herido en una pierna, y arrastrando una bolsa de cuero con los centenarios de oro que había obtenido de los secuestros, huyó con cuatro colaboradores hacia el sureste. En las montañas de Chiapas, prometió, reagruparía a su gente y reclutaría a nuevos adeptos. Antes de seis meses él y el ejército se verían la cara de nuevo.

El capitán Ramírez rescató a Lorena al pie del cerro. Después de palparla de los pies a la cabeza para ver si estaba bien partieron en un *jeep*. Antes de irse recogieron de la piedra donde el jefe rebelde se sentaba un juego de naipes, una sombrilla rota, una víbora de cascabel y un horóscopo.

## 50. Valeria

Nadie se enteró, y a nadie le importó, que a Tomás lo secuestraran. Así que cuando Valeria lo cogió de escudo humano, conduciéndolo a una camioneta escondida entre los matorrales, no hubo oposición alguna de las fuerzas del orden.

—Maneja —ella, casi en cueros, lo metió en el vehículo.

—No sé manejar.

—Entonces hazte a un lado —Valeria cogió el volante y arrancó dejando detrás un haz de humo blanco. Entró por un camino de terracería, aplastando plantas y aventando piedras. Sus brazos subían y bajaban cubriendo y descubriendo sus senos, con la mano derecha se echaba para atrás el cabello. Sus orejas pequeñas parecían escuchar el silencio afuera del coche—. Ni me preguntes por qué estoy encabronada.

—Ten cuidado —chilló él, pues con las luces apagadas ella maniobraba la camioneta como si quisiera clavarla en los peñascos o echarla en las barrancas. Nerviosamente con la pistola le apuntaba y se apuntaba a sí misma como si tratase de ponerle fin a todo, y la metía en la funda que colgaba de su cinturón de plástico negro para sacarla de nuevo.

En la carretera, Tomás no acertaba en meter los botones en los ojales de su camisa, entretenido en verle las piernas y los pechos desnudos. Su piel estaba bronceada, sus labios eran un poco gruesos y sus pestañas largas. Su rostro no era convencional, pero le resultaba bello por la tensión y el coraje que denotaba. Ahora entendía por qué había fascinado a los rebeldes hasta el grado de distraerlos fatalmente.

—Nunca me agarrarán los hijos de la tiznada —ella pasó por encima del cadáver de un soldado como si pasara sobre un uniforme vacío.

—¿Estaba vivo o muerto?

—Ni vivo ni muerto.

—¿Quién eres tú, realmente?

—Es cosa que no te importa. ¿Te gustan?

—¿Cuáles?

—Mis tetas. ¿O prefieres mi araña? —Valeria se fue poniendo el sostén y las demás prendas mientras sus rodillas chocaban al dar brincos la camioneta.

—Me gustan tus ojos.

—No mames. ¿Cuánto tiempo hace que no has estado con una mujer?

—No recuerdo.

—Espero que me cuenten entre los muertos, de otra manera no descansarán hasta atraparme y matarme.

—¿Te asustaste?

—Para decirte la verdad, me urgía ir al baño y ponerme otros zapatos.

—¿Hemos salido de la zona de peligro?

—Mira, el capitán Ramírez va a hacer barbacoa. Espero que Pablo no esté en esa pira —Valeria señaló los cadáveres amontonados sobre los troncos secos. Rociados con gasolina, un soldado les prendió fuego. Un olor a chamusquina invadió el aire.

—Escapó.

—¿Estás seguro?

—Hombres armados a la derecha —advirtió Tomás, pues ella estaba a punto de meterse en una desviación por donde soldados de Ramírez a pie se dirigían al cuartel.

—Creí que eran compañeros.

—Creíste mal, son fantasmas violentos camino del Inframundo.

—¿Qué quieres apostar que son mis compañeros? ¿Apuestas tu pellejo de esclavo contra mis nalgas de guerrillera? —Valeria se enfureció, como si se viera a sí misma en esa compañía fúnebre. Se enfrenó y se echó para atrás, entrando a toda velocidad por una carretera secundaria sin dejar de escrutar las luces de los coches que surgían por atrás, por adelante, por los costados.

—En las curvas trata de mantener la estabilidad, porque los camiones cargueros y los autobuses son una amenaza —a Tomás le preocupaba que al mismo tiempo Valeria tarareara una canción de protesta, fumara, diera tragos de tequila, le apuntara con la pistola y maldijera al ejército, mientras la camioneta se bamboleaba, saltaba sobre los baches y daba la impresión de desbarrancarse.

—¿Por qué lo dices? ¿No te gusta mi estilo de conducir?

—En el frenesí de la velocidad parece que quieres estrellarte contra todo, contra los autos, contra las paredes, contra los ciclistas, contra los camiones, contra los peatones, contra la noche. Sentado a tu lado no me queda otra cosa que correr contigo en camioneta hacia la muerte.

—¿Miedo o precaución? —Valeria oprimió el acelerador.

—No vayas a chocar.

—Mejor me visto, no vaya a ser que las ratas del capitán Ramírez me agarren en cueros —Valeria se paró en seco y comenzó a ponerse las ropas que llevaba en una pequeña maleta negra—. Es para las emergencias.

Luego salió disparada haciendo chirriar las ruedas del auto. Sólo para salirse de la carretera y detenerse a los pocos minutos en una gasolinera de mala muerte.

—Aquí cambiamos de osamenta. Voy a cargar adrenalina —Valeria se bajó del vehículo y abordó un Ford Topaz negro, cuyo propietario acababa de pasar al baño de hombres. Con un cigarrillo de marihuana en la boca, rechinando llantas y frenos, arrancó a punto de atropellar a una mujer indígena que en una cuneta vendía cigarrillos Marlboro.

—Soy tu copiloto, pero no vayas a ciento cincuenta kilómetros por hora, no rebases los tráileres, mira que algunos van cargados de varillas que se te entierran en caso de choque. No conduzcas como cafre, tampoco como sonámbula. Fíjate en ese carro que viene en sentido opuesto —clamó Tomás.

—Si no quieres que nos apresen, y no quieres morir como cucaracha, mejor cierra la boca —contestó ella.

—Apresarme a mí, ¿por qué?

—¿No te excita ir en carro robado?

—Bastante.

—A veces sueño que ebria de anuncios espectaculares "Soy totalmente Palacio" y mujer Wonderbra voy en un tanque aplastando políticos, agentes de tránsito y beatas.

—Mira a ese pobre animal, es un asco la gente —en la carretera, sobre un perro tendido patas arriba pasaban cientos de automóviles.

—Hey, idiota, ¿estás ciego? —Valeria le gritó a un hombre que caminaba en medio de la carretera.

—¿Era Control?

—No alcancé a verlo.

—Oí su tos.

## DESVIACIÓN. HOMBRES TRABAJANDO

—Qué obras ni qué ojo de hacha. Ese letrero está allí desde hace años —ella se enfrenó tan bruscamente que él se fue de cabeza contra la ventana.

—¿Hora de un desahogo? No se te ocurra venir a espiar —Valeria se bajó del coche. Se metió en unos matorrales. Regresó, pistola en mano.

—Aquí nos despedimos.

—Bájate, si no quieres seguir conmigo. Eres libre de largarte por las calles sucias de Nuestra Puta Madre la Ciudad.

—Me marcho a Solandia.

Entonces él la vio meterse por una calle oscura, dar vuelta en una esquina, pasar a su lado otra vez, echarse en reversa y detenerse junto a un paredón sin ventanas.

—Ven, cabrón, no me puedo ir dejándote en Tomatitlán de las Estrellas. Amigos de nuevo, ¿eh? Súbete.

—Pensé que querías darme un tiro por la espalda.

—Ganas no me faltan.

—Cúbrete —Tomás le puso encima su saco.

—¿Por qué?

—Para que no tengas frío, carajo.

—¿Te importo un rábano?

—No, pero no quiero que te arresten, te torturen, te violen y te maten.

—¿En esa secuencia?

—Sigamos a pie, hay boda en el pueblo.

—Hay feria, mira los fuegos de artificio.

De la plaza surgieron cohetes que subían alto en el cielo para caer de nuevo sobre la gente que los estaba echando.

—¿Tenemos que pasar entre esa turba?

—Es la fiesta de Nuestro Señor el Desalmado, el patrón del pueblo, hoy, aquí, todo el mundo deambula, festeja, come, fornica.

—Joder, nunca pensé que las fuerzas vivas del pueblo tuvieran tantas manos —Valeria, zarandeada por los varones que la rodeaban, trató de proteger su cuerpo de ser manoseado.

—Como en los asaltos: No te resistas.

—Los dedos a ti no te palpan, tienes el culo flaco. Vamos deprisa, este mitote puede ser una estratagema del ejército mexicano para confundirnos y atraparnos —Valeria entresacó la pistola negra que llevaba sobre su pierna torneada—. Quiero darle un balazo a ese buey con gafas oscuras que me acaba de tocar las nalgas.

—¿Comemos algo? Los tacos de hongos alucinantes son la especialidad de la región. Después de comerlos empiezas a correr locamente entre la multitud.

—Esos policías, aquí los crían y desde aquí los exportan a toda la República. Tienen fama de duros.

RELIGIÓN: REDENCIÓN
REVOLUCIÓN: PERDICIÓN

PARA LA SALVACIÓN, NUESTRO PATRÓN
PARA EL AMOR, NUESTRO COLCHÓN

Gritaban las mantas que atravesaban la calle de un extremo a otro cuando en la plaza comenzó el baile. Hombres en mangas de camisa sacaron a bailar a mujeres muy movidas, las cuales les pusieron la mano derecha sobre la espalda para ir y venir al ritmo de la música. Era difícil escuchar lo que estaba tocando la orquesta a causa de las detonaciones de los cohetes.

—Ahora abandonaremos el coche robado y abordaremos un autobús con destino a la Ciudad de México —le sopló Valeria cuando salieron a la carretera.

—¿Juntos?

—De la mano, papá.

—Tú sola, hijita, yo me regreso.

Valeria le hizo la parada a un autobús Flecha Roja.

A punto de abordarlo, Tomás la cogió del brazo.

—Ahora, qué diablos.

—Toma el siguiente —él señaló a dos músicos invidentes en la primera fila de asientos con los instrumentos en las manos.

—Ja, ja, ja. Mi cadáver no estaba en el lugar donde dijeron que estaba —rió Caltzontzin, medio rostro comido por la oscuridad.

—Je, je, je, nunca pierdes tu sentido de humor —Eréndira abrió grande la boca para reír. Después de reír la dejó abierta.

—Ji, ji, ji —detrás de ellos se rió una tercera persona que Tomás no pudo identificar.

—No te preocupes por mí, en la ciudad el movimiento estudiantil me ocultará y ayudará —Valeria prendió un cigarrillo, el olor a marihuana le llegó a Tomás.

—Ten cuidado.

—En el autobús me sentaré junto a una niña.

—No llames la atención.

—¿Cuándo crees que cambien las cosas en el mundo?

—En el año tres mil cinco, si hay mundo.

Un camión de pasajeros Herradura de Plata se detuvo unos treinta metros adelante. Tomás, la mano en alto, expuso su cuerpo para que se detuviera.

—Adiós, papá, nos vemos el Viernes Santo —Valeria corrió hacia el vehículo.

—Adiós hija, háblame por teléfono cuando llegues —antes de que abordara, Tomás le dio un beso de despedida con una boca que olía a cobre.

—¿Una pastilla de menta? —ella le rozó los labios como quien los pasa por una estampilla postal.

—Gracias, hija, tengo dientes malos.

El autobús partió. Tomás se paró en la carretera para pedir aventón. Un camión de carga se detuvo.

Mientras el amanecer se teñía de azul marino y rosa, Tomás tuvo la sensación de adentrarse no en la Sierra Madre sino en una cordillera desconocida. Sin entablar conversación con el hombre que lo llevaba, durante un par de horas o más clavó la vista en la cinta asfáltica. En las orillas del pueblo se bajó.

En la próxima parada de la Herradura de Plata subió un hombre que vino a sentarse al lado de Valeria.

—¿Dónde están los otros? —de pronto, en el reflejo de la ventana, ella se dio cuenta que dos agujeros negros la estaban observando.

—Se fueron adelante, yo me quedé a esperarte.

—Te hubieras largado también.

—¿Son tuyas estas piernotas? —pelando los dientes, el hombre empezó a explorarla.

—Son de la madre que te parió.

—Huelen a tortillas calientes.

—Suéltame, cabrón, no que estabas ciego.

—El ciego no estaba ciego, sus gafas oscuras eran un antifaz —como si sus manos fuesen tenazas, Control le metió los dedos entre los muslos—. Ssshhhh, acuérdate de Pablo el Perfumado, si gritas te puede pasar lo mismo.

## 51. Noticias de Teresa

—Allá viene el viejo Nicolás, ¿quién se habrá muerto? —Zenobia estaba recostada en un banco de madera cuando columbró al cartero.

—Si viene es que trae malas noticias. Su ausencia es ausencia de disgustos —Andrés sopeó un pedazo de pan dulce en el café con leche.

—El correo sólo llega una vez a la semana.

—El cartero no tiene anuncios ni cuentas que traer, porque no le debo nada a nadie.

—Han pasado años sin noticias de Teresa.

El cartero atravesó la plaza como si se moviera en los espacios insondables del Servicio Postal Mexicano. Sin bajarse de la bicicleta, abrió la valija de cuero y entregó a Zenobia un sobre.

—¿Quiere un vaso de agua o una cerveza?

—Gracias, señora, ando trabajando.

Cuando el cartero partió, con manos dubitativas Andrés examinó el sobre misterioso.

—¿Te escribió un fantasma?

—Teresa.

—¿Por qué escribirá ahora, después de tanto silencio?

—Estará pidiendo dinero o se habrá metido en líos.

—Déjame leerla.

—La putañera vida, yo primero —con un cuchillo mellado, Andrés rasgó el sobre—. Zenobia, mis anteojos.

—No me grites así, ya te traigo tus culos de vaso.

—Zenobia, tráeme dos copas de tequila.

—Para qué, si no tienes dos hocicos.

—Ah.

—Zenobia, no se te olvide poner las lentejas en la lumbre. Zenobia, acuérdate de planchar mi camisa. Zenobia, pásame la jarra de agua. Zenobia por aquí, Zenobia por allá —lo remedó ella, con la gata en los brazos—. Con esa cara de huevo estrellado que tienes me estás sacando de quicio. Soy la sirvienta, la cocinera, la mesera, la confidente, la madre, la puta, ¿qué más servicios quieres?

—Veo borroso, compraré lentes nuevos, mi vista empeora.

—Te puedo leer las cartas.

—Mejor llama a Tomás.

—¿Quieres que se entere de sus confidencias?

—Busca al compadre. Pero cúbrete la teta. No vaya a ser que le des tentación.

—¿Yo o la chiche?

—La chiche.

Zenobia aventó la gata sobre el banco y se fue arrastrando los pies. Halló a Tomás sentado en el comedor. En voz alta hacía cuentas y apuntaba los cálculos en un papel. Tachaba, arrancaba hojas.

—Para comprar un equipo fotográfico que capte los eclipses de Sol necesito una cámara con lentes de 16 mm, un trípode, baterías extras y varias películas. Y una cámara de video. Todo eso cuesta tanto y tanto. El problema es que no sé si sepa usar el equipo y si valga la pena el gasto. Si no lo hago, la imaginación sin recursos es sólo eso: imaginación sin recursos.

—¿Interrumpo?

—De ninguna manera, Zenobia, mi puerta está siempre abierta para ti.

—Andrés quiere verte.

—¿Así de urgente?

Zenobia notó sobre la mesa un sobre enmarcado en negro.

—Llegó hace días, es una esquela. Murió doña Francisca, la madre de Margarita: Que el Sol la reciba en su santo reino.

—¿Y esa otra carta?

—Alguien me está escribiendo sin revelar su identidad. Adentro no hay nada escrito, solamente hojas en blanco. De un tiempo para acá me mandan papeles vacíos, quizás para que los llene y los devuelva. No viene una dirección e ignoro qué se espera de mí.

—Serán de una enamorada.

—O de Teresa. Si supiera dónde está iría a buscarla.

—El contenido nos llegó a nosotros.

—Vamos, pues.

Ambos salieron enseguida. Al entrar a la casa, Andrés cogió a Tomás del brazo.

—En el patio estaremos más cómodos.

—¿Por qué tanto secreto?

—Noticias de Teresa.

—Las cartas no traen fecha ni lugar de procedencia —el corazón de Tomás dio vuelcos, como si él fuera el destinatario.

—Léemelas, tengo problemas de la vista.

Tomás leyó:

Comprensivo papá,
Rompo mi silencio de años para decirte que rompí con Odón García, un mujeriego, un majadero, un miope y un bueno para nada. Me separé de él. No trabajaba y lo caché con otra mujer. Con Manuela Méndez, mi amiga.

—Más lento, compadre, mi mente no corre a velocidad de tren.

Tomás continuó:

Para no mantenerte en suspenso, te revelo mi secreto: estoy encinta. Desde mayo trabajo en la Escuela Normal Superior de Maestros y en mi tiempo libre asisto en las mañanas a los talleres de la Academia de Artes Manuales. No te menciono el nombre del plantel educativo para que no se te ocurra venir a buscarme. Mucho menos para que vengas a jugar el papel de suegro ofendido.

En esta escuela tomo clases de inglés. Mi *teacher* es Mike, un gringo de Missouri muy aficionado a la literatura. Un día te lo presentaré. Por ahora, no te molesto con detalles innecesarios. En mi estado, mi única preocupación debiera ser la de encontrarme con Tomás. Pero te diré francamente: algo ha cambiado en mí y toparme con él me tiene sin cuidado.

Si quieres escribirme hazlo al Apartado Postal tal y tal.

Antes de despedirme, vuelvo a decirte que detesto el pueblo. De él sólo recibo malas noticias (que me manda Carolina Pavón): fechorías de funcionarios, matanzas de animales y el asesinato de mi árbol favorito, el Fresno del Zopilote, una hermosa criatura de quinientos años de edad que fue convertido en leña. Así que no pienso regresar.

En esta ciudad desordenadamente ordenada, caóticamente funcional, me siento bien. No es una ciudad cualquiera, hay tráfico exasperante en cada esquina, el aire que respiras te envenena, el prójimo te arremete, las plantas crecen con dificultad bajo un cielo que parece yema podrida, la estación de lluvias es un llanto de agua resbalando por ventanas sucias.

Un abrazo para mamá, besos para ti,

Teresa.

—Eso confirma mis sospechas. Teresa está loca. Ahora léeme esa otra carta.

—Ésta está dirigida a Zenobia.

Querida mamá,

Te cuento que vivo en un estudio en la azotea de un edificio que parece hotel de paso. La calle, en la colonia Condesa, ha sido desarbolada meticulosamente. Me niego a tener más posesiones que una cama, una mesa y dos sillas. Mi librero contiene un libro inédito, *El cuaderno del Sol*, de Tonatiuh Martínez. La televisión en blanco y negro, que recogí en una esquina, es portátil y está descompuesta. Pronto la tiraré a la basura. En el muro sobre mi cama cuelgan dos grabados de calaveras de José Guadalupe Posada. Qué alegremente se mueven esos esqueletos en el jolgorio del fin universal. Vivo sola como una araña.

La azotea huele a orines de gato, gas doméstico, hidrocarburos y carnitas. Todo junto. ¿Qué más? La vista me (des)agrada. En frente y a los lados ves concreto y vidrio, ropa tendida, tanques de agua, sirvientas en mandiles, botes de basura, geranios en macetas quebradas. Arriba y a lo lejos, coches, coches y aire poluto. En la mesa tengo pastillas y hierbas para todo, pues sufro de migrañas, insomnio, indigestión y otros desastres interiores.

Hasta el amanecer atraviesan mi ventana los ruidos del arrabal: coches acomodados por el valet parking del restaurante El Ojo Blanco del Jaguar Nocturno. Allí tocan los Nigromantes. En ese antro los parroquianos rompen el silencio toda la noche. Esos músicos de poca monta se visten de Tezcatlipoca, el dios del Espejo Humeante. Al lado hay un giro negro y docenas de hombres entran y salen de allí las veinticuatro horas del día. En ese antro, mujeres ebrias de presente se venden al mejor postor. (Las hijas de papá hacen el amor gratis en coches estacionados, en pasillos, cines, escaleras, elevadores y cementerios. Todo por no sentir horror por una cierta condición futura.) Como sabrás por tu propia experiencia, el espectro que nos habita acucia el deseo erótico.

Mientras te escribo llegan al cuarto mío voces de niños. No sé si de una guardería, un jardín infantil o de un domicilio particular. Cantan canciones infantiles sin que logren despertar a mis compañeras, las dos perras chihuahueñas. Las cuido como a mí misma, son mis hermanas caninas.

En el Parque México se dan conciertos los domingos. Por sus calzadas, las madres jóvenes, con juguetes y termos, pasean a sus hijos miradas por los vagos. El área verde es muy conveniente. Los otros atractivos no te interesan: cafés, discotecas, librerías, bares, vida nocturna, sitios de taxis.

Por la Avenida de los Insurgentes corren camiones de pasajeros día y noche. La gente va colgada de la puerta o dormida en los asientos como si el alma se les hubiese colapsado. Me niego a ser una pasajera sonámbula en esta metrópoli caníbal. Me niego a ser una campesina miserable en una periferia trituradora. Me rebelo a ser mortal.

Saludos a papá, te abraza,

Teresa.


—¿Qué vas a hacer? —Tomás le entregó las cartas.

—Esperar a mi nieto.

—Podrías rastrear la procedencia de la carta, encontrarla.

—Para qué.

—Me perturba imaginarla paseando panzona por la ciudad.

—Una imaginación bien real.

—Podría abortar.

—Es buena idea de Tomás, Carolina Pavón conoce a un médico.

—A ti, Zenobia, ¿quién te pidió opinión?

—Yo misma.

—Ya oíste, ya cállate. Ay, me estoy quedando ciego. Ahora te veo como si estuvieras detrás de un vidrio empañado.

—¿Cataratas?

—Se me pasaron de un ojo a otro.

—Eso no es posible.

—Te veo doble, compadre, como si dos Tomases estuvieran parados en la puerta abriendo dos bocas para decirme "Eso no es posible." De un tiempo para acá observo a dos Zenobias delante de mí: dos Zenobias en el desayuno, dos Zenobias en la cocina, dos Zenobias en la cama. Y hasta sueño con figuras dobles, con cuatro tetas. Caray, compadre, no sé qué hacer con tanta falsa abundancia, si reírme o llorar.

—Para qué gritas, si estamos a tu lado.

—Cuando quieres hacerte oír, lo más seguro es el grito.

## 52. Retorno de Teresa

Cuando Teresa vino a la oficina de Correos a recoger su correspondencia, una empleada le dijo que en su apartado tenía un telegrama esperándola desde hacía días. Cuando lo abrió, el mensaje no dejaba lugar a dudas. "Tu padre se muere. Ven enseguida. Zenobia." O sea, se le pedía que volviera a casa de inmediato porque Andrés agonizaba. ¿De qué o por qué? El texto no lo decía. Al leerlo una y otra vez, como para aprehender interiormente el significado de las palabras, Teresa concluyó que si alguien que nunca escribe ni habla por teléfono manda un telegrama urgente la situación es grave y debe tomarlo en serio. Así que se dispuso a tomar el tren rápido. Un tren que, desgraciadamente, desde que salió de la estación dejó de ser rápido, pues partió con tres horas de retraso. A ella no le importó la demora, el recorrido lo hizo mirando el paisaje como dormida, como soñando.

Trajo consigo dos perros chihuahua. Al alcance de su mano colocó un cochecito de niño con la capota plegada. Un hombre le ayudó a subir a la rejilla una maleta con ropa y un cartón con juguetes. Por su equipaje, se percibía su incertidumbre de no saber si se quedaría en el pueblo unos días o unos meses. Al regresar, temía no poder irse de nuevo.

Cerca de la estación, el tren se detuvo bruscamente: un autobús de la Flecha Roja se había quedado atorado en las vías. Habiendo abandonado el vehículo, los pasajeros esperaban a que se pusiera en marcha otra vez. Excepto Toño, sentado plácidamente en un asiento como si no hubiese peligro alguno. Ahora era despachador de la línea y no tenía que ayudar en los trabajos de reparación.

—Bienvenida a Carcachalandia —le dijo a Teresa pasajero envuelto en una capa negra pasada de moda. De paso le dio su tarjeta de visita.

*Douglas Metempsykhóo*
Experto en Transmigraciones, Comunicaciones Extraterrestres y Levitismo
Unión Internacional de Metempsicosis con sede en Ginebra, Suiza.
Visitas urgentes a hospitales, lugares de accidentes y a domicilio.

El camión pudo pasar las vías y el tren llegó a la estación.

Nadie la esperaba. Se dirigió al taxi solitario estacionado entre dos cedros, un escarabajo verde. Por tener que compartirlo con otro pasajero, le pidió al chofer que la dejara a ella primero "por una emergencia familiar". Su solicitud no conmovió al hombre. Sin ninguna prisa se fue platicando con el otro, indiferente a los pataleos del bebé y el nerviosismo de los perros.

—Mi padre se muere, por favor, concéntrese en manejar —explotó ella.

—Hago lo que puedo, señorita, para satisfacer a mis clientes. Usted no es la única pasajera.

—De todas maneras, solicito su comprensión.

—¿Cuál es la prisa?

—Ya le dije.

—Nomás piense.

Para dominar su impaciencia, de allí en adelante ella se puso a observar la arboleda, que había perdido densidad, los cactos moribundos a ambos lados de la carretera, los perros callejeros corriendo junto al coche, las nuevas casas de tabicón y vidrio.

—Llegamos al palacio del señor gobernador —el chofer se detuvo delante de su domicilio. Sin ayudarla a bajar el equipaje, se burló—. Señora, baje usted misma sus tesoros.

—¿Quién es? —preguntó Zenobia desde adentro.

—Soy yo, Teresa.

—¿Recibiste mi telegrama?

—Por eso estoy aquí. ¿Cómo está papá?

—Sufre de una opacidad del cristalino.

—¿De qué?

—De la lente clara y transparente del ojo.

—No entiendo.

—De cataratas, mujer.

—Quiero verlo.

—¿De quién es esa bebé, Teresa?

—Es Luisita, mi hija.

—¿Mi nieta? —mirando a la niña de reojo, Zenobia la llevó a la cocina. Al echar un vistazo sobre la mesa, Teresa pensó que la cosa no era tan grave como decía el telegrama pues había grasa de chorizo sobre un plato—. ¿Quieres comer o beber algo? ¿Café o un vaso de agua?

—Quiero ver a papá.

—No está tan mal, come bien, incluso con el mismo apetito —Zenobia condujo a Teresa a una puerta que se abría a una escalera que llevaba a una habitación en el sótano. Después volvió a la cocina para quitar algo del fuego.

Teresa había entrado varias veces en esa habitación sin fijarse en los detalles, pero ahora tuvo la sensación de que era la antesala del reino de la muerte, con su mobiliario deprimente prestado de otros cuartos y su cortina hecha de un sarape. En un camastro, envuelto en una sábana, con cara desencajada, yacía Andrés. A sus pies, la gata hacía su limpieza.

—Papá —Teresa le cogió la mano fláccida.

—La leche que me diste está agria —reprochó él, creyendo que era su esposa.

—Soy Teresa.

—Las natas estaban asquerosas.

—¿Qué te pasa, papá?

—Se me prendió el foco en el coco y no puedo dormir ni de día ni de noche, ni parado ni acostado ni sentado. Veo luces cuando abro los ojos y cuando los cierro.

—¿Por qué tienes la frente vendada?

—Mi cabeza es un cuarto iluminado por un foco de trescientos vatios. Sin cesar pienso en lo que pude haber hecho y no hice, y en Rosa, Marta y Agustín, gente que se marchó a los Estados Unidos o que ya se murió. Ninguno me importa. No sé por qué pienso en ellos.

—Papá, te presento a mi hija, la hice con mi *teacher* de inglés —Teresa agitó a la niña delante de la cara del autor de sus días.

—La putañera vida, tener nieta y no poder verla.

—Como te dije en mi carta, la tuve con la colaboración circunstancial de un padre biológico que asumió su responsabilidad oportunamente desapareciendo sin hacer preguntas.

—¿Y esos perros?

—Son Alfredo y Jacinta. Jacinta es la Señorita Chihuahua del año pasado, Alfredo es Míster Pequeño Can.

—Por favor, un trapo negro, un parche negro, una sábana negra, una pared negra, cualquier cosa negra —Andrés palpó las facciones de la niña—. ¿Es bonita?

—Preciosa.

—¿Está completa?

—Totalmente.

—¿Sabes una cosa? Las cortinas tabletean en mi cerebro como varillas. Las cuerdas se mueven en mis manos como rayos negros. Todo sería muy divertido si tuviera sentido del humor como para reírme de mí mismo.

—Papá, la llamé Luisa por tu madre, mi abuela.

—¿Por las orejas me están saliendo chorros de luz?

—No, papá.

—¿A quién tengo delante de mí?

—A Luisita.

—Hasta mi orina es dorada.

—Trata de descansar, papá.

—Trato de dormir, hija mía, cuento albinos, mariposas, perros y hasta monos, pero siempre tengo el foco prendido.

—Piensa en mamá bailando samba en Río de Janeiro con Machado de Assis, eso te animará.

—Ni me lo mientes.

—Está lista la comida, hay sopa de hongos. Vénganse a comer.

—Me devora el hambre —Andrés, mareado y débil de piernas, volvió a acostarse—. Tráiganme la sopa a la cama. Y al notario, voy a hacer mi testamento.

—Te pongo sobre la cama mi regalo, papá.

—¿Es un pastel funerario, Teresa?

—No, es Luisita. Se parece mucho a ti.

## 53. Luisa

Cuando Tomás vino a visitar a Andrés, lo primero que vio a la entrada de la casa fue un coche de niño.

—No sabía que Zenobia hubiese tenido otro bebé, ni siquiera había notado que estuviese embarazada.

—Es mi hija —Teresa estaba sentada a la mesa de la cocina amamantando a la criatura. A su alcance tenía botellas de alimentos, un jarabe para la tos, un termómetro, un chupón y una cuchara. Su seno blanco estaba medio cubierto por la cabeza del bebé, quien, con ambas manos, empuñando la cornucopia henchida mordía un pezón. Con sonrisa amplia y expresión infantil, los ojos brillantes de picardía, el pelo castaño recogido hacia atrás, la blusa amarilla abierta, Teresa daba la impresión de gozar dejándose chupar el pecho. Tomás, en cambio, apenas disimuló su perturbación, no tanto por hallarla con el seno al aire sino por verla con un vástago en los brazos.

—¿Cómo se llama?

—Luisita, la tuve con mi *teacher* Mike.

—Qué cosa —al darle la mano y rozarle la mejilla con los labios, él no pudo evitar que le pasara por la mente una frase: "Esa niña pudo haber sido mía."

—La mejor manera de que los niños crezcan sanos es amamantándolos con leche materna. No por eso los senos se te van a hacer fláccidos. Luisita es de buen comer —cuando la nena acabó de mamar, Teresa mantuvo destapados los pechos, con el chal sobre el regazo.

Él se sentó del otro lado de la mesa estudiando sus senos. Ella sonreía, como esperando su asentimiento. Él le notó algunas arrugas alrededor de la boca, su piel era pálida. La aduló:

—La niña es bonita, pero más su madre.

—En realidad, ella es más bonita que yo, sacó el pelo castaño y los ojos azules del señor que se prestó a ser su padre.

—¿Cuántos meses tiene?

—Siete.

—¿Te quedarás a vivir aquí?

—No sé, quizás unos días.

—¿Ni siquiera un par de semanas?

—¿Retornar al masoquismo? No, gracias.

—¿Dejaste de fumar?

—Dejé de sentir lástima de mí misma. ¿Me guardas rencor, padrino?

—¿Por qué habría de guardarte rencor?

—Por haberme ido y por haber tenido relaciones con otros hombres.

—Café —clamó Andrés desde la recámara de abajo—. Huele a café y no me dan.

—Está histérico —entró diciendo Zenobia—. Tomás, si no tienes miedo de verle la cara, hazle compañía, juega ajedrez con él. O dominó.

—Café, se está enfriando en la cocina y no me dan. Dénmelo, aunque no duerma nunca —preguntó él al sentirla bajar. Estaba en un sillón envuelto en una cobija de lana, a pesar de que afuera hacía bastante calor—. ¿Qué traes en ese plato, mujer?

—Cereales.

—Dáselos a los ratones.

—¿Qué ves en la televisión? —Tomás se sentó en la cama a sus pies, aunque había dos sillas.

—Imágenes borrosas, bocas mudas. Antes miraba programas idiotas sobre clases de cocina, higiene y política, ahora no sé si estoy dormido con los ojos abiertos o despierto con los ojos cerrados. Un día no muy lejano se me apagará el aparato y sólo quedará en el centro de la pantalla un puntito blanco.

—Estás inaguantable, piensa en algo que te distraiga —dijo Zenobia.

—Sí, pensaré en los portazos del viento.

—Te veo bien, Andrés.

—Mientes. ¿No hueles el olor a rancio de mi piel? Se está pudriendo.

—Tienes muchos años por delante.

—Hipócrita.

—¿Necesitas algo?

—Un espejo de mano. Quiero hablar con mi fantasma, que es de lento aprendizaje, quiero saber qué noticias tiene. Retoza en el país de los sueños y no se entera de lo que me pasa. Necesito decirle que lo que ve no es cierto, que cada día nos hacemos más pequeños adentro de nosotros, hasta que una tarde desaparecemos.

—¿Te apetece chorizo con huevo?

—Ni olerlo, Zenobia, el solo pensamiento de comer huevos con chorizo me da náusea.

—¿Tan mal te sientes?

—La gente piensa que puedo ver un automóvil a cien metros, pero a ti, a diez centímetros de mi nariz, te veo borrosa. Tomás, pásame el espejo, por favor.

Tomás se lo dio. Andrés pegó al vidrio los ojos enfebrecidos. Atentamente examinó su cara grisácea, su mano huesuda.

—Qué feo me veo.

—Pelaste los ojos.

—Si los volteo hacia dentro capto lo que pasa dentro. Si los volteo hacia fuera percibo el exterior. Estoy en las últimas, Tomás. Le voy a pedir a Zenobia que ponga espejos en la casa, necesito monitorear mi semblante, verme en cada cuarto, en cada pasillo, a cada momento. Serán los termómetros de mi salud. ¿Adónde estás?

—Aquí, en la habitación. ¿Te acuerdas de Elsa? Se cree la Virgen de Guadalupe y está parada desde ayer en el centro de un cacto en forma de mandorla. Nadie puede sacarla de allí, perdió la razón.

Andrés rió extrañamente.

—Qué me importa Elsa, si yo me siento como el arpista ciego que cantaba corridos revolucionarios de rancho en rancho a cambio de pellejos.

—No sé si sepas que a ese arpista le sacaron los ojos en una riña. Murió sentado en una banca cantando el corrido de Rosita Alvírez una y otra y otra y otra vez. Su público: una lagartija asoleándose en una piedra.

—¿Oscurece o me lo figuro? En la pared percibo los manchones de una bugambilia. Sobre la puerta, un crepúsculo tornasol. Si salgo vivo de ésta me dedicaré a criar conejos.

—Estás soñando.

—Estoy alucinándome.

## 54. Querido compadre Andrés

—Esas cataratas son raras, son una iluminación del cristalino. Estoy enterado que la lente clara y transparente del ojo se le ha prendido al paciente y nadie puede apagarla —declaró el oftalmólogo Domingo Rubio de Morelia, un hombre cuarentón metido en un traje azul claro. Había llegado en una camioneta con chofer.

—Las lesiones en los ojos pueden causar cataratas en personas de cualquier edad. Un golpe debajo de las cejas, una herida, una quemadura o el calor intenso pudieron interesar el cristalino dando lugar a una catarata traumática ilustrada —dijo Carlos Fritangas de Toluca, para no quedarse atrás, descendiendo de su auto con chofer.

Los choferes, cuando los médicos entraron a la casa, se taparon los ojos con la gorra en los asientos de los autos para tomar la siesta. Al piso arrojaron los periódicos *La Voz de Michoacán* y *El Sol de Toluca*.

—Señores, a mi marido le hemos dado baños de ojos con flores de manzanilla y ha hecho ejercicios oculares. Sin resultados —les dijo Zenobia.

—¿Tendría un café, señora? —el doctor Fritangas, con una sonrisa forzada, se quitó las gafas de sol, sin dejar de observar el meneo de la comadre.

—Para mí una copa de tequila, si no es mucha molestia —las manos peludas del doctor Rubio emergieron de las mangas de su chaqueta como animales pequeños para quitarse la bufanda de lana tejida por su mujer, una artista del tapiz y del diseño.

—Si me lo permiten —Zenobia fue a la cocina.

—Hay una sombra en la puerta que parece un hombre, ¿es cierto? —preguntó Andrés a Tomás.

—Hay dos sombras de oftalmólogos que parecen hombres, están delante de ti.

Andrés lo cogió de la mano:

—Háblame de perros, paraguas, pelotas, pero no me dejes solo con esos pelmazos.

—¿No confías en tus médicos?

—¿Has oído en tu vida de unas eminencias llamadas Fritangas y Rubio?

—He leído en alguna parte que el doctor Carlos Fritangas escribió un libro titulado *Oftamología sin dolor* y el doctor Domingo Rubio es autor de un tratado sobre cómo curar las cataratas en dos sesiones. Una: Diagnóstico. Dos: Operación.

—No sé qué es peor, si las palmadas que me da en la espalda el doctor Fritangas o la risa eufórica del doctor Rubio cuando ve el meneo de Zenobia.

En eso, la comadre, contoneándose, entró con una tetera y cuatro tazas.

—¿Qué te pasa mujer, perdiste el aliento? —Andrés recargó la espalda en la pared exponiendo la flacura de sus piernas y las uñas curvas de los dedos de los pies. Al levantar la almohada, las cartas de Teresa quedaron al descubierto. La gata saltó al piso.

—Por andar aprisa.

—Galletas, este café quema. Sabes bien que no bebo café sin galletas, ¿dónde están las que compré en el súper? ¿Por qué me diste el café negro?

—Ahora mismo te las traigo.

—No se te olvide el arroz con leche.

—Se acabó ayer.

—¿Cómo me ves?

—Malísimo.

—Me da mucho coraje que no me mientas.

—¿Cuántos habitantes tiene el municipio? —el doctor Fritangas se aproximó a Andrés como un intento de ganar su confianza.

—Unos veinte mil. Quizás veinte mil doscientos quince con los que vienen en camino.

—La última epidemia de conjuntivitis en las costas de Tabasco tuvo consecuencias desastrosas para sus pobladores, ¿no es cierto? —el doctor Rubio paseó la mirada por los muros color gris mostaza de la habitación.

—Le seré sincero, apenas puedo ver la punta de mis pies como para poder informarle sobre lo que sucede en Tabasco —la tos ahogada de Andrés hizo que la gata abandonara rápidamente su regazo.

—¿Ve televisión?

—Si no tengo que hacer.

—¿La acecha desde la cama o desde el piso?

—Desde la cama, vestido o desnudo, descalzo o con sombrero. Pero debo decirle que me aburren los talk-shows, las entrevistas con cantantes y deportistas, los discursos de los políticos, las peleas a trompadas de los héroes con pies de barro y las persecuciones idiotas en coche. He visto el mismo choque de autos diez mil veces. Si matan al héroe me da igual. Si gana el villano, mejor.

—¿Desea que lo ausculte? Si no tiene inconveniente, póngase cómodo, abra bien los ojos como si viera un espectáculo asombroso o presenciara una infidelidad de su mujer —el doctor Rubio lo sentó en la mecedora con el cojín color beige y procedió a examinarlo.

—Estas cataratas son tan raras que nadie las entiende. Imagínense: iluminación del cristalino —Carlos Fritangas se frotó las manos y entrecerró los ojos. Hombre de baja estatura y cara redonda, su calvicie reluciente contrastaba con el bigote negro que le cubría la boca casi como una mordaza.

—Las pupilas están amarillentas como yemas de huevo —moviendo la cabeza, Domingo Rubio lo examinó con su aparato—. Me gustaría vendarle los ojos, pero temo que se asuste.

—A mí me parecen claras. Es hora de extraerlas —el doctor Rubio guardó el aparato en el maletín que tenía sobre las rodillas.

—¿Cuáles? —chilló Andrés, la gata en sus brazos.

—Las cataratas.

—Ah, pensé que las pupilas.

—Ya se le hicieron exámenes oculares, prescripción de lentes correctivas, diagnósticos de enfermedades de los ojos, la cirugía es el único camino para cercenar el cristalino opaco.

—Este es un caso para un osteópata.

—¿Para un qué?

—Para un especialista en huesos.

—Parto enseguida —Andrés buscó con manos ciegas sus zapatos debajo de la cama. Sin hallarlos, anduvo descalzo por la pieza. Cogió a la gata.

—¿Puede sentarse, caballero? Cuando deje de moverse, le diré algunas cosas concernientes a su salud: Las personas mayores de cuarenta años, con una historia familiar de cataratas, deben ser examinadas periódicamente para descubrir a tiempo síntomas de trastornos oculares. Por fortuna, un paciente con cataratas hereditarias o congénitas no necesita quedarse ciego. Pero usted no ha tenido ningún cuidado de sus ojos.

—No sabía que era aficionada a la playa, señora —el doctor Rubio sonrió ampliamente volviéndose hacia la fotografía de Zenobia en bikini, la cual Andrés había colgado en su habitación.

—Nunca me he asoleado en la playa, pero ese fotógrafo brasileño estaba un poco chiflado.

—¿Cómo se le ocurrió retratarse así, señora?

—No se me ocurrió a mí, sino a él.

Andrés sacó de entre sus ropas una cajetilla de cigarrillos y unos cerillos.

—¿Puedo incendiarme? —preguntó.

—No lo dejen fumar —ordenó el oftalmólogo de Morelia.

—Llamemos una ambulancia para trasladar al paciente a un hospital de Toluca —Carlos Fritangas consultó su reloj—. Son las dos, debo regresar a mi consultorio.

—En Toluca no hay hospitales, sólo hay talleres mecánicos para camiones de segunda —protestó Andrés—. ¿A qué me llevan?

—Todo sirve —los médicos, acuciados por la prisa, ya estaban a la puerta poniéndose uno las gafas de sol y el otro la bufanda.

—Gracias, señora, por sus atenciones.

—Ésta es su casa.

—¿Me equivoco? Esos duraznos sobre la mesa están buenísimos —a Fritangas se le hizo agua la boca.

—Tenga la bondad de llevarse los que quiera, doctor —Zenobia le ofreció una canasta—. Escoja usted.

—¿Y esos pastelillos en la bandeja? —la torta que era la cara del doctor Rubio se abrió en una sonrisa.

—Están hechos en casa, llévese los que guste.

—Así que, además de ser una mujer guapa es usted una excelente cocinera.

—¿Los acompaño a esa puerta?

—Tomás, siento una brisa en la nuca, ¿alguien dejó abierta la ventana?

—No, que yo sepa.

—Tomás, no sé si me estoy alucinando, pero estoy viendo a todos muy peludos. Tomás, me temo que poco a poco me convierto en un objeto de interés científico. Tomás, la vitalidad de esos dos me cansa, su prosperidad me abruma, su autoridad me deprime.

—Que el chofer traiga la camioneta a la puerta, no faltaba más —clamó afuera el doctor Rubio.

—Aquí está la receta. Ah, y el secreto: no consentir demasiado al paciente. El término medio es el más conveniente. Las cosas eróticas… sólo para el oído —Fritangas le cogió la mano a Zenobia.

—Tomás, dime quién es ese tipo y qué le está diciendo a Zenobia. Llévame con él, le daré un bastonazo —Andrés, con la gata en los brazos, pegó la cara a la ventana.

—Ese médico insoportable se despide de ella.

—Mientes, está tratando de seducirla.

—¿Celos a estas alturas?

—Siempre. Aunque tengo la conciencia como un huevo revuelto: cometí adulterio.

—¿Con quién?

—Con Carolina Pavón. La frecuenté a escondidas, le hice el amor a solas, estuvo a punto de darme un hijo y yo de volverme loco, todo en secreto.

—¿Lo supo Zenobia?

—Nunca… También cometí un asesinato.

—¿A quién mataste?

—A un gato. Cuando era joven, un día, dejé encerrado en mi cuarto al gato de la casa. Se cagó en mi cama y furioso lo perseguí por el jardín. Cuando pasaba por un muro de piedra, lo fusilé. Le di en el pecho, lo dejé tieso.

—No te alteres, descansa.

—No puedo: las facciones de Carolina Pavón me dan vueltas en la cabeza confundidas con las del gato. Me acuesto y las paredes del cuarto se prenden con su cuerpo desnudo y los ojos fosforescentes del gato. Miro las patas de la silla y aparecen las piernas del gato como tubos de luz neón. Enciendo el televisor y entre la nieve, aparece ella, Carolina Pavón. Con el gato que asesiné entre sus piernas, mirándome.

—Se te sobrecalentó el cerebro.

—Todo el tiempo una luz helada me baja del cuello por el pecho hasta llegar al vientre de Carolina Pavón: su cochinero es un fogón.

—Te compraré un apagador.

—No hagas chistes: como un ciego me precipito en la oscuridad total. Renuncio a salvarme. Llama al notario. Haré mi testamento.

—¿A quién dejarás tus posesiones?

—A ella.

—¿Tiene nombre?

—Teresa.

—No puedo reprochártelo, yo también lo haría de buena gana, pero acuérdate de Zenobia.

—Marca en tu agenda el tres de noviembre —Andrés le mostró un naipe con un tres de espadas.

—¿Qué pasará el tres de noviembre?

—Mi muerte.

—Que ese no se ponga dramático, la comida está lista —entró diciendo Zenobia.

—¿El menú del día?

—Truchas ahumadas, puchero de carne y arroz mexicano. De postre: flan de queso. ¿Te basta?

—Amigo, esposa, debo confesar que mi hambre infinita sobrevivirá a mi piedad limitada.

—Yo siento que aunque hayas muerto todavía veré a tu espectro hambriento sentado a la mesa con las manos extendidas hacia un plato vacío.

—Buen provecho —Andrés pasó a la mesa con pies arrastrados.

Y a otras mesas pasó, en días sucesivos, para comer con apetito puntual como cuatro hombres. La energía de sus mandíbulas contradecía lo cetrino de su semblante. Si su hambre hubiera sido sexual hubiera sido criticada hasta por Patiño, pues luego de pasar tres horas comiendo miraba a su mujer como si no hubiera comido. Era un mal enfermo: fumaba, bebía tequila y café, comía más allá de su capacidad de digestión, se levantaba de madrugada y dormía a deshoras. Su rostro se ponía más verde, su barriga crecía y se dormía en el piso con fuertes resuellos.

—Se está poniendo color salsa la penumbra —el dos de noviembre, hacia las tres de la tarde, con expresión extraña, Andrés bajó los cubiertos. Sólo para cogerlos con ambas manos y zamparse dos, tres tacos de aguacate.

—¿Por qué has dicho ese disparate? —Zenobia lo examinó con fijeza, mientras él procedía a atacar una sopa de fideos.

—Antes dime ¿cómo está la gata?

—En nuestra recámara está haciendo su limpieza.

—¿Le diste de comer?

—Una lata de atún.

—¿La miraste a los ojos?

—Me ha echado una mirada perversa.

—¿A mí nadie me pregunta cómo me siento?

—¿Cómo te sientes?

—Como una esponja recogiendo agua mugrosa de un lavadero. Pero díganme una cosa, amigo, esposa, ¿están cerca de mí o me están hablando a considerable distancia? Yo los veo muy borrosos.

El tres de noviembre, Teresa y Zenobia tuvieron la impresión de que el día iba a pasar sin mayores sucesos, pero a eso de las cuatro de la tarde Andrés se levantó del lecho con la gata sobre el hombro después de haber tomado una larga siesta y medio dormido se dirigió al comedor.

—Vuelve a la cama, el médico te ha prohibido que andes de aquí para allá como demente —le gritó Zenobia.

—Me voy a cazar patos, dame mi escopeta —Andrés, tropezándose con un taburete, se fue de bruces. Temerosa de caerse con él, y ser aplastada por su cuerpo, la gata le clavó las uñas en el hombro y saltó. Mas él ya no pudo levantarse del suelo, se quedó inmóvil con los ojos clavados en el techo.

—Se fue —prorrumpió Zenobia parada delante de la puerta de Tomás.

—¿Cuándo?

—Hará una media hora.

—¿Habrá velorio?

—Lo tenderemos en la mesa de la cocina, hasta la madrugada, cuando el padre de Jessica, que es carpintero, venga a tapar la caja.

Al día siguiente, camino del cementerio, la comitiva fúnebre compuesta de parientes y amigos se cruzó con unos soldados al mando del capitán Ramón Ramírez. Estaban haciendo una batida en la región en busca de una banda de secuestradores. Llevaban con ellos a un miembro de la Secta del Corazón Sagrado y a un músico de Los Venusinos.

—Querido compadre Andrés, triste peón en la partida de la vida, a ti, gran comelón, te comió la reina muerte. Tus bromas dejarás, no tu apetito. Dios, que nos ha quitado a un jugador de ajedrez mediocre, nos ha dejado el recuerdo de un hombre íntegro —el cura Patiño levantó las manos sobre el cadáver que descendía a la sepultura—. Cuando nos reencontremos el día de la resurrección, no te distraigas en el juego, porque no habrá revancha.

—Adiós amigo —Tomás arrojó tierra sobre el cajón.

—"Nos vemos en esa eternidad, en esa eternidad color de mierda" fueron sus últimas palabras —Zenobia empezó a gimotear.

## 55. La dura ilusión de durar

Se fueron las primaveras, llegaron los veranos, los otoños helados dieron paso a inviernos ardientes, nubes turbias y blancas atravesaron indistintamente los paisajes de la nada y las delicadas cachorras chihuahueñas se convirtieron en perras achacosas. Teresa, maestra rural, con libros, cuadernos y lápices en una mochila, recorría los pueblos de la región para dar clases de tercer año de primaria. Apretujada por las necesidades económicas viajaba en camiones de segunda, a veces acompañada por el equipo Real Madrid de Charandan el Grande y sus admiradores y porras. Cuando ganaba a Charandan el Chico la algarabía era insoportable y por todos los medios trataba de escapar hacia el paisaje pegando la frente al vidrio de la ventana. Este era el único transporte disponible que hacía Charandan el Grande y Anexas: Ocampo, El Flagelo, Las Pilas y La Loma del Olvido. Por lo demás, como el vehículo parecía seguir la ruta de las depredaciones humanas ella no dejaba de lamentar el estado deplorable en que se encontraba la naturaleza, y odiaba a la gente.

En la terminal, Teresa abordaba el vehículo todavía vacío, el cual poco a poco se llenaba de pasaje. Como las paradas continuas le daban migrañas, para librarse del dolor trataba de sentarse junto a la ventana y escapar hacia el ensueño. Le apenaba tener escaso tiempo para su madre y su hija, pues hacía dos turnos. De regreso, de noche, tomaba aspirinas, se bañaba y cambiaba de ropa antes de pasar a recoger a Luisa con Zenobia, quien solía esperarla con la cena lista. Odón García, convertido ahora en líder nacional de los maestros y en agitador social, se le había hecho el aparecido una tarde para ofrecerle una posición de asistente, pero ella le dijo que no, que no quería reabrir un capítulo cerrado de su vida. Asimismo, las cartas que había recibido de su *teacher*, el padre biológico de Luisa, las llevó meses sin abrir, temerosa de establecer puentes indeseables de él con su hija. Adrede las mezcló con correo basura que vendía seguros de vida, tumbas a perpetuidad en el cementerio de su predilección y compras de automóviles a plazos. Llevar y traer esas cartas en la mochila era como caminar con un pie en tierra y con el otro en el aire. Así que una mañana parada delante del buzón de una casa abandonada en un pueblo cualquiera, se preguntó: "¿Las echo? ¿No las echo? Las echo. Para regocijo de los fantasmas, las devuelvo a su lugar de origen con grandes posibilidades de que no sean entregadas nunca."

Zenobia salía poco, por la mala condición de sus piernas y por dedicarse a cuidar a su nieta. Le había entrado afición por los temas esotéricos y aversión por las visitas, como si cada persona que se acercaba a su puerta fuera una impertinente o quisiera pedirle prestado. También tenía corridas las cortinas para que no la espiaran los vecinos por la ventana de la calle. En su cocina guardaba las botellas de vino que Andrés había consumido. Alguna vez había planeado hacerlas lámparas y ponerlas en su recámara, pero nunca lo hizo. Respecto a Luisa, Zenobia no sólo había acondicionado la casa para ella, sino su lenguaje cotidiano en todo se refería a *la niña*. No obstante que ya estaban lejos los tiempos en que había dado sus primeros pasos y pronunciado sus primeras palabras. Su cochecito era obsoleto y *la niña* se preparaba para ingresar ahora al Tecnológico de Monterrey. Luisa llamaba a Zenobia mamá. De mutuo acuerdo habían suprimido el apellido Stikley del padre biológico, que les parecía feo. Para los trámites oficiales utilizaban el correo. Como Luisa era una belleza que quitaba el aliento de los varones, la casa estaba llena de amigos. A su vez, Tomás se había aficionado tanto a la chica que no perdía oportunidad para mostrarle y demostrarle los misterios del cosmos y su libreta de apuntes estaba llena de frases reveladoras sobre el Sol y las demás estrellas.

Por las ventanillas del camión rojo que llevaba a Teresa a través de los cerros pelones se podían contemplar los volcanes Popocatépetl, "la montaña más hermosa del mundo", según Malcolm Lowry, y el Iztaccíhuatl, la mujer dormida. Si bien pasaba tiempo sin visitar a Tomás, había una fecha que nunca Teresa dejaba pasar de largo, el 7 de abril.

—Felicidades, padrino, le traje un pastel —ella atravesó la calle con su rostro flotando como un sol pálido. Vestía de oscuro, pues luego de guardar luto por la muerte de su padre el negro se le había pegado al cuerpo como una moda. El color le sentaba bien, especialmente ahora que tenía canas en el pelo y arrugas en la cara.

—¿A qué se debe el motivo?

—A su cumpleaños.

—Ya pasó.

—¿Cuándo?

—Ayer.

—Parece inmortal, padrino.

—Sí, con un cuerpo endeble sacudido por los resfriados.

—Esos agujeros en el jardín, ¿para qué son?

—Labores de sepulturero.

—¿Entierros?

—Un perico de cabeza verde fue picoteado por los loros de mi vecino cuando se metió a su jaula. Se vino a morir aquí —Teresa vio en un hoyo una cabeza caída y unas patas rígidas, el ojo derecho devorado por las hormigas.

—Nunca se me olvidará cuando su perro murió, el arreglo floral que puso sobre su tumba.

—Flores rojas de bugambilia. Quiero mucho a ese arbusto porque está aquí desde antes de que yo naciera. Todo el año florea.

—Al arreglo le dio forma de mandorla.

—Mi perro era más grande que su tumba, por eso llevo su muerte en mi pecho.

—¿Y su gata?

—Un anochecer, saltó de aquel árbol y comenzó a andar en círculos con la cola parada, como si estuviese enojada conmigo porque me había ido de viaje. Nunca olvidaré el fulgor de sus ojos mientras daba vueltas. La quise coger y huyó. La encontré muerta al día siguiente. No sé si murió de alguna enfermedad o atacada por una rata.

—Ahora sí se ha quedado solo, padrino.

—Me acompaña el Sol.

—Sería bueno, si el Sol fuera persona.

—Sol solo. Sol puesto, Sol desolado.

—¿No quiere tomar un café? —Teresa cogió su mano.

—Ven —mientras caminaban hacia el interior de la casa, pensó: "Si pudiera cambiar este cuerpo por el de un hombre veinte años más joven la besaría en la boca. Si pudiera gozarla como lo pienso no habría en el mundo amante mejor que yo." Pero dijo—: Hace tiempo que no venías.

—He estado muy ocupada en la escuela —al sentarse en la sala, ella se figuró su soledad. En una silla estaba un periódico atrasado con una sola noticia: "Cayó Pablo el Perfumado: El comandante de gavilleros sucumbió en Mil Cumbres a una emboscada que le tendió el ejército. Recibió treinta impactos de bala. El autonombrado comandante llegó a estar al mando de un grupo de cincuenta bandidos. Asesino cruel, tenía en su expediente cien crímenes. Pícaro con muchas 'viudas', una de ellas, Violeta Verduzco, al enterarse de su muerte en una emboscada declaró a la prensa que desde que el bandolero le hizo un hijo no lo volvió a ver. El capitán Ramón Ramírez había pasado los últimos diez años rastreándolo con el fin de cazarlo. Dos veces se le escapó. Una vez cuando el guerrillero había secuestrado a Lorena Carranza, la estrella popular más grande de Latinoamérica y actriz de telenovelas. Logró huir herido en medio de la noche, aunque su banda había sido diezmada por el ejército. El comandante Pablo, al morir acribillado con tres de sus secuaces por militares al mando del capitán Ramírez, tenía cuarenta y cuatro años de vida, aunque parecía más viejo. Cuatrero, secuestrador, extorsionador, violador de menores, talador de árboles de caoba, traficante de drogas, tratante de blancas y de fauna, Chucho el Roto, Pancho Villa, los adjetivos eran pocos para describirlo." En la foto el guerrillero estaba tendido sobre una mesa con el pecho acribillado, los ojos cerrados y la boca abierta como riéndose. Junto al periódico, en una esquela se notificaba la muerte de Plácido Martínez, en Tucson, Arizona.

—¿Murió su padre?

—Hace cinco años. No sé quién me envío esa esquela con retraso.

—Entonces qué, padrino, ¿se anima a casarse de nuevo?

—Es tarde para mí, Teresa.

—Su hermano, ¿le escribe?

—No, murió en mi cabeza.

—¿Nunca ha tenido deseos de irse de aquí?

—Siempre tuve esa intención, pero no me decidí, y se me hizo tarde. Parte de nuestra desdicha viene por nuestro deseo de querer retener el presente, en lugar de dejarlo ir.

—Ai le dejo el pastel, padrino.

—¿Sabes? Tu esplendor físico me causa una nostalgia como de verano, cuando la luz radiante no quiere irse del cielo aunque el Sol ya se metió. Hay tanta vida que dejamos pasar de largo sin poder asirla.

—Cuando lo veo espero más palabras que las que sus labios quieren darme.

—Yo cuando te veo, Teresa, sufro la dura ilusión de durar.

—Ah.

—Gracias por acordarte de mí.

—Ya me voy. El médico viene a ver a mi madre.

Cuando se alejaba, desde la puerta, Tomás quiso gritarle "¡Teresa!", pero se quedó callado.

## 56. Delirio solar

En mucho tiempo Teresa no había sabido nada de Tomás y ese sábado de agosto decidió ir a visitarlo. Por la mañana hubo una lluvia tenaz y los truenos habían chicoteado en el espacio como en una caja de resonancia, pero ahora el cielo estaba despejado. El jardín era una sinfonía de verdes. Al comparar uno con otro podían notarse las diferencias. Todas esas plantas, le dijo él una vez, estaban vivas y soñaban.

De niña, Teresa había corrido por los senderos mientras sus padres y Tomás conversaban tomando café. Ahora la manzanilla hedionda, la hierba de las quemaduras, la cebada de las ratas, la cizaña, el cardo, la ortiga y la amapola, las llamadas malas hierbas, tenían su lugar entre los lirios, los nardos, los alcatraces, los girasoles y las orquídeas. Los abejorros chupaban las flores rojas del abutilón; una bugambilia morada, enredada a un níspero, caía sobre los muros en múltiples manchones, y los helechos se desbordaban como cabelleras locas sobre las azaleas. Todo olía a verde, hasta la luz.

—Tomás —Teresa tocó a la puerta. Como no hubo respuesta, entró tosiendo para denunciar su presencia. Era la primera vez en su vida que se introducía así en su domicilio y ese acto furtivo le parecía un asalto a su intimidad. No podía contenerse, estaba dentro. A la entrada, un letrero advertía:

ATENCIÓN, FORASTERO,
HAS LLEGADO A LA ZONA DE LOS GIRASOLES
LOCOS

"¿Qué querrá decir Tomás con eso? Seguramente el aviso tiene connotaciones esotéricas", se estaba diciendo ella, cuando el exceso de luz artificial provocado por docenas de lámparas eléctricas la hizo cerrar los ojos. Cuando los abrió, descubrió en una pared una reproducción de la Santa Virgen del Retablo de Issenheim. Tomás había sombreado con rojos alucinantes los ya de por sí alucinantes cabellos, facciones, corona, manos y ojos de la Virgen Solar.

Por una puerta abierta del corredor se asomaba un tapete enrollado. En el perchero, por los bolsillos de su saco de pana salían cuadernos y papeles doblados con anotaciones. Pero lo sorprendente en la pequeña pieza de paredes color crema era un retrato de Tomás niño con los ojos rojos. "La fisonomía de este personaje, ahora perdido en el tiempo, mejoró después de retocarla", había escrito él debajo.

En secreto, obsesivamente, aplicadamente, día tras día, década tras década, Tomás se había dedicado a reunir todo el material posible relacionado con el Sol, invirtiendo en ello no sólo su tiempo, sino su dinero. Sin que nadie lo supiera había emprendido viajes de información y de conocimiento para ver tal sitio, observar tal obra en un museo, consultar a tal astrónomo o científico en una universidad o, solamente, para hojear una revista o fotocopiar un libro en cierta biblioteca. De un tiempo para acá, en el pueblo se le veía poco en la calle y cuando se le veía era porque tenía que adquirir algún alimento, pagar alguna cuenta o hacer algún trámite.

Si bien la pintura de las paredes estaba escarapelándose, las losetas lucían gastadas y las telas de los sillones desgarradas, como si un gato hubiese ejercitado sus uñas, Teresa fue comprobando que la sala, el comedor y el baño y las demás piezas se habían convertido en cámaras solares. Todo parecía normal y anormal al mismo tiempo. Todo resultaba como andar en un sueño sin centro y sin orillas.

En la cocina, los aparatos domésticos denunciaban ociosidad crónica. El lavadero estaba seco. Los platos y los vasos no manifestaban uso, excepto algunos empleados repetidamente. Respecto a la despensa, sus puertas cerradas con aldaba denotaban que no se habían abierto en meses. Sobre la mesa, en vez de comida estaba una réplica del pequeño telescopio de Galileo. En el espacio culinario se reproducía una atmósfera solar desde el mantel color trigo, la olla a presión, la licuadora, el tostador de pan hasta el extractor de jugos, todos eran amarillos. La jaula también lo era. Y hasta los canarios que comían alpiste y vaina evocaban un culto al Sol. "La cabeza del canario es un puñado de luz. Un solecito vivo", había dicho Tomás.

Poco a poco, él había retirado de los estantes y de las paredes los libros y los retratos de Margarita y los había reemplazado por monografías sobre los viejos maestros que habían pintado soles, y por textos sobre astronomía, arqueología y mística, que aparecían entre volúmenes de poesía, filosofía y de tono esotérico, como uno que él había compilado: *Rarezas del dios Ra*. Contiguos se encontraban la *Enciclopedia del Sol* y una tabla huichol sobre la peregrinación de Wiricota y el nacimiento del Sol en Cerro Quemado. Pegadas con tachuelas había fotos de planetas del sistema solar captadas desde el telescopio espacial Hubble. En su recámara, situada en la planta alta, sobresalía una reproducción de gran tamaño de la Virgen del Apocalipsis vestida con el Sol, coronada por doce estrellas y con la Luna debajo de sus pies. Unos versículos del *Libro de la Revelación*, proclamaban: "Y vio a un ángel parado en el Sol, y clamó a gran voz diciendo a todas las aves que vuelan en medio del cielo: 'Venid y congregaos a la gran cena del Sol'." Mas, como su cristianismo era flexible y poco ortodoxo, encima de la dicha virgen puso un disco prehispánico del Sol.

En los pasillos y los lugares más inesperados, Teresa halló evidencias de su obsesión solar: fotos tomadas desde la Tierra y el espacio; imágenes del Sol en eclipse parcial, anular y total; los eclipses del 7 de septiembre de 1858, el 31 de agosto de 1932, el 30 de junio de 1973, el 26 de febrero de 1979 y del 11 de julio de 1991; dibujos del eclipse total de Sol del 7 de abril del año 1000 y del futuro e imaginario del 26 de abril del 3000. En todas partes el Sol era dios y centro, personaje y materia, fuente de inspiración de mitos cósmicos y de ritos cotidianos. Todos los soles estaban allí: El Sol cotidiano, el Sol con prominencias rojas, el Sol con llamaradas y anillos de diamante, el Sol con manchas y corona verde, el Sol como una naranja de gajos flamígeros, el Sol como un hot-cake servido en un restaurante de comida rápida; el Sol en las celebraciones populares; el Sol captado en caricaturas y grabados de revistas y periódicos de época, desde las ilustraciones de Camille Flammarion y del *Utriusque Cosmi* de Robert Fludd hasta las del *Libro de las Obras Divinas* de Hildegarde von Bingen, de quien había subrayado unas frases: "La redondez de la cabeza humana refleja la redondez del universo. Las exactas dimensiones del firmamento corresponden a la exacta simetría de la cabeza humana."

No faltaban evocaciones de códices aztecas ni de eclipses conyugales, imágenes de la Isla de Pascua y de las líneas de Nazca, representaciones del supuesto cónclave de sacerdotes celtas en Stonehenge y de la reunión en Copán de los sacerdotes mayas astrónomos en el año 776 d.C. cuando intentaron sincronizar los dos calendarios, el sagrado y el profano, el tiempo de los dioses y el tiempo de los hombres. Entre imágenes de dioses solares mexicanos y mayas, Tomás había cubierto sus paredes con retratos de Nicolás Copernico, Johannes Kepler, Tycho Brahe, Galileo, Johannes Hevelius (mirando por su telescopio), Isaac Newton, Albert Michelson, Edwin Hubble y otros expertos en el sistema solar y en las constelaciones de Leo, Orión, Perseo, Pegaso, Sagitario y la galaxia Andrómeda.

En pizarras tenía fotos del Mar Amarillo y de una cima de los Himalaya, desde la cual se observaba una aurora indescriptible. Los volcanes Popocatépetl e Iztaccíhuatl estaban retratados en su forma humana: el Popo como don Gregorio, la Izta como doña Rosita con cabeza, orejas, cuello, pecho, ombligo, cadera, vientre, rodillas y pies de mujer. Sobre los muros se desplegaban cartas del cielo y de las constelaciones, fotos aéreas de la pirámide del Sol de Teotihuacan y de los templos solares de Cuzco y Heliópolis. No estaban ausentes Ra, dios solar egipcio, Apolo ni el dios solar maya con sus ojos saltones como gafas de fuego. Una frase de *Solaris* destacaba: "I am the prisoner of an alien matter and my body is clothed in a dead, formless substance —or rather I have no body, I *am* that alien matter."

Del techo colgaba un móvil con los planetas del sistema solar. En una vitrina Tomás guardaba folletos y monografías entre gorras, viseras, broches, calcomanías, juguetes artesanales, playeras, ceniceros, jabones, broches y cerámicas en forma de sol o con su forma estampada. De habitación en habitación, Teresa fue descubriendo soles azules, verdes, rojos, morados, blancos, incandescentes, y cristales ahumados y helioscopios. Toda la casa era un delirio de formas y amarillos. En el apogeo de su heliolatría, Tomás había sustituido a Dios por el Sol, transformado su existencia en una imagen de la sabiduría total.

En una pieza sin muebles Teresa encontró fotos de loros amazónicos *Guaruba guarouba*, de mariposas monarca volando a contra luz, de oropéndolas atravesando una cañada como soles furtivos y de un océano primordial con piedras ardientes. Saguaros del desierto de Sonora tenían la estrella solar entre sus brazos; soles color miel se mecían sobre las aguas en Punta Peñasco y dos mujeres contemplaban una puesta de Sol sobre nubes moradas y aguas amarillas como en un cuadro de Caspar David Friedrich.

Soles se ahogaban entre rayos sangrientos, soles se precipitaban en los abismos del atardecer cotidiano, soles emergían de entre las fauces de jaguares nocturnos, soles pendían de un árbol mágico, soles moteaban la cara del viejo dios del fuego. La naturaleza vinculada al Sol estaba expuesta: hormigas rojas, jaguares lacandones, loros color rojo, tunas sangrientas como corazones humanos. Todo lo existente y por existir era hijo de un solo padre y de un dios solitario, dador de la vida y de la imaginación: el Sol.

—¿Se habrá vuelto loco? —Teresa descubrió en el techo del comedor un agujero circular por el que entraba la luz profusamente. Era la capilla del Sol.

## 57. El amor y todo eso, quedaron en el día de ayer

Los espejos en forma de Sol reflejaron la cara de Teresa. Sus facciones parecieron disolverse en lunas sin azogue y sus ojos precipitarse en abismos sin mirada. Nunca su fisonomía le había resultado tan inescrutable, tan ajena, tan anodina, tan causante de vértigo como cuando se vio tantas veces en esas paredes. Aunque una vez cuando era joven había pensado que su cuerpo no era otra cosa que un vacío revestido con carne, sangre y hueso, en ese momento encontró su rostro voraz y frustrado. Por vanidad hubiese querido verse bella, pero se observó canas y arrugas. El envejecimiento prematuro ella se lo había agudizado por no maquillarse y no teñirse el pelo. "Tal vez", pensó, "un poco de maquillaje bien aplicado haría la diferencia", pero no estaba allí para hermosearse ni para disimular los estragos del tiempo. Lo que le impactó, parada allí en la puerta, fue verse a sí misma como una polla mustia. No cabía duda, era una mujer exhausta, una mujer vencida a la que se le había ido el tren. Lo interesante es que se hallaba en una habitación que podía ser la suya, en el vestíbulo de un hombre que hubiera podido amarla y ocuparse de ella.

—Si me apresuro, lo alcanzaré en el cerro antes de que caiga la tarde — Teresa cogió la calle que la sacaba del pueblo y la conducía a Tomás. El alumbrado público se había encendido bajo el cielo azul. Para acceder a la Puerta, Teresa tuvo que abrirse paso entre vendedores de tapabocas, bastones y artesanías. Era el día del solsticio de invierno y miembros de la Secta del Corazón Sagrado y de la Iglesia Universal del Reino de los Heliopontes, vestidos de rojo y blanco, y armados con cámaras y dientes de mono, cuarzos y patas de jaguar, habían venido a la reserva a un peregrinaje ritual. Un helioponte gritaba por un micrófono:

*Dizque en este trece acatl nació el Sol que va creciendo.*
*Dizque entonces apareció el Sol del movimiento,*
*signo cuatro-Ollin, que va creciendo.*
*Dizque en este Sol que está aquí, el quinto,*
*    habrá terremotos,*
*hambre general y en él pereceremos.*

—Por lo que veo, los profetas andan de juerga —Tomás se sentó en el centro de un círculo de piedras. Tenía los ojos enrojecidos por mirar al Sol.

—¿Qué hace aquí, padrino?

—Pienso que los escritores de ciencia ficción desperdician su imaginación concibiendo formas de vida en otros planetas, mientras ignoran lo fantástico aquí en la Tierra, como la presencia del Sol en la vida cotidiana.

—¿Quién les dio permiso de andar por aquí? —Ojo Machucado los escrutó con su ojo sano—. Crucen el puente a su propio riesgo, el abismo está más cerca de lo que parece.

—Nadie, para andar por aquí no necesitamos permiso.

—Para que lo sepan, ustedes, como nosotros, son material combustible y podemos prenderles fuego —los amenazó Artículo 126.

—Quizás no se acuerde de mí, profesor, pero tomamos clases juntos en la Universidad Esotérica del Valle de México —le dijo Cabeza de Piedra.

—Me está confundiendo con otro.

—Esos naguales me dan miedo, padrino, parecen personajes de una ciencia ficción del pasado —le susurró Teresa.

—Alejémonos de ellos.

Teresa echó a andar, se detuvo un momento para decirle:

—Padrino, quisiera embellecerme un poco… para ti.

—No necesitas retocarte, Teresa, eres bella así como estás, pero déjame maquillarte —Tomás, con un palillo de dientes untado con urra, una raíz amarilla, le pintó soles en las mejillas a la manera ritual de los huicholes.

—¿No tienes hambre? Traje unas tortas por si acaso.

—¿Qué te pasa, Teresa, siempre que me ves me ofreces comida?

—Es que el Quijote Solar anda famélico.

Teresa se sentó en la hierba. De reojo, él vio sus calzones blancos plegados en medio. Cogió la torta con una servilleta para no ensuciarla con los dedos. La siguió mirando.

Ella le ofreció una botella de agua y él vertió parte del líquido en la hierba seca para que las mariposas bebieran.

—Teresa, quisiera llegar a la Puerta antes de que se ponga el Sol —Tomás se levantó.

De los matorrales llegó el ladrido de un perro invisible. Una bandada de pájaros sobrevoló los oyameles. Una brisa sacudió las flores. Tomás cogió la mano de Teresa.

—Los heliopontes también se dirigen a la Puerta. Quieren tomar posesión del santuario. Pronto estarán allá con sus cantos y sus bailes personificando los planetas. Son visionarios ingenuos.

—Les ganamos la delantera, no conocen los atajos como usted —Teresa apuntó hacia un claro del bosque del que venían pasos y voces.

—Algunos trabajan en fábricas y oficinas. Salen del mundo de los extravagantes para entrar al mundo de los locos.

—Adoran al Sol.

—Parece que los fanáticos del Corazón Sagrado nos andan siguiendo.

—Eso no me preocupa, lo que me duele es no haber hallado la pirámide de la luz. Sé que existe, pero no la he encontrado.

—"Pirámides" escribiste al principio de la única carta tuya que recibí. "Pirámides" fue la última palabra que venía en esa carta.

—Teresa, mientras la estaba escribiendo sentí que las fauces del Jaguar Rojo se abrían para devorarme.

—¿Qué le pasa, padrino, se está quedando ciego?

—Veo halos de color en torno de las cosas.

—Si pudiera vivir unos días a su lado, sería feliz.

—Yo también, Teresa, pero el amor y todo eso quedaron en el día de ayer.

## 58. Los naguales

Por el campo vinieron los naguales aplastando girasoles. Se apartaban de los senderos con el propósito de destruir los sembradíos. Rompían los vidrios de las ventanas y las lámparas de la calle buscando dejar el pueblo a oscuras. Las figuras negras apenas se distinguían de la oscuridad incipiente. Híbridos de hombre y animal estaban provistos de garras, hocicos y orejas de criaturas salvajes.

Todo la tarde había estado Tomás asomado a la ventana. Todo el tiempo había estado esperando a Teresa. Las nubes cubrieron el horizonte, un camión de redilas se estacionó cerca de su casa para descargar cerdos, el Sol se puso, pero Teresa no apareció. Al caer la noche, fue a la puerta para cerciorarse de que Teresa efectivamente no estaba afuera. No habían hecho una cita formal, ella solamente le había dicho que tal vez pasaría a visitarlo, pero eso era suficiente para mantenerlo en guardia.

Parado delante de la ventana, Tomás notó que una persona vestida de negro y sin zapatos se echaba a correr por la calle. Un anillo luminoso centelleaba en su mano. La persona había estado espiándolo en la penumbra. Después sintió un miniterremoto. Pasadas las ondas sísmicas, sin resignarse a que ella no hubiese venido, volteó hacia la derecha, por donde la sombra descalza había huido. "No sé si lo que veo venir es una persona o una imagen", pensó Tomás, cuando una figura bajó del camión de redilas entre los cerdos gruñendo y bufando.

—Soy Tecolotl, vengo por ti —la figura de cara blanca, con nariz picuda y ojos ardientes, lo encañonó con un fusil. Alrededor de la cabeza traía plumas de búho ceñidas por una banda roja. Parecía que alguien le había golpeado los labios sobre los dientes.

—Tito Alba ordena que nos sigas —una figura de cuerpo delgado y cara negra, con anillos blancos alrededor de los ojos, las piernas y los brazos largos, parecía un mono araña.

—¿Por qué yo?

—No hagas preguntas, camina.

—Ya verás adonde vamos, ya sabrás.

En compañía de los desconocidos, Tomás volteó para ver su casa, que a sus espaldas parecía un navío que se hunde bajo un océano de estrellas. Las altas bugambilias caían como densos manchones sobre las bardas apagadas. En la distancia refulgían luces rojizas.

—Anda —el hombre tecolote le picó con un fusil.

—¿Quiénes son ustedes?

—Naguales, hombres-animales del mundo de los sueños.

—¿Qué es ese siseo?

—Sale de mí —una víbora vestida de amarillo mostaza con marcas romboides y cascabeles en la cola, lo midió desde el suelo con ojos desorbitados. La serpiente con lengua sibilante registraba el temblor de las hojas, la vibración del aire y el vuelo de los pájaros—. Buenas noches, amigo. No me importa tu situación, pero quiero saber cómo te encuentras.

—¿Quién eres?

—No me preguntes quién soy, yo no lo sé de cierto. Nada más te diré que contra el aire malo hago una limpiadera con hoja de xalama, cigarros Alas y chiles secos.

—¿Te he visto antes?

—Hipócrita, canalla, quedaste de buscarme y no lo hiciste, ¿no me reconoces?

—¿Juana la Púdica? ¿La de la celda?

—Soy la que soy, olvida lo pasado.

—Me caíste de repente encima.

—Un custodio me aventó a la celda de los presos peligrosos. Cuando lo hizo yo sabía quién eras tú, te había escogido como amante. ¿Te gustan mis nuevos ojos?

—Se ven preciosos.

—Son pequeños, pero funcionales, ¿no crees?

—Buenas noches, amigos, disculpen que los interrumpa, pero deben avanzar —una criatura de pelo ceniciento, con cresta de cerdas y orejas redondas como corazas de cuero, trompa de puerco y dientes gruesos, igual que si se estuviera riendo, pendiendo de un árbol saltó con los brazos extendidos. De su cuello colgaban badajos de hueso. Tomás tuvo la sensación de que se trataba de Chon el peluquero.

—¿Cómo te transformaste en murciélago?

—En opinión de Joel, mi maestro, en el Aztlán todos los hombres rubios tienen un ancestro en común que fue un piojo y a la medianoche del viernes-sábado se transforman en murciélagos y se ponen la ropa al revés. Con las orejas y los pelos crecidos, al caer la noche tratando de volar corren por los campos. Pero no soy Chon, no te equivoques.

—No le hagasssss cassssso a essssse, sigue, siempre miente, aún hablando de ssssí mismo.

En un principio, Tomás supuso que los hombres de Pablo el Perfumado, disfrazados de animales, regresaban para vengarse de él, creyendo que el ataque al campamento había sido una traición suya. O porque sospechaban que él había delatado a Valeria, pues luego que se despidieron los militares la habían arrestado en una caseta de pago de la carretera. Un músico ciego, que en apariencia no estaba ciego, se había topado con ella en un autobús y la había delatado. Torturada y violada en el Campo Militar Número Uno, a la joven universitaria la habían suicidado.

—Nada de lo que hacen los vivos está bien —el hombre murciélago se llevó las manos a las orejas como si tratara de arreglarse una gorra aplastada—. Los naguales, sí.

—¿Los naguales?

—Los brujos que comemos hierba de lobo para tener forma animal, ¿tú qué comes? A los seis días recuperamos nuestra humanidad, tú, ¿cuándo la recuperarás? —el hombre de labios arrugados y grandes colmillos lo abrazó con ala membranosa, detrás de la máscara Tomás reconoció definitivamente al peluquero Chon.

—¿Por qué tanta prisa?

—Si no se callan él les pondrá tirabuzones en la boca —los ojos rojos del hombre tecolote brillaron al referirse a sí mismo en tercera persona.

—Camina —haciendo visajes, el mono araña lo cogió del brazo y casi en vilo se lo llevó por la calle, hacia despoblado. Emitía breves aullidos y le rasgaba la espalda con las uñas.

—¿Adónde me llevan? —Tomás vio centellear el anillo.

—Cállate —el mono desmembró con la mano una cucaracha y se la comió. Al andar adquiría el color de las cosas que lo rodeaban, al recargarse en una pared era negro, al pasar delante de un arbusto oscuro. A veces no se le veía, hasta que uno se topaba con sus dientes.

—Ojossss de la Noche, ¿dónde estássss que no te veo? —con su chal color hierba seca y los colmillos de fuera, nerviosa y friolenta, Juana la Púdica venía cascabeleando.

—Juuuu, Coatl, no digas mi nombre en público —los ojos de Tecolotl llamearon en la oscuridad. Su barba y su pelo eran blancos. Parecía senil, pero no era viejo. Venía levantando mamíferos pequeños, lagartijas e insectos de las piedras y los matorrales.

—Dissssúlpame.

—Demasiado tarde.

—¿He ssssido nessssia? —Coatl o Juana la Púdica se detuvo frente a un muro de piedra erizado con pedazos de botella—. ¿Por qué pusssssieron allí essssa *pader*? ¿Para golpearme? —sibilante, las pupilas dilatadas, con la mandíbula desencajada, alzó la cabeza.

—¿Me sigue un águila? —preguntó Tomás.

—Es Cuauhtli y tiene el pico lleno de sangre —con los brazos extendidos, el murciélago le dio tres vueltas.

—Juzgada en otro tiempo por la Inquisición española por idolatría, ahora trabajo en el restaurante *El Ojo Blanco del Jaguar Nocturno*. ¿Has comido allí? Sirven los mejores sesos y las más exquisitas criadillas que puedas imaginar.

—Ah, la Inquisición matanaguales —graznó Ojos de la Noche—. En Yucatán, donde nuestros antepasados tenían libros sobre la distribución de los tiempos y el conocimiento de los planetas y los dioses, a un doctrinero le pareció todo cosa de hechicería y artes mágicas, y mandó quemarlos. Un ancestro mío salvó *El Códice de los Naguales* llamado también *El Libro de Tezcatlipoca, Señor del Tiempo.* De esas aguas bebí yo.

—¿Por qué viene el águila detrás de mí?

—Es tu nagual, Tomás. Desde antes que nacieras ella te estaba buscando, desde antes que murieras ella se había figurado en ti.

—Yo atrapé mi nagual en Selva Lacandona —el hombre mono araña centelleó el anillo—. Me protege de amigos enemigos.

—¿Cuáles son tus poderes, Ojos de la Noche?

—Ojos de la Noche no es un nagual, es el Gran Nagual.

—Te pregunté, cuáles son tus poderes.

—Puedo leer los pensamientos de la gente a través de un espejo humeante. En sueños recorro los aires. Despierto, las plumas de mi cabeza oyen y ven lo que está oculto en la oscuridad. Tengo el don de la ubicuidad: Estoy aquí y al mismo tiempo allá. Vuelo sin hacer ruido y sin ser visto. Toco y abrazo y no soy sentido. Ah, y decoro las órbitas de los muertos con monedas de a diez pesos como mis ancestros decoraron los cráneos de los sacrificados con discos de concha y mosaicos de turquesa. Ah, y no hagas más preguntas, porque si en el aire, en el agua o la tierra matan a mi animal, yo también muero —de repente, como cogido por un ataque de paranoia, la cabeza de Ojos de la Noche comenzó a girar.

—¿En dónde viniste al mundo? —preguntó Tomás.

—Marcial se nació bajó un techo de lámina en la Sierra de Puebla. En una caverna de Catemaco fue criado por brujos. Vivió entre murciélagos, aunque fue un solitario. Colgado de sus patas veía pasar la vida.

—Yo vine al mundo en Chiapas —afirmó el moño araña—. Soy Marcial, el dueño de los baños viejos.

—Yo me nassssí en la Zsssona del Ssssilencio —Coatl arrojó a Tomás una mirada de gata en celo.

—Juuuu, ella nació en el desierto de Chihuahua y la trajeron de mascota unos traficantes de sicotrópicos —Ojos de la Noche se envolvió en un manto bordado de llamas. Sus ojos flamearon—. Según la historia, mi padre era brujo nagual y en la forma de un pájaro negro vino de muy lejos con el demonio y se vistió de persona.

—Llegamos al templo, aquí colocaremos las ofrendas —el mono araña se introdujo por el costado de una pirámide cubierta por hierba rala, piedras y tierra.

Todos siguieron por un pasadizo. Todos se detuvieron delante de un altar. Era el templo de Tezcatlipoca. La estatua del dios llevaba sombrero negro, camisa negra y sandalias negras. Ojos de la Noche se postró para decir su oración:

> *¡Oh! Valeroso señor nuestro, debajo de tus alas nos amparamos y hallamos abrigo: ¡tú eres invisible, y no palpable, como la noche y como el aire!*

—Según mi abuelo, que en paz descanse, la Tierra tiene la forma circular de un comal donde los seres terrestres cocemos las tortillas. Como sabrán, allá en Aztlán, el Creador amasó la Tierra como un comal. Rodeado de agua por todas partes, la esfera celeste que la cubre se compara con la bóveda de un horno perforado por una infinidad de agujeros, las dichosas estrellas —mientras hablaba el hombre murciélago extendía los brazos y daba vueltas al comal.

—Necesito tu yoyo —el tecolote le pasó a Tomás las garras por la cara. En su antebrazo, él vislumbró el tatuaje de la Secta del Corazón Sagrado.

—¿Mi yoyo?

—Tu alma.

—Hay algo que tienes tú que los nagualli quieren: tu respiración, tu tonal, la chispa de la vida que va y viene por el aire.

—Entra —El Jaguar, como surgido de ninguna parte, lo aventó a una caja de muerto.

—¿Otra vez tú? ¿No estabas preso?

—Los judiciales me soltaron.

—Teresa —Tomás vio en la caja de muerto a una mujer de rostro cerúleo con la cabeza descansando sobre una almohada blanca. En torno de ella ardían velas de cera roja.

—Juuuu, la mató el aire malo —Ojos de la Noche se abrió el manto y mostró un pecho descarnado.

—Uh, uh, no te quedes dormido, te comerán los gusanos —el hombre mono araña sacó un cuchillo.

"No sé qué hacer primero, si defender a Teresa o abalanzarme contra El Jaguar", dudó Tomás.

Los naguales chillaron:

—Busca curandero.

—Trae botella aguardiente.

—Voy hacer adivinanza.

—Trae gallina negra.

—Tecolotl tarugo.

—Trae papel amate blanco.

—Tecolotl tarado.

—Trae cigarros Alas.

—Tecolotl orejas cortas.

—Toca música de muerto.

—Nosotros tomamos semilla-corazón, dejamos la carne.

—Aquí donde todo empieza

—El Inframundo

—Renace el animal que muere cuando naces.

—Hermanos y hermanas, gargantas del abismo, es hora de ver, callar y oír. Es hora de acostarse con Cristina Muerte.

Tomás olió el humo del tabaco y del ocote quemándose. Escuchó letanías y voces en náhuatl y español mezcladas a Padres Nuestros y Aves Marías.

—Teresa no es Teresa, su persona es un simulacro, un nagual cara de puerco ha tomado sus rasgos —las sombras de las manos de Ojos de la Noche se hicieron largas en la pared. Todos gruñeron de la broma.

—Despídete de tu alma —El Jaguar alzó una daga con la intención de clavársela en el pecho.

—No lo hagas, acuérdate que somos naguales —el hombre mono araña le detuvo la mano.

—Ese hombre me tumbó los dientes.

—No es excusa para matarlo.

—¿Quién eres en realidad? —Tomás preguntó a su defensor.

—El Chachalaca. No te engañe mi boca torcida, es un tic. Lo adquirí en la cárcel. Tú, ¿qué andas haciendo por aquí?

—Vengo cautivo.

—¿Duermes bien desde que estuviste en la cárcel? Yo sufro de insomnio. ¿Cómo está Andrés?

—Descansa en paz.

—Lástima, era mi mejor discípulo.

—¿Es el mono tu nagual, tu doble en el otro mundo?

—Ojos de la Noche me lo dio, Ojos de la Noche me lo quitará. Ojos de la Noche me enseñó la entrada del Inframundo en cuevas, barrancas y árboles, pero yo la encontré en mí mismo. También me instruyó en cómo entrar a un cuerpo y salir, en cómo amar a una mujer sin ser sentido por ella. Tus mejores sueños no pueden compararse con la más pobre de mis visiones.

—¿Quieressss café de la ssssierra? ¿Ratón crudo? —Coatl, o Juana la Púdica, vehemente cogió un roedor por la cola y se lo tragó, la cabeza primero. Con la mirada fija en Tomás no se quedaba quieta, alternaba entre ataques repentinos y retiradas sibilantes.

—Cuando ustedes fueron liberados nosotros nos fugamos —El Chachalaca ocultaba una daga en un bastón de colores.

—Abrimos con una ganzúa la cerradura de la celda. Corrimos por el corredor. Pasamos por un agujero en la pared y nos hallamos libres.

—Vivía en la Sierra de Puebla un viejo chapucero llamado Don Cipriano. Usaba el apodo de Ojos de la Noche. Como en esos días Juana sufría de miedos mágicos y era acometida por apetitos feroces, hacia allá nos dirigimos. Pero olvidemos el pasado, lo importante es que estamos juntos en el ayer, el después y el todavía —El Chachalaca dirigió la vista al cielo.

—Juuuu, ¿por qué revelarle esas historias familiares? —Ojos de la Noche se enardeció—. Está prohibido relacionarse con desconocidos.

—Estuvimos presos juntos, compartimos suelo, lecho y sopa.

—Para que no denuncie la identidad de los aquí presentes, lo colgaremos en el *tzompantli* de las gallinas decapitadas.

—No dirá nada a nadie de lo que ha visto, lo aseguro. Desde este momento se le ha olvidado lo que ha oído, lo garantizo —El Chachalaca sacó la daga del bastón de colores.

—Cuando te ssssientas fúrico, cuenta hassssta tressss.

—Debe morir, y rápido —un vejete con cara de jabalí saltó sobre Tomás.

—Juuuu, el que manda es yo —Ojos de la Noche le dio un zarpazo.

—No toques a mi amigo, te lo advierto —El Chachalaca se interpuso entre ellos.

—Al maestro, cuchillada —rezongó el vejete.

—Que Coatl le dé a beber las toxinas del olvido. —Ojos de la Noche les dio la espalda.

—Nassssí venenossssa, no aviessssa — Juana, a unos centímetros del rostro de Tomás, mostró sus colmillos incandescentes y su lengua negra. Antes de marcharse arrastrando su cuerpo sobre las hojas secas, le preguntó—. ¿Te acuerdassss de nuessssstro abrasssso un tantito?

—Juuuu, recuerda, los naguales no existen, no hay secta del Corazón Sagrado —con gluglutear de pavo, Ojos de la Noche se perdió en la oscuridad.

—Espérame, tecolote, pájaro maldito —El Jaguar lo siguió corriendo.

—Ave María Impurísima, concebida con pecado original —El Chachalaca saltó hacia las ramas de un árbol.

—Hasta la vista, ya nos veremos la cara en la peluquería del Inframundo —el murciélago, arrugado y con el pelo cano, apoyándose en una vara, desapareció por el agujero de un paredón.

—Ve con cuidado, que los naguales no matan con pistola sino con aire malo —Quauhtli emprendió el vuelo.

Tomás se fue pateando el pavimento chicloso. Apenas aguantaba el frío de la madrugada y el hambre le comía las entrañas. Un camionero se paró para darle un aventón. Incapaz de rechazar su ofrecimiento, pero sin deseos de hacer plática, escuchando los diptongos angustiados de los puercos que el camión de redilas transportaba hacia la muerte, entrecerró los ojos. En el horizonte se hacía algo parecido al amanecer.

## 59. Una visita solar

Después del episodio de los naguales Tomás cayó enfermo. Ojo Machucado, Artículo 126 y Cabeza de Piedra no dejaban de deslizarle amenazas de muerte por debajo de la puerta y eso excitaba su mente y le quitaba el sueño. No tenía fiebre, pero con oír pasos sobre la grava corría a asomarse a la ventana, ya que sentía que alguien lo estaba espiando desde la oscuridad. Entonces apagaba las luces y revisaba los cuartos y salía a la calle en busca del espía. Sin hallar a nadie, se quedaba mirando la cinta asfáltica llena de brillos, si es que había llovido. La gente del pueblo, mal informada, empezó a decir que su obsesión por el Sol le había afectado el cerebro y que no hablaba ni comía por estar viendo señales luminosas en las duelas del piso y en las tablillas de las persianas. Aseguraban que hablaba constantemente de un ojo amarillo que se había puesto en la pared de su cuarto durante la noche y había desaparecido al alba. "No sé cuándo volverá", decían que preguntaba a la gente que se aventuraba en su casa. "¿Quién?" "El ojo." "¿Cuál ojo?" "El ojo."

Preocupada por su salud, un sábado en la mañana Teresa decidió visitarlo. Lo halló en la planta alta tumbado en un camastro con la cabeza descansando sobre tres almohadas blancas. De entre ellas surgía una cabeza enjuta, con dientes malos, pero con el pelo gris desaliñado. A sus pies estaba un cuaderno con notas y dibujos referentes al Sol: *heliotransportado* (éxtasis provocado por el Sol), *heliotropo* (flor terrestre enamorada del astro rey), *Helios o Heliox* (buen nombre para niño o niña, pues el Sol también es ella), *heliocéntricos* (Nicolás Cópernico y yo), *Heliogábalo* (el difunto compadre Andrés), *helioscopios* (los ojos de Teresa).

—¿A qué se debe la visita?

—A que lo quiero mucho, rey desolado.

—Viniendo por la calle principal, ¿te fijaste, Teresa, en los higos que tiró al suelo la higuera seca? Más tarde vendrán los barrenderos y recogerán nada. De momento allí están los frutos como hojas grandes color verde lechoso.

—No, padrino, pedirme que vea cosas anormales es como pedir peras al olmo.

—Entonces, ¿te fijaste en el ojo?

—¿Cuál ojo?

—El que hace unos momentos estaba en el muro. Sus rayos salieron por la ventana para iluminar la calle.

—Veo sus ojos, padrino.

—¿Notaste? Tengo las manos doradas —Tomás las entresacó del bolsillo—. Desde ayer.

—No, bueno, un poco, porque las volvió a guardar.

—Mira eso, especial para ti —él indicó la cortina que se iba poniendo roja como si una descarga de rayos solares la sacudiera a través de los vidrios—. Oscurecido el afuera, los muebles han sido invadidos por una extraña fosforescencia.

—Hay cuatro sombras a sus pies, padrino.

—En realidad son ocho. Pero no te muevas de allí, Teresa, déjame cerrar la cortina. ¿Te diste cuenta? La luz se quedó en el cuarto como soplada por una boca invisible.

—¿Puedo abrir la cortina? Se va a quemar.

—Cuando la abriste entró un torrente amarillo que estaba afuera. El esplendor que inunda el cuarto proviene de un organismo solar con vida propia.

—Su luz hace brillar las cosas.

—Porque las cosas son como cartulinas blancas semejantes a aquellas en que se proyectan las imágenes del Sol captadas por un telescopio.

—No lo soporto.

—Los girasoles del jardín nos miran como si estuviesen vivos. Todo lo anima la luz.

—Mi cuerpo es una figura roja. La luna del espejo está hirviendo. Aquí y allá no me gusta verme así —Teresa apretó los párpados para que no entrara el fuego a sus ojos, pero los rayos solares los atravesaron y tuvo que sacar de su bolso unas gafas negras. Se tapó la cara con los brazos. No surtió efecto: su cuerpo parecía flotar en un mar de sangre.

—Tú dejaste entrar la luz.

—Su cara es una máscara dorada, padrino.

—Sería mejor que te fuera acostumbrando a mi cara nueva.

—¿Ahora qué hace, padrino, parado delante de la ventana?

—El horizonte, es como un espejo que refleja la luz de otro espejo.

—No me hable de esa manera, me da miedo.

—Estrellas espectrales rodean la Tierra y el Quinto Sol es ahogado por sus propios rayos. Vislumbro el alba del Sexto Sol, el nacimiento de la nueva era.

—Sus ojos parecen soles.

—Es brillo prestado.

—Me siento dentro de un Sol.

—Estás dentro de tu propia cabeza. Lo otro, no podrías soportarlo, ni siquiera un instante, Teresa —él trató de cerrar la cortina, mas una luz cegadora convirtió el cuarto en una cámara ardiente.

—Las paredes arden como parrillas. En el corredor pasan sombras rojas, parecen vivas… las sombras.

—Mira, Teresa —las imágenes en los libros sobre el Sol que Tomás guardaba, resplandecieron.

—Puf, cómo hace calor aquí. Le haría bien salir a dar un paseo, padrino, podríamos ser los dos peregrinos solares.

—Mejor piensa en que estás aquí.

—Aquí no puedo abrir los ojos, aunque todo está muy oscuro. Permítame salir del cuarto.

—Poco a poco nos iremos acostumbrando a un planeta caliente donde el cuerpo será como una silueta chamuscada —Tomás se lavó la cara en un lavamanos. —El agua se tiñó de amarillo. En su momento todo va a arder, Teresa: la mesa, el marco de la ventana, la manija de la puerta, mi cuerpo, mi mente.

—¿Todo se tornará negro?

—Ahora déjame solo, quiero dormir.

## 60. Ascenso al Inframundo

La mañana que Tomás fue llevado al hospital, el Sol flotaba en el cielo como un ojo podrido. Pero el ex maestro le encontró una extraña belleza y empezó a decir que estaba palpitando. Había dormido mal desde hacía semanas y Zenobia y Teresa al verle las ojeras pensaron que estaba delirando. Para su sorpresa, cuando le propusieron pasar unos días en el hospital para hacerse un chequeo, no opuso resistencia.

Una vez en el coche de alquiler, embelesado por los girasoles que embellecían los camellones, descubrió una iguana de gran tamaño asoleándose en una piedra.

—Lo que me llama la atención es su cabeza pequeña en un cuerpo tan largo.

Pero la iguana más que a la topografía local pertenecía a los trópicos de la mente de Tomás, pues no existía el reptil. Tampoco las moscas azul fosforescentes con un ala que la acompañaban. Afortunadamente el taxi llegó al hospital y lo condujeron a la recepción. El linóleo de la sala de espera era gris féretro. Algunos azulejos se habían caído de las paredes y tenía aspecto de baño público. Un canasto con frutas de cera adornaba una mesita. Las revistas para mujeres tenían unos cinco años de pasadas. En el sofá forrado de plástico los tres se sentaron a esperar. La madre y la hija miraron hacia fuera, hacia el jardincillo con cactos; Tomás hacia la lengua de luz que entraba por la puerta. Al cabo de una media hora, una secretaria notificó secamente que al paciente Tomás Martínez le tocaba el cuarto número seis.

—Tomás Tonatiuh —aclaró el aludido.

—No proteste, señor, es el último disponible, el hospital dispone solamente de seis cuartos y si no le gusta puede irse a otra parte.

—No hay problema, señorita —intervino Zenobia.

Entonces vinieron las enfermeras Rosa y María, unas gemelas rebosantes de cordialidad. Lo acostaron en una camilla rodante y lo trasladaron a una sala. Allá lo colocaron entre el carro de la mesa de operaciones y la mesa móvil de instrumentos quirúrgicos, con los infaltables bisturís, tijeras curvadas, pinzas para ligaduras, torniquetes, fórceps y sondas acanaladas.

Durante los días que siguieron, Tomás, encerrado en sí mismo en una concentración casi inconsciente, no se molestó en abrir las persianas y apenas se movió de su lugar, y eso para satisfacer necesidades fisiológicas al fondo del corredor.

Cuando las tardes se volvieron claras y el Sol pareció quedarse atorado en el horizonte entre dos cerros, las enfermeras lo encontraron sentado delante de la ventana examinando la luz que le lamía los pies desnudos.

—Parece animada —balbuceó él.

Otras veces Rosa y María lo sorprendieron con la vista clavada en una botella verde que una de ellas había dejado olvidada en el marco de la ventana.

—Lo que más me place de esta habitación es que durante el día entra el sol y por la noche parece una gruta —les dijo.

Aunque los otros enfermos lo consideraban un sangrón, pues evitaba entablar conversaciones triviales con ellos, más por timidez que por misantropía, Tomás era el paciente favorito de Rosa y María, las cuales, con cualquier pretexto venían a verlo con expresión alegre y uñas esmaltadas.

—Una personalidad, una personalidad extravagante pero al fin una personalidad —afirmaban las gemelas.

Ajeno a sus entusiasmos, en el espacio reducido de paredes limpias en que estaba confinado, Tomás se sentía nonato y cósmico igual que si vegetara en el vientre de la cueva debajo de la pirámide del Sol.

Ese viernes, Teresa, vestida de fuego (zapatos rojos, falda y blusa rojas) se decidió ir a visitarlo. Camino del hospital, cuyos alrededores tenían la pinta de una colonia en construcción y las casas pintadas con colores chillones la de salones para fiestas de quince años, ella atravesó la calle principal ahora habitada por los nuevos ricos de la política y el crimen. En particular sobresalía la ostentosa residencia de Octavio Ordóñez, un paisano que había hecho fortuna en los Estados Unidos contrabandeando pastillas psicotrópicas. Teresa pasó como oprimida entre sus negocios: una gasolinera, una lavandería automática, un hotel de paso, una piscina pública (sin agua) y un basurero de carros viejos.

—Buenos días, Tomás —ella metió un girasol en un florero.

—Ya te había oído venir por el corredor —Tomás apenas levantó la vista del piso, regado de fotografías.

—Y esa exposición, ¿a qué se debe?

—Cada foto lleva una anotación: "Salida del Sol sobre el Cerro Colorado el 22 de marzo de 1993, observada en la cúspide de la pirámide del Sol en Teotihuacan." "Salida del Sol sobre el 'pecho' del Iztaccíhuatl, observada en lo alto de la pirámide circular de Cuicuilco el 24 de octubre de 1997." "Salida del Sol sobre el Cerro Tláloc el 30 de octubre de 1995, observada en lo alto de la pirámide de Tenayuca." Tú, ¿has tomado alguna vez fotos de un amanecer desde el piso más alto de la Torre Latinoamericana?

—Nunca. Las únicas fotos que he visto tomadas desde esa torre son las del temblor de septiembre de 1985.

—Como dijo alguien sobre la magia de los sentidos "Es bastante paradójico, pero algunos experimentos nos muestran que el hombre puede ver correctamente sólo a causa de su imaginación." ¿Sales de un incendio?

—Pensé que el color rojo te despertaría los sentidos —ella, en la geometría ensimismada de su rostro, no observó reacción. Libre, el cabello plateado le caía sobre los hombros. En el cuerpo enjuto, destacaban las manos venosas. Para provocarlo, le dijo—. En cambio tú, vestido de blanco, pareces un alcatraz.

—Teresa, ¿qué pusiste sobre la mesa? —los dedos de Tomás jugaban con los cordones de la persiana como si fueran rayos solares.

—Un girasol.

—¿Lo trajiste tú?

—¿Quién más?

Silencio.

—¿Oíste? Una luz atravesó la ventana.

—No, estaba distraída.

—Hasta los muertos la oyeron.

—Yo no.

Durante unos minutos sin diálogo, ella se levantó para abrir las persianas.

—¿Ahora sí viste? La luz entró como un chubasco.

—¿Hay cafetería en el hospital?

—No sé.

—Aquí una se siente como en una armadura. No hay a quien sonreírle.

—¿Viste las fotos de La Puerta?

—¿La Puerta?

Él no explicó más y ella intentó darle cuerda a su reloj mental hasta tensar el muelle de su cordura:

—Esta mañana mientras estaba mirando por la ventana de mi cuarto descubrí que una aurora se hacía en mis ojos. Traté de examinarla por el espejo, pero desapareció.

—La luz quería decirte algo, Teresa —él soltó el cordón de la persiana y cogió su mano—. Está fría.

—No hay respuesta —Teresa observó la blancura de las paredes, su saco de pana en una silla, sus gafas sobre la cama con los vidrios fuera de la armazón. Los labios de Tomás se movieron como si hablara solo.

—¿Qué estás diciendo?

—¿Viste el eclipse de Luna total la otra noche? Era alucinante. Primero, mientras la sombra de la Tierra subía por el cuerpo de la Luna, parecía un círculo óseo. Luego, oscura, un globo dorado.

—Buenos días, soy el doctor Gabino Garrido —un hombre con barba rala y cabellos descoloridos se asomó a la puerta. Acababa de cumplir los treinta años pero parecía de cincuenta. Dos Gs superpuestas formaban el monograma de su camisa de seda verde limón. Pulcro, olía a agua de colonia—. ¿Cómo se siente?

—Más o menos. Más menos que más.

—¿Es todo lo que me dice después del tratamiento?

—Siempre ha sido un hombre de espectro introvertido —explicó Teresa.

—¿De espectro introvertido?

—Quise decir, de aspecto introvertido.

—Ya veo —el médico de piel ambarina se sentó en el borde de la cama.

—¿Cree que se recuperará, doctor?

—Debe tomar periódicamente sus medicamentos. Las enfermeras Rosa y María me han contado que si se descuidan los echa a la basura. La recuperación no llegará sola, si él no coopera. Los otros pacientes siguen su tratamiento, él es rebelde.

—¿De qué quiere curarlo?

—De tooooodo.

—¿De todo?

—Ahora me toca a mí preguntar. ¿El señor es desordenado en sus hábitos alimenticios? ¿Le agrada el vino, el pescado, el sexo? Sobre todo, ¿por qué tiene la manía de sentarse en la penumbra? La soledad se le está metiendo en la cabeza, y eso es malo: se puede convertir en un ente antisocial o en lechuga —el doctor Garrido le tomó la presión sanguínea, escuchó en el estetoscopio—. El señor debe guardar reposo, no excitarse de noche, dormir bien. Ahora una pregunta indiscreta para usted, señorita, que debe contestarme con franqueza: ¿Sostienen relaciones sexuales?

—No, señor.

Entonces habló Tomás:

—Doctor, para que esté enterado, de una vez por todas le voy a decir que sufro de una enfermedad semejante a la que en el siglo pasado tuvo la pintora Nahui Ollín.

—¿Quién?

—Una loca solar.

—¿Síntomas?

—Sacaba cada mañana el Sol en el horizonte… Para llevarlo por el cielo hasta la hora del crepúsculo… Con el pelo pajizo y los ojos enrojecidos, ella iba por las calles girando la cabeza… porque si no el Sol caería en el abismo… Murió pobre rodeada de cuadros.

—¿La manera entrecortada de hablar, como la suya, era parte de su obsesión? —satisfecho de su ingenio, los dientes blancos del doctor Garrido relucieron.

—Leí sobre ella… Sus obras ahora se exhiben en museos de arte bruto.

—Interesante, pero a diferencia de esa pintora, usted es curable. Empezaremos con analizar sus obsesiones solares.

—Cuando una obsesión desaparece, se siente un vacío horrible. No estoy preparado para llenar ese vacío con otra cosa.

—Con permiso, tengo otros pacientes que atender, ya seguiremos hablando. Cuídelo, señorita —el doctor Garrido salió para entrar al cuarto de enfrente.

—Ese doctor está loco. Las gemelas Rosa y María me lo han dicho. Quiere llevárselas de vacaciones a San Martín de los Cocos Grandes. Las engaña diciéndoles que en esa playa se encuentra el árbol madre del paraíso. De noche, viste ropas fosforescentes para no perderse en el hospital.

—Tomás, supongo que los corazones de las gemelas alucinantes laten al mismo tiempo cuando están contigo.

—Teresa, el asunto es cosa seria. El teósofo londinense Robert Fludd escribió en su *Historia del Macrocosmo y el Microcosmo* que el universo es un reflejo del cuerpo humano y el Sol un coco dorado.

—El cielo se despejó, ¿quieres salir a dar un paseo?

—Las gemelas apodan a Garrido el Corredenoche. Observa ahora, el Sol está lamiendo los bordes de la barda y ha encendido las tunas de los nopales. El centro de la acción no está donde crees, Teresa, sino en otra parte —al levantarse de la silla, Tomás se tropezó con un mueble.

—Tengo que irme, padrino, me espera mi madre para comer. Ah, no sé si sepa que la Secta del Corazón Sagrado ha sido disuelta. Sus miembros, acusados de cometer asesinatos rituales, fueron encerrados en el penal de La Palma.

—Escaparon, sobornando a los custodios.

—¿Cómo lo sabe, padrino?

—Porque la justicia en este país es un hoyo negro en la moral cósmica.

—Ah, todavía no me ha dicho qué son esas fotos en el piso.

—Amaneceres en La Puerta.

—Qué imágenes dramáticas.

—Las escogí yo.

—¿Cómo logró esos efectos? Y, ¿esa foto de niño?

—Soy yo. Prefigura mi condición espectral. Los contornos sombríos, el pecho difuminado, el aura blancuzca representan mi porvenir. Las imágenes del pasado y del futuro se funden en el presente, porque el presente, tiempo fugitivo, es el único que permanece —Tomás se llevó las manos a la cara como si se limpiara sombras de los ojos.

—Los otros pacientes pasaron al comedor, ¿no quiere comer, padrino? —ella le puso la mano sobre el hombro.

—No quiero seguir alimentando esa máquina insaciable que se llama cuerpo.

—¿Desde hace cuándo no come?

—Desde… ayer.

—Toma tu medicina. El médico dijo que sólo así podrás salir de aquí.

—Quisiera largarme del hospital, pero las gemelas Rosa y María me retienen por órdenes de Garrido. No sé con qué fin. Expuesto día y noche al monitoreo de los tontos, ellas irrumpen en mi habitación con el pretexto de traerme agua o de revisarme el cuerpo. No sé qué buscan. A veces me siento como una foto en un negativo guardado en un cajón. Esa foto es la clave.

—Si no te gusta la comida del hospital, ¿no quieres comer fuera o que te traiga algo de un restaurante? —como otras veces, ella mezclaba la segunda y la tercera persona del singular.

—No, gracias, Teresa, pero dime, ¿ves tú la luz que yo estoy viendo? ¿La oyes atravesar la ventana como yo la estoy oyendo?

—Ojalá pudiera quedarme aquí hasta mañana, padrino, pero mi madre me está esperando.

—Dile que venga a visitarme, hace mucho no la veo —él la cogió del brazo.

—Durante años he estado esperando que se me declare, padrino, pero nunca se ha atrevido, su mente está siempre puesta en el… poniente —se rió ella.

—Guárdamela hasta nuevo aviso —Tomás le entregó una carpeta.

## LOS CUADERNOS DEL SOL

—Se la guardaré con mucho gusto —al marcharse, ella sintió que le clavaba la vista en la nuca. Volteó para verlo.

—Asciendo al Inframundo —le gritó Tomás desde la puerta y se metió al cuarto, mirando atentamente el lugar donde ella había estado sentada.

## 61. El disco ardiente

Todos los pintores de domingo andaban sueltos en el bosque perpetrando representaciones fallidas de la naturaleza. Todos, al final del día, se llevarían a casa los cuadros sin vender.

—¿Podrá hacer seis horas de camino? —Teresa señaló la punta del cerro.

Tomás la miró extrañado.

—Digo, tres horas de subida, dos de bajada.

—El día que no pueda hacerlo me consideraré acabado.

—¿Hay mariposas en el santuario?

—Cada vez que pregunto a la gente si las ha visto, recibo noticias negativas. "Ya no llegan. Ya no llegan", dicen. Por eso he decidido subir yo mismo a La Puerta.

El Llano de la Mula, que Tomás llamaba La Puerta, se encontraba a más de tres mil metros sobre el nivel del mar.

—¿Está seguro, padrino? La altura y el esfuerzo le pueden hacer daño. Me dijeron que tenía un soplo en el corazón —Teresa lo cogió del brazo.

—No soporto que me ayuden —Tomás rechazó la mano que Teresa le ofrecía. Al empuñar el bastón, los dedos engarrotados por la artritis dejaron de temblar.

—Allá arriba hace frío.

—Hay sol y llevo dos suéteres encima.

El ascenso hasta la Cañada del Pintor no representó problema alguno, aunque la hallaron cerrada por una alambrada.

Teresa andaba un poco desorientada, pues cuando quería seguir la ruta que indicaban los anuncios color naranja: *Mariposa Monarca*, él cogía un atajo y la llevaba por una parte desconocida. Entonces, el bosque, en su ausencia de senderos marcados, se convertía para ella en un laberinto de matorrales que se cruzaban y se descruzaban a derecha e izquierda, abajo y arriba.

"¿Es un hombre o un fantasma? ¿O un hombre fantasmal?", se preguntaba ella al verlo desaparecer detrás de los árboles.

—Con que no me desarme, porque nadie en el mundo podrá dejarme como estaba —Tomás reaparecía cerca de ella, como si hubiera leído su pensamiento.

—¿Qué hace, padrino?

—Sigo la ruta de la nostalgia, que no es la mejor de todas, porque conduce a la muerte. Como ves, soy adicto a mi infancia.

—Me refería a que avienta semillas en los surcos.

—Para mí caminar es sembrar árboles. Los árboles del Sol.

—Miren, allí va el Tonatiuh, mi ex maestro —un hombre lo señaló a su mujer—. Es el loco del Sol, cree que las tierras que pertenecen a la compañía maderera son suyas.

—La tierra es una propiedad abierta, así como la luz, que es la cosa mejor distribuida del mundo, la luz de todos y de nadie —replicó Tomás—. Por eso tenemos que plantar árboles. Un mar de árboles debe cubrir la faz de la Tierra.

El hombre y la mujer se alejaron riendo.

En el recodo de un arroyo seco, Teresa juntó sus pasos a los de Tomás. Por un minuto o dos se miraron sin hablar. Pero ese fue un tiempo suficiente para que él percibiera en sus ojos voraces la vida no realizada. Su rostro, con cabello gris y gesto ansioso, estaba rozagante. La transparencia de su blusa evidenciaba la forma de sus pechos. Sus pantalones apretados resaltaban sus muslos. Al verla a su lado, él consideró la posibilidad de haberla tenido por compañera de lecho. Y hasta imaginó un acto de amor con ella.

—Qué guapa te ves.

—¿Qué dice, padrino?

—A veces he pensado...

—¿Qué?

Tomás profirió algo incomprensible. Teresa se quedó en suspenso.

Tomás la midió de arriba abajo como se miran las ropas que ya no nos vienen, que se pusieron una vez y luego se quedaron colgadas en un ropero esperando una ocasión especial para usarlas de nuevo. Una ocasión que no llegó.

—Algo.

—He pensado lo mismo que usted.

—Teresa.

—¿Qué?

—El tiempo es un vértigo, ahoga las imágenes, te agarra de costado, te derrumba por dentro.

—A todos, creo.

—Mi corazón está fallando, mañana me internaré en el hospital.

—¿Le abrirán el pecho?

—Me abrirán la vida. Sólo espero que me revisen y me dejen regresar a casa. No duraré internado, soy un fantasma que camina fuera de su tumba.

—Lo acompañaré a la operación.

—No, gracias, hay trámites que uno debe hacer solo, absolutamente solo. Cuando uno está enfermo no debe aceptar visitas, no debe permitirse la humillación de ser visto por los demás en un estado de decrepitud física.

De allí en adelante se les vio subir juntos, pero distantes, como si uno anduviera demasiado rápido y el otro se quedara atrás.

—Siento que estamos cerca de La Puerta por el ruido del viento que atraviesa el viejo cráter como un río aéreo, y por el olor fresco de las coníferas —dijo él.


Después de tres horas fatigantes, llegaron a la cima.

Con los zapatos y la cara llenos de polvo, sedientos y hambrientos, se tiraron sobre los zacatales quemados por el sol.

En el Llano de la Mula hallaron los altos árboles talados y basura de envases de plástico, pero ni huella de mariposas.

El viejo cráter parecía una corona verde que había perdido sus joyas más preciosas, la monarca, la cual venía a hibernar cada año a los cerros neovolcánicos de la región oriente de Michoacán.

El lugar estaba lleno de gente que había ascendido por el otro lado del cerro, el que daba al pueblo de Temascalcingo. Mozalbetes locales guiaban a forasteros en mulo, caballo o a pie para mostrarles el lugar donde alguna vez estuvo la colonia de mariposas. En el grupo venía Ofelia, la esposa del tendero, con su busto lleno y sus piernas esbeltas, y el pelo atado con un estambre color lila.

—Vengo a ver la nueva colonia de mariposas que se ha formado en el santuario —les dijo con expresión alegre—. Los que la han visto aseguran que es impresionante tanto por su número como por su esplendor. La de mayor población en décadas.

—¿Está segura? —preguntó él, sin reconocerla.

—Eso me han dicho, pero no encuentro nada.

—A esta parte del bosque llegaban las mariposas para formar colonias millonarias, ahora no se ven en ninguna parte.

—Nos vemos al rato —Teresa se fue por un sendero en busca de los altos oyameles donde podía encontrarse el santuario de la monarca, pero sólo encontró charcos de polvo y tocones de árboles.

Tomás se sentó en una piedra para mirar el rastro negro de las sombras de supuestas mariposas volando sobre el sendero, mientras escuchaba al viento acercarse y alejarse arrastrándolas por las corrientes del tiempo. Delante de él pasaban parejas jóvenes, padres de familia con bebés en los brazos tomando fotos a niños pisoteando sombras. Una vieja campesina subía la cuesta apoyada en una vara. Había atravesado cerros, llanos, a pie, para ver a las mariposas.

Con los ojos enrojecidos, Tomás observó el perdido movimiento de las mariposas como si viera espectros vivos flotando en la eternidad del momento. A contraluz parecían colgar de un móvil gigantesco. Aun con los párpados cerrados, podía ver sus alas translúcidas. Aun sordo, podía escuchar su brisa.

Los lepidópteros estaban activos. Al amanecer, las ramas de los altos oyameles se habrían curvado por su peso.

*Estos árboles caídos son mis muertos.*
*Estos pájaros sin árbol son mis sueños.*
*Estas son las sombras que he apuntalado*
*para sostener el edificio de mi ser.*
*Este paraíso en ruinas es mi infancia.*

—No encontré mariposas.

—¿Sabes una cosa patética, Teresa? Toda la vida he mirado hacia el Sol, pero nunca he podido soportar su luz.

—¿Podríamos decir que el hombre que amó al Sol nunca pudo mirarlo de frente?

—Las mariposas viven en el presente, como los dioses y los animales. Pero nosotros ¿dónde? —preguntó a Teresa. Y, después de un largo silencio, añadió—: ¿Está Margarita en esa fuente o me lo estoy figurando?

—¿Dónde?

—Al pie de aquella pirámide de luz se está bañando en un manantial de rayos solares.

—No veo nada, tampoco veo la pirámide a la que se refiere.

—No sé si sea la senectud o qué, Teresa, pero Margarita se me está borrando de la cabeza. Estoy listo para partir… a las montañas blancas del Sol.

—¿Cuáles montañas blancas?

—Las que están allí. Sobre las montañas rocosas.

—¿Qué le pasa, padrino, le está dando insolación? Qué dorada y qué pálida se ha puesto su cara, al mismo tiempo.

—Estoy mareado.

—Debería sentarse.

—Tengo sed.

—Le traeré agua. Me llevará un rato bajar hasta un puesto de bebidas y volver.

—No es necesario que vayas, me siento mejor.

—Debe beber algo, pero no quiero dejarlo solo —Teresa partió mirando hacia atrás, cerciorándose de que no se había caído al suelo.

La pirámide de la luz estaba detrás de La Puerta. Tomás había guardado el hallazgo para sí mismo. Los rayos solares bajando por los escalones proyectaban en el suelo la sombra de una serpiente dorada. La tarde palpitaba como un pecho de mujer a la que una mano invisible abría la blusa. Las monarcas danzaban en el ahora el vals de la luz y de la muerte. Sobre la pirámide de luz volaba la mariposa reina. El bosque allá abajo se mecía en sus ojos como el castillo de popa de un navío que se hunde. Tomás dudó si miraba la pirámide acercarse a él o si presenciaba el desprendimiento de su ser del tiempo y del espacio. No dudó mucho. Como si fuese otra persona, se vio a sí mismo sentado en una piedra, rodeado de gente desconocida. "Me sumerjo en un Dios de luz", se dijo. Teresa corría por el camino con una botella de agua en la mano. Aún había sol en las bardas. Un disco ardiente le dolía en el pecho.

## El cuaderno del Sol
Por Tomás Toratiuh

Cuando el Sol miró a la muchacha ciega, sus senos de paloma dormida palpitaron. El Sol tuvo conciencia de su sexo mientras tocaba la mejilla tibia de la criatura humana. El problema vino cuando la acariciada quiso tocar al acariciador y sólo tocó su propia piel. "Jugaban mis manos con unos rayos de sol y ya no están", le dijo a su hermana. "Ese viejo con cara de girasol marchito, ¿te ha tocado las chiches?, ¿te ha besado los labios partidos?, ¿te ha metido las manos por debajo del vestido?", le preguntó ella. Pero el viejo disco dorado ya estaba en otra parte, en el lugar mítico donde el jaguar nocturno se lo traga cada noche y no había respuestas para tantas preguntas.

Bajando por los tejados, el Sol se dirigió a la oficina de Correos. No tenía ninguna correspondencia para depositar, pero había oído que allí trabajaba la chica más linda de Ciudad Amiga y con el pretexto de entregarle una carta sin destinatario, un sobre en blanco, quería verla. Ignoraba que el administrador de Correos era el temible Esteban, un gángster violento con muchas influencias en el partido en el poder, quien también era dueño de la oficina de las tiendas departamentales, la central de abastos y de una cadena de restaurantes y hoteles en Ciudad Amiga. Protegido por cincuenta pistoleros, el Sol se topó con él a la puerta de la oficina. Pero sin caer en provocaciones, pasó de largo, la carta ardiendo en sus manos.

Ciudad Amiga había sido construida a los pies de un cerro talado. Tuberías herrumbradas, edificios sin ventanas y caños destapados conformaban su paisaje habitual. Sus políticos eran tan pobres que solamente circulaban en un coche de lujo último modelo por su avenida principal. En la parada, dos mujeres aguardaban al autobús con sus niños pequeños mientras bañistas con el cuerpo bronceado volvían de la playa. El Sol daba jaquecas de color. Furibundo iba y venía con la lengua de fuera quemando matorrales y haciendo explotar gasolineras. El conductor de un camión que se había detenido en una fonda para comer, se echó a correr hacia la carretera al verlo venir tan encendido. Mas como el Sol barría todo con sus llamas, el conductor tuvo que cerrar los ojos cuando lo alcanzó rodando por la carretera. "Busco a la chica más linda de Ciudad Amiga, tiene el cabello rizado partido en dos mitades oscuras. Su cara es como el tiempo de lluvias, nublada ahora, radiante luego. O viceversa, radiante ahora, tormentosa luego. Algo curioso me pasa delante de ella cuando la veo: en vez de sentirme caer en el centro del espacio oscuro, me siento caer en el centro de ninguna parte", venía diciendo el Sol en fuga.

El Sol, que había pasado el día dormido a un lado de la carretera, se despertó con la sensación de que podía consumirse si seguía tumbado allí en la hierba. Se sacudió su traje de chispas y caminó en medio de la calle en busca de la chica más linda de Ciudad Amiga. Sabía que el temible Esteban había cometido un secuestro de amor y la tenía oculta en un cuarto con las ventanas tapadas con trapos y cartones negros. Protegían su rapto cincuenta matones armados con cuernos de chivo. Por lo que el Sol llamó la atención de unos policías que venían por la calle en un vehículo con los faros encendidos. Al verse descubierto el temible Esteban se echó a correr hacia ninguna parte. Huía de todo, de la justicia, de sus víctimas y de su sombra. El Sol comprendió que era su oportunidad de destruir a su rival y que la chica más linda de Ciudad Amiga podría ser suya. Pero lo que no imaginó es que después de unos minutos, la chica más linda de Ciudad Amiga, entró a su casa, cerró la puerta, apagó sus ojos y se quedó a oscuras, y lo dejó fuera.

Mientras la chica más linda de Ciudad Amiga se dirigía a un centro comercial, el Sol, que crecía a sus espaldas, quería abrazarla toda y transformar la calle en un delirio óptico. Todas las vitrinas de las tiendas que estaban apagadas, se encendieron. Todas las lámparas de la calle que estaban prendidas se fundieron. Todos los pájaros que cantaban en los árboles se callaron. Y hasta las criaturas invisibles al ojo se esfumaron. En las hojas de los árboles colgaron perlas de lluvia. "¿Quién es usted y por qué me está siguiendo?", visiblemente perturbada ella interrogó a esa cara jovial que la alumbraba entera. Guardando un silencio radiante, él se quedó perplejo, pues nunca había esperado una reacción tan violenta de una chica tan simple. Hasta que ella echó a andar y el Sol la siguió, tocándole la espalda.

El Sol estaba en éxtasis contemplando desnuda a la chica más linda de Ciudad Amiga. Verdades como puños: él estaba asombrado por sus formas, sus sombras y por todo lo que no mostraba. En particular le fascinaban sus nalgas rosáceas y amplias como platos. La tentación era grande, pues un sol cualquiera podría beber de sus pechos sin que ella lo sintiera. Así que se metió entre los pliegues de su vestido como si la hurgara sin hurgarla. Lo que él ignoraba es que la chica más linda de Ciudad Amiga se estaba recobrando de un año de fatigas, decepciones y frustraciones y no quería espectadores volcados sobre ella. Mucho menos, que entraran por la ventana todo el día. Más bien soñaba que la abrazaba un chico lindo en un coche abandonado en una cochera escondida de Ciudad Amiga. Lo que ella no sabía es que el Sol no permitía rivales ni en sueños y con las manos calientes le acarició la espalda con cien manos rojas, hasta hacerla gritar de dolor placentero.

El Sol desolado, porque no veía desde hace una semana a la chica más linda de Ciudad Amiga, escribió con lápiz de luz la palabra *Desolado* en los cuadernos escolares de todos los colegiales. No sólo eso, en los crepúsculos de la mañana y de la tarde, en los charcos y en los ríos, en los abismos y en los picos de las montañas, en los ojos de una liebre y de un jaguar, en las paredes y en los peñascos escribió con tinta de colores la palabra *Desolado*. Todo porque la chica más linda de Ciudad Amiga, estudiando para sus exámenes, no salía de casa. Había tratado de colarse a su cuarto por los antepechos de las ventanas, pero no lo había logrado por tener ella todas las luces prendidas. Lo que él ignoraba es que la chica había escrito con lápiz labial en todos los espejos: *Amo los ojos negros del Sol. Cuando se revuelve de un lado a otro de sí mismo como una yema de huevo ebria, amo los ojos negros del Sol.*

El Sol de la vida, ¿qué es? Su amor, ¿de dónde viene? Este anhelo, ¿quién lo inventó? ¿Por qué los rayos de luz de la mañana sacuden el ave dormida en mi pecho?

*El hombre que amaba el sol* se terminó de imprimir en octubre de 2005, en Grupo Balo, S.A. de C.V. Salvador Díaz Mirón núm. 199, Col. Santa María la Ribera, C.P. 06400, México, D.F. Composición tipográfica: Fernando Ruiz. Cuidado de la edición: Ramón Córdoba, Alberto Román y César Silva.